KB041133

더 뉴 게이트

02. 망령 평원

THE NEW
더 뉴 게이트
GATE

02. 망령 평원

카자나미 시노기 지음
Illustration 마계의 주민
김진환 옮김

목차

「THE NEW GATE」 세계의 용어에 관해

● 능력치

LV: 레벨
HP: 히트 포인트
MP: 매직 포인트
STR: 힘
VIT: 체력
DEX: 기술
AGI: 민첩성
INT: 지력
LUC: 운

● 거리·무게

1세메르 = 1cm
1메르 = 1m
1케메르 = 1km

1구므 = 1g
1케구므 = 1kg

● 화폐

쥬르(J): 500년 뒤의 게임 세계에서 널리 통용되는 화폐.
제일(G): 게임 시대의 화폐. 쥬르보다 10억 배 이상의 가치가 있다.

쥬르 동화(銅貨) = 100J
쥬르 은화(銀貨) = 쥬르 동화 100닢 = 10,000J
쥬르 금화(金貨) = 쥬르 은화 100닢 = 1,000,000J
쥬르 백금화(白金貨) = 쥬르 금화 100닢 = 100,000,000J

● 주요 종족

휴먼(인간족): 개체수가 가장 많고 다양한 국가를 이루고 있다.
드래그닐[용인족(龍人族)]: 힘과 생명력이 특히 강하다.
비스트[수인족(獸人族)]: 휴먼에 이어 개체수가 많고 부족마다 특징이 다르다.
로드[마인족(魔人族)]: 전체 능력치가 큰 편차 없이 고르게 높다.
드워프: 손재주가 좋아 무기나 도구 제작이 특기다.
픽시(요정족): 수명이 길고 마법 사용 능력이 뛰어나다. 요정향이라는 독자적
인 세계를 구축하고 있다.
엘프: 픽시 다음으로 수명이 길다. 위기 감지 능력이 뛰어나다. 숲에서 살아가
는 자가 많다.

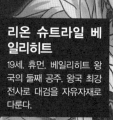

리온 슈트라일 베일리히트

19세. 휴먼. 베일리히트 왕국의 둘째 공주. 왕국 최강 전사로 대검을 자유자재로 다룬다.

라시아 루젤

22세. 비스트. 빌헬름의 소꿉친구이자 수도원의 수녀. 독수리 타입으로 날개 모양의 귀를 가졌다.

빌헬름 에이비스

22세. 로드. 마창【베놈】을 사용하는 모험가. 외모나 말투와는 달리 정의감이 강하다.

미리

8세. 비스트. 호랑이의 특성을 지닌 호랑이 타입의 소녀. 도시 고아원에서 지내고 있다.

티에라 루센트

157세. 엘프, 「잡화점 달의 사당」의 종업원. 강력한 저주에 걸린 흔적으로 머리카락 대부분이 까맣다.

슈니 라이자

521세. 하이 엘프. 신의 서포트 캐릭터. 저주받은 티에라를 오랫동안 보호해왔다.

유즈하

?세. 엘레멘트 테일. 신이 구해준 몬스터. 겉모습은 새끼 여우처럼 보이지만 엄청난 힘을 숨기고 있다.

신

본작의 주인공. 21세. 하이 휴먼. 온라인 게임에서 이름을 떨친 최강 플레이어. 데스 게임 클리어 후, 500년 뒤의 게임 세계로 차원 이동되었다.

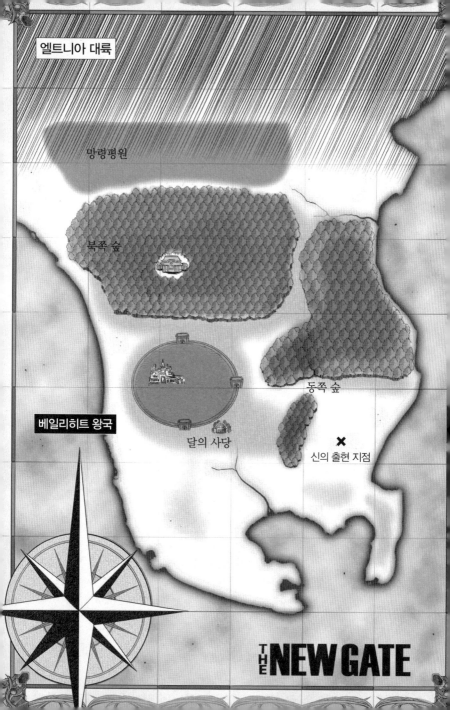

기묘한 의뢰 | Chapter 1

THE NEW GATE

신은 머리 위의 새끼 여우를 길들이며 왕도를 향해 걸어가기 시작했다.

새끼 여우는 '육구 펀치를 날릴 땐 발톱을 세우지 말라'고 몇 번이나 타이른 끝에 간신히 얌전해졌다. 그전까지 신은 여우의 발톱에 얼굴을 긁힐 때마다 이리저리 비틀거려야 했다.

신은 고아원 소녀 미리의 말을 따라 숲에 왔고 그 결과 대량의 스컬페이스와 싸우게 되었다. 그리고 전장이 된 숲 속 신사에서 이 새끼 여우—엘레멘트 테일을 구조해냈다.

전투가 끝난 숲은 쥐 죽은 듯 조용하던 게 거짓말처럼 동물들이 내는 소리로 가득했다.

어쩌면 신이 신사로 갈 때 스컬페이스 무리가 이미 접근하고 있어서 동물들도 숨을 죽이고 있었는지도 모른다.

다만 그 몬스터 무리는 자연발생으로 보기에는 수가 너무 많았다.

그만한 숫자의 몬스터가 출현하는 건 언데드가 출몰하는 지역으로 알려진 무덤이나 지하 던전, 마기가 휘몰아치는 위험 구역 정도일 것이다.

아무래도 길드에 꼭 보고해야 할 것 같아서 신은 한숨을 쉬었다.

'어쨌든 엘레멘트 테일에 대한 건 비밀로 할까······.'

신은 머리 위에서 느긋하게 엎드린 새끼 여우에게 말을 건넸다.

"이봐, 할 말이 있는데."

"쿠우?"

새끼 여우는 의문문처럼 끝을 올리는 울음소리로 대답했다. 방금 전의 전투만 봐도 새끼 여우가 자신의 말을 알아듣는 건 확실했다.

"네 정체를 들키면 곤란하니까 나와 계약하지 않을래?"

여기서 말하는 계약이란 테이머(조련사)와 몬스터가 나누는 파트너 계약—테이밍을 가리킨다.

많은 소환수와 무제한으로 계약할 수 있는 소환사와 달리 테이머는 1명당 5마리까지만 파트너로 계약할 수 있었다. 단, 테이머의 직업을 한 번이라도 경험했다면 다른 직업으로 바꾼 뒤에도 계약이 가능하다.

그런 경우 1마리밖에 계약할 수 없지만 애완동물이나 조력자로는 충분했다. 이번 경우도 마찬가지였다.

신에게는 서포트 캐릭터가 많이 있었기에 지금까지 파트너 몬스터가 필요 없었지만 길드【육천】의 테이머 겸 소환사인 캐시미어가 강하게 권해서 계약 방법을 익혀둔 적이 있었다. 신은 그게 설마 이런 데서 도움이 될 줄은 상상조차 하지 못했다.

"난 테이머가 아니라서 보너스 보정은 없지만…… 다른 녀석들에게 네 레벨이나 종족을 들킬 일이 없어지고, 아이템 없이 의사소통도 할 수 있게 돼."

【THE NEW GATE】에서는 레벨이나 능력치가 심하게 차이 날 경우 약한 플레이어는 강한 플레이어의 스테이터스를 볼 수 없었다. 그래서 스테이터스 확인 가능 여부로 상대의 강함을 판단하는 경우도 있었다.

그리고 파트너 몬스터의 스테이터스를 보려면 주인부터 확인해야 했다. 즉, 이쪽 세계에서 압도적으로 강한 신과 계약하면 새끼 여우의 스테이터스를 거의 아무도 볼 수 없게 된다는 이야기였다.

덧붙이자면 의사소통은 주종 관계 사이에서만 가능하다.

남들이 보기엔 입을 다물고 있는 것 같아도 사실 파트너 몬스터에게 세밀한 지시를 내리며 함께 싸우는 것이다. 그것이 파트너 몬스터를 거느린 테이머의 일반적인 전투 방식이었다.

"쿠웃?! 쿠큿!"

새끼 여우는 '정말? 할래, 할래!'라고 말하듯이 또 펀치를 날렸다. 어느새 신도 새끼 여우가 하는 말을 대충 알아듣게 된 것 같았다.

"알았어! 알았으니까 좀 가만히 있어!"

신은 머리 위의 새끼 여우를 들어 올려 자신을 보게 한 뒤, 이마를 맞대고 키워드를 읊었다.

"나는 그대와 함께 걸어갈 것을 맹세하노라."

"쿠우……."

새끼 여우는 신의 말에 대답하듯이 울었다. 만약 말을 할 줄 아는 몬스터였다면 '나는 그대의 곁에 있을 것을 맹세하노라'라고 대답했을 것이다.

울음소리가 그치자 각자의 왼팔과 왼쪽 앞발에 매 모양의 문신이 나타났다.

이건 플레이어가 설정할 수 있는 계약의 증표로, 일반 몬스터와 파트너 몬스터를 구별하기 위한 것이었다.

플레이어의 손에 키워진 파트너 몬스터는 기본적으로 일반 몬스터보다 강했다. 그 사실을 잘 모르는 초심자 플레이어가 파트너 몬스터를 잘못 공격하다 도리어 당하는 경우도 있었다.

"그럼 앞으로 잘 부탁해."

"쿠웃!!"

새끼 여우는 '잘 부탁해!!'라고 말하듯이 오른쪽 앞발을 번쩍 들며 울었다. 정말 귀여운 모습이었다.

"자, 계약한 뒤에 처음으로 해야 할 일이 있어."

"쿠?"

"네 이름을 정해야 해. 엘레멘트 테일은 종족명이잖아. 파트너가 되면 제대로 너만의 이름을 붙여줘야겠지?"

"쿠우?! 쿠~ 쿠~!!"

"그래서 말인데……, 아니, 좀 얌전히 있으라고! 머리가 흔들리잖아!!"

'정말?! 무슨 이름?!'이라고 재촉하는 새끼 여우를 진정시키며, 신은 머릿속에 떠오른 이름을 말했다.

"유즈하…… 는 어때?"

"쿠쿠쿠우…….."

새끼 여우는 작게 울며 유즈하라는 이름에 대해 조용히 생각하는 듯했다. 그리고 마음에 들었다는 듯이 '쿠우!' 하고 한층 크게 울었다.

엘레멘트 테일은 구미호 전설 때문인지 게임에서 퀘스트를 수행할 때 여성의 모습으로 플레이어 앞에 나타났다. 그래서 왠지 여성스러운 이름이 떠오른 것이다.

"뭐, 사실 성별 같은 건 없지만 말이야."

몬스터인 엘레멘트 테일은 자웅의 제한이 없어 남자도 여자도 될 수 있었다.

플레이어 앞에는 여성의 모습으로 나타나는 게 일반적이지만, 극히 드물게 남자의 모습으로 나타난다는 내용이 공략 사이트에 실려 있었다. 다만 신도 실제로 본 적은 없었다.

"쿠우?"

"아무것도 아냐. 만약에 남자 모드가 되면 유즈토 같은 이름으로 부르면 되겠지."

소설이나 만화, 애니메이션에서는 동물을 끌어안고 자면 다음 날에 전라의 미녀가 되는 에피소드가 흔하다. 게임에서 그랬던 것처럼 엘레멘트 테일이 인간 형태가 될 수 있는지는 모르지만 이왕이면 여성의 모습이 좋을 것이다.

신은 오늘 꼭 새끼 여우의 복슬복슬한 감촉을 느끼며 잘 생각이었는데, 아침에 남자와 끌어안은 채 눈을 뜨는 사태만큼은 단호히 사양하고 싶었기 때문이다.

'내 LUC가 낮으니까 분명 인간 형태가 될 일은 없겠지.'

"쿠우?"

새끼 여우 유즈하는 그런 행운이 절대 없을 거라며 투덜거리는 신의 모습을 고개를 갸웃거리며 지켜보고 있었다.

유즈하는 약간 특이한 주인에게 일말의 불안감을 느끼면서도 아무렴 어떤가 하며 생각을 그만둔 것 같았다.

아무리 엘레멘트 테일이라지만 몸은 아직 새끼 여우였다.

어려운 생각을 하는 건 익숙하지 않았다. 유즈하는 발톱 숨긴 앞발로 신의 이마를 가볍게 두들겨댔다.

신은 거기에 반응해서 '왜 그래~?'라고 대답했다. 오랫동안 혼자서 독과 저주를 견뎌온 유즈하에게는 그런 사소한 소통이 너무나 기쁜 건지도 모른다.

✝

"응?"

북쪽 숲에서 빠져나오려 할 때 신의 귓가에 '딩동!' 하고 익숙한 전자음이 울렸다. 게임을 할 때는 레벨업이나 메일 수신, 이벤트 안내 때마다 자주 듣던 소리였다.

유즈하가 반응하지 않는 걸 보면 신에게만 들리는 것 같았다.

"메시지 도착. 티에라가 보낸 건가."

신의 시야 구석에 '메시지가 도착했습니다'라는 반투명한 글자가 나타났다. 이쪽 세계에서 생활한 지 벌써 며칠이 지났지만, 게임 특유의 비현실적인 화면 효과를 보자 아직도 게임 속에 있는 것 같은 착각이 들었다.

"시스템이 어중간하게 남아 있으니까 위화감이 너무 크네."

예전에는 아무리 VR(버추얼 리얼리티)이라지만 누가 봐도 게임 화면이었으므로 위화감을 느낀 적은 없었다. 하지만 현실에서 보니 영 어색했다.

'게임과 현실이 뒤섞인다는 게 이런 느낌인가?'

신은 얼굴을 찡그렸지만 편리한 건 사실이었다. 익숙해질 수밖에 없다고 생각하며 한숨과 함께 메시지를 열었다.

『신에게.

내가 시험해봤는데 스승님께 메시지를 보낼 수 있었어.

스승님이 메시지 카드를 갖고 계신지는 모르겠지만 답장이
오면 또 연락할게.

추신.

메시지 카드에 아이템을 첨부해서 보낼 수는 없는 거야?』

이쪽 세계에서 슈니와 알고 지낸 티에라는 문제없이 메시
지 카드를 보낼 수 있었던 모양이다.

신은 지금까지 티에라와 슈니가 메시지를 주고받을 수도
있다는 생각을 전혀 하지 못했다.

"뭐, 연락이 닿았으니까 된 거겠지."

신은 결과가 좋으니 다 잘된 거라고 자신을 납득시키고 답
장과 함께 미사용 메시지 카드를 첨부했다.

메시지 카드는 빛의 가루가 되어 답장할 편지지 안에 흡수
되었다. 가벼운 아이템만 첨부할 수 있었지만 충분히 편리한
기능이었다.

"……이쪽 세계에선 이렇게 되는 건가. 게임에서는 첨부 기
능 같은 건 없었는데."

게임과 현실은 다르다―. 신은 다른 아이템도 한번 검증해
봐야겠다고 머릿속에 메모해뒀다. 게임보다 융통성이 있기에
전혀 예상치 못한 일도 가능할 것 같았다.

아이템 박스 안에 담긴 물건들의 숫자를 생각해보면 검증
에는 상당한 시간이 걸릴 것이다. 거기까지 생각이 미친 신은

가벼운 두통을 느꼈다.

"슈니에게서 답장이 오면 꼭 연락해줘……."

신은 아이템 첨부 방법까지 적어서 메시지를 보낸 뒤 다시 걷기 시작했다. 목적지는 왕도의 동문이었다.

유즈하에 대한 건 비밀로 한다 쳐도 100마리에 가까운 스컬 페이스 군대에 습격당한 사실은 꼭 보고해야 했기에 일단은 길드에 가기로 했다.

"여어, 신. 오늘은 또 이상한 걸 데리고 있군."

동문에 도착하자 베이드가 말을 건넸다. 매일 얼굴을 봐서 그런지 첫 만남 때처럼 어색한 느낌은 전혀 없었다.

"내 파트너가 된 유즈하야. 확인해두고 싶은데, 파트너 몬스터를 데리고 있으면 뭔가 제약 같은 건 없어?"

아무리 테이머가 데리고 있다지만 몬스터를 자유로이 도시 안에 들이는 건 힘들지도 몰랐다.

"공격적이거나 덩치가 큰 몬스터라면 여러 가지 제약이 있지만, 그런 쪼그만 녀석이라면 큰 문제는 없을 거야. 일단은 우리가 준비한 서류에 필요한 사항을 기입해줘야 해. 그리고 네 일행이라는 걸 증명하는 계약 증표를 기록해두면 끝나."

"의외로 느슨하군."

좀 더 엄중할 거라 예상했기에 약간 허무하게 느껴졌다.

"물론 폭주하면 위험한 몬스터에게는 좀 더 엄중해. 만약 파트너 몬스터가 문제를 일으키면 모든 책임은 테이머가 져야 하지. 일부러 파트너 몬스터를 건드려서 테이머에게 돈을 뜯어내려는 녀석들도 있으니까 조심하라고."

"그래. 역시 그런 녀석들이 있는 거구나."

"곤란한 일이지. 하지만 섣불리 테이머의 능력을 제한해버리면 오히려 파트너 몬스터를 노린 범죄가 생겨. 그런 부분을 조정하기 어려운 거야."

"느슨한 줄 알았는데 여러 가지로 생각해서 나온 규칙인가 보네."

진귀한 몬스터를 잡아 팔아치우려는 패거리도 있다는 베이드의 말에 신은 납득하고 말았다.

누군가가 파트너 몬스터를 무력으로 포획하려 할 경우에는 반격도 허용된다고 한다. 다만 그 뒤의 과정이 매우 복잡하기 때문에 베이드는 '때릴 거면 눈에 안 띄는 곳에서 실컷 때려'라고 말해주었다.

위병이 그렇게 말해도 되나 싶었지만, 파트너 몬스터라는 걸 알면서도 손을 대는 건 대부분 몬스터 불법 매매 조직의 조직원이나 범죄자이기에 봐줄 필요는 없다고 한다.

물론 신은 유즈하에게 손을 댄다면 잠자코 있지 않을 생각이었고, 유즈하의 레벨도 일반인과 비교하면 상당히 높았다. 멋도 모르고 손을 댄 상대는 지옥을 경험하게 될 것이다.

"이름은 유즈하고 종족은 요호妖狐. 그리고……."

신은 베이드가 가져온 서류에 필요한 내용을 기입했다.

요호라는 건 여우 계열 몬스터가 속한 종족으로, 게임에서는 애완동물로 삼는 경우도 많았다.

다만 엘레멘트 테일은 최상급 보스이기에 요호족이면서도 '엘레멘트 테일'이라는 독립된 종족으로 분류되었다. 하이 휴먼이나 하이 엘프 같은 상위 종족이라 할 수 있었다.

따라서 신이 서류에 전혀 엉터리로 적은 것은 아니었다. 물론 진실이라고도 할 수 없었지만 말이다.

"……좋아, 다 썼어. 확인해줘."

"……흐음. 특별한 문제는 없군. 그러면 마지막으로 계약 증표를 등록해야 해. 여기에 계약 증표를 가까이 대줘."

내용에 빠진 게 없는지 확인한 베이드는 서류를 다른 위병에게 넘기더니 야구공 정도 크기의 보라색 구체를 내밀었다.

신과 유즈하는 각각 왼팔과 왼쪽 앞발을 구체에 가까이 댔다. 그러자 보라색 구체가 희미하게 빛나더니 안쪽에 계약 증표와 똑같은 매의 문양이 떠올랐다.

"이걸로 등록은 끝났어. 그리고 불행하게도 파트너 몬스터가 죽어버리거나 납치당했을 때는 등록 해소 수속을 해야 해. 일단 기억해둬."

"알았어. 그렇게 되지 않길 빌어야겠군."

신은 내용이 내용이니만큼 약간 사무적으로 변한 베이드의 말에 고개를 끄덕이며 성문을 통과했다.

머리 위에 유즈하를 올리고 있는 탓인지 스쳐 지나가는 사람들이 힐끔거렸지만 신도 예상했던 터라 크게 신경 쓰지 않았다.

어린아이들은 '와, 여우다~'라고 신을 가리키다가 부모에게 주의를 받았다.

굳이 계속 머리 위에 올려둘 필요는 없었지만, 사람이 많은 곳에서 바닥을 걷게 하면 약간 위험할 것 같았다. 물론 여기서 위험하다는 건 부딪친 사람 쪽이다.

신은 주위의 시선을 견디며 모험가 길드 간판을 지났다.

여기서도 예외 없이 신보다 머리 위의 유즈하에게 시선이 집중되었다.

접수 데스크에는 완전히 똑같이 생긴 두 접수원이 있었다. 쌍둥이 자매인 세리카와 시리카였다.

"실례합니다. 잠깐 보고할 일이 있는데요."

"말씀하십시오."

두 사람이 동시에 대답했다. 타이밍이 정확히 일치했다.

양쪽 모두 유즈하를 힐끔 쳐다보았지만 호기심이라기보다 단순한 확인 같았다. 프로다운 행동이었다.

"저기, 어느 분께 이야기할까요?"

"제가 들—."

"제가 듣겠어요!"

언니인 세리카의 대답을 가로막으며 동생인 시리카가 끼어들었다.

　착실한 언니와 기분파 여동생. 신은 둘을 헤어스타일로 구분하고 있었지만 성격도 확실히 달라 보였다.

　"……시리카."

　"왜?"

　"신 님은 제 앞에 계시니까 제가 듣겠습니다."

　세리카의 눈은 무척이나 진지했다.

　"어? 내가 해도 되잖아."

　"안 됩니다. 제가 해야 해요."

　"분위기가 왠지 평소하고 다르네……."

　"문제라도 있나요?"

　"네, 네, 알겠습니다. 저는 얌전히 있을게요."

　결국 세리카가 승리한 것 같았다. 신으로서는 누구에게 이야기하든 마찬가지였지만 말이다.

　"…… 이제 보고해도 되나요?"

　"네. 번거롭게 해서 죄송합니다. 보고해주세요."

　"오늘 북쪽 숲의 중심부 근처에서 대량의 스컬페이스와 조우했습니다. 확인 가능한 범위에 있는 건 전부 쓰러뜨렸지만, 혹시나 놓친 개체가 있을지도 모르니까요."

　"대량…… 이라면요?"

　"정확한 숫자는 세어보지 않아서 모르겠지만, 100마리 정도였던 것 같아요."

"아……."

100마리가량의 스컬페이스―.

세리카는 지난번 잭급을 토벌했을 때와 마찬가지로 '쓰러뜨렸다'는 말에는 별다른 반응이 없었지만 그 엄청난 숫자에는 경악을 감추지 못했다.

"그럴 리는 없겠지만 혹시 지난번처럼 강력한 개체였나요?"

"아니요, 이번에 조우한 건 일반적으로 알려진 레벨이었습니다. 클래스는 잭과 폰 급이 섞여 있었고 어떤 건물을 포위하듯이 움직였어요."

"건물…… 이라고요?"

"네. 신사…… 신을 모시기 위한 시설인데요."

세리카가 신사라는 단어를 알아들을지 알 수 없었기에 신은 대략적인 설명을 했다.

"신사…… 히노모토국國에 그런 게 있다는 말은 들은 적이 있지만 북쪽 숲에도 있을 줄은 몰랐네요."

생물의 접근을 막는 결계가 펼쳐져 있었기 때문일 것이다. 게다가 범위가 매우 좁았으니 더욱 알아채기 어려웠을 수도 있다.

"저도 신경이 쓰여서 가까이 가보니 갑자기 무언가가 깨지는 소리가 들리면서 스컬페이스가 몰려들더라고요. 아마 결계 같은 게 쳐져 있던 것 같습니다."

"거기서 뭔가를 발견하셨나요?"

"건물 내부에는 물건이 거의 없었는데 마법진 같은 게 그려져 있었습니다. 특징적인 건 그것뿐이었어요."

신은 유즈하에 대한 건 말하지 않고 그 밖에 눈에 띄었던 것들만 증언했다.

"보고해주셔서 감사합니다. 지난번의 객급에 대한 것도 포함해서 이쪽에서 조사를 진행하겠습니다. 그 밖에 뭔가 생각나시는 게 있으시면 다시 연락해주세요. 현장에 있던 사람만이 알 수 있는 일도 있을 테니까요."

"알겠습니다. 뭔가 생각나면 다시 올게요. 아, 그렇지. 히르크 약초 채취가 끝났는데 그건 어디로 가져가면 되나요?"

신이 아이템 카드에서 실체화한 히르크 약초 묶음을 보여주며 묻자 세리카는 게시판 옆에 있는 문을 가리켰다.

"그거라면 저쪽 방의 재료 전용 데스크로 가시면 됩니다."

신은 고맙다고 말하며 접수 데스크를 지나 안내받은 문으로 들어섰다.

내부에는 개별적인 데스크 5개에서 각각의 담당자가 대기하고 있었다. 그중 하나에 다가간 신은 데스크 위에 히르크 약초를 올려놓았다.

"채취 의뢰품입니다. 확인해주세요."

"알겠습니다. 잠시만 기다려주십시오."

덧붙이자면 담당자는 전부 여성이었다. 출입구 옆에는 경비로 보이는 남성도 있었지만 재료 취급은 완전히 여성들의 업무인 듯했다.

눈앞의 여성 역시 신의 머리 위에 자리 잡은 유즈하를 거들떠보지도 않고 자신의 업무에만 집중했다. 그야말로 프로다운 태도였다.

"많이 기다리셨습니다. 죄송하지만 아직 의뢰를 달성하지 못하셨습니다."

"넷?!"

숲에서 돌아오는 길에 마지막 1포기를 발견하고 의뢰를 완료했다고 뿌듯해하고 있었던 신에게 여직원은 무정하게 이야기했다.

"29포기는 확실히 히르크 약초지만 다른 게 하나 섞여 있습니다."

"저, 정말인가요……."

믿기지 않는다는 듯이 어깨를 축 늘어뜨리던 신은 그 뒤에 이어진 말에 더욱 놀라고 말았다.

"다만 섞여 있던 1포기는 주옥초珠玉草라는 약초입니다. 이것만으로도 쥬르 백금화 1닢입니다."

"백금화?!"

신은 자기도 모르게 '비싸잖아!'라고 외치고 말았다. 30포기에 쥬르 은화 1닢인 히르크 약초를 찾아다니다 쥬르 백금화에 상당하는 재료를 얻은 것이다.

사실 마지막 1포기를 찾아온 건 유즈하였고, 신도 얼핏 보고 넘어갔을 뿐 특별히 감정은 하지 않았다. 이벤트나 퀘스트 보상이라면 몰라도 필드에서 채취한 아이템은 감정하기 전에 자세한 정보가 표시되지 않는다.

"아니, 하지만 주옥초라면 기껏해야 포션·IV(4급 회복약)의 재료일 뿐인데……."

조금 냉정을 찾은 신은 그렇게 고가의 물건이 아니었음을 떠올리고는 고개를 갸웃했다. 담당 여직원은 그런 신의 태도에 당황하며 물었다.

"……저기, '기껏해야'가 아니라 충분히 굉장한 물건 아닌가요?"

포션(회복약)은 1급부터 10급까지의 랭크가 있고 스킬과는 반대로 숫자가 작을수록 효과가 높다. 4급이라면 손상 부위에 대한 회복 효과가 추가되는 수준이었다.

1급이나 2급과 비교하면 손상 부위의 회복 속도가 상당히 느렸기에 전투 중에는 단순한 회복약일 뿐이지만, 전투 뒤에는 충분한 효과가 있었다.

덧붙이자면 포션·I(1급 회복약)과 에테르·I(1급 마법약)에 몇 가지 아이템을 더해 합성하면 엘릭서(만능 회복약)가 된다.

최소 2급 이상의 아이템만 사용해오던 신은 4급 재료가 고가에 팔린다는 게 실감이 나지 않았다.

"혹시 4급 이상의 포션을 갖고 계십니까?"

"······아뇨. 그냥 그런 이야기를 들어본 적이 있어서요."

신은 순간 안 좋은 예감이 들었기에 얼버무렸다. 실제로는 3급은 물론 최고급인 엘릭서까지 갖고 있었지만 굳이 여기서 말할 필요는 없었다.

신은 노골적으로 미심쩍은 눈빛을 보내는 여직원에게 매각을 부탁해서 돈을 받은 뒤, 재빨리 그 자리를 벗어났다.

백금화는 사용하기 불편했으므로 금화와 은화로 나누어 받아두었다.

"의뢰도 완수한 게 아닌데 이런 수입이 들어오다니. 뭐야, 이 상황은."

숲 속을 오랫동안 헤매고 다닌 자신이 약간 바보처럼 느껴졌다. 게다가 의뢰 자체는 아직 달성하지도 못했다.

"그런데 유즈하, 그런 걸 잘도 찾아왔구나."

"쿠우~! 쿠~ 쿠~."

유즈하는 '칭찬해줘, 칭찬해줘!'라고 말하는 듯이 당당하게 가슴을 폈다. 신의 뒤통수에서 꼬리가 마구 흔들렸다.

신은 그런 유즈하의 머리를 쓰다듬어주며 홀로 돌아왔다.

유즈하를 쓰다듬자 약간 침울하던 기분이 조금 나아졌다. 기뻐하며 그의 손에 얼굴을 비벼대는 유즈하를 보니 낙담하던 자신이 왠지 바보처럼 느껴진 것이다.

신은 생각하는 걸 그만두고 의뢰서가 붙은 게시판을 돌아보았다.

히르크 약초 의뢰를 받았을 때는 G랭크의 의뢰서만 확인했지만 지금은 높은 랭크만 받을 수 있는 고액 의뢰도 봐두었다.

그러다 문득 메인 게시판 옆에 숨어 있던 다른 게시판을 발견했다.

크기는 가로 세로 30세메르 정도고 의뢰서도 직접 만들어 붙인 티가 났다. 옆에 있는 메인 게시판과는 비교도 안 될 만큼 초라해 보였다.

조금 궁금해진 신은 난잡하게 붙은 의뢰서를 적당히 읽어 보았다. 그중에는 신경 쓰이는 단어가 들어간 의뢰서도 보였다. 신은 그걸 손에 들고 천천히 읽어보았다.

—스킬 계승자 분께 부탁드릴 일이 있습니다.
—의뢰를 받아주실 분은 서쪽 지구 교회 옆 고아원으로 연락 주세요.
—보수는 상담 후 결정.

신은 내용을 보고서야 그것이 랭크가 적용되지 않는 의뢰서임을 깨달았다. 주로 사연 있는 사람들이 이용하는 게시판 같았고, 의뢰 내용도 가난한 아이의 부탁부터 범죄와 관련된 일까지 다양했다.

어째서 그런 게시판을 설치해둔 건지 시리카에게 묻자 '어떤 분이든 의뢰하는 건 자유니까요'라는 대답이 돌아왔다.

"수상한 의뢰뿐인 것 같은데……. 그 소문도 전혀 틀리진 않은 건가?"

신은 귀 기울이기 스킬로 수집한 정보 중 하나를 떠올렸다.

어디까지나 소문일 뿐이지만 약간 신경 쓰이는 내용이 있었다.

그건 길드와 길드 사이의 밀약—세상에 널리 알려진 모험가 길드, 상인 길드 같은 양지 길드와, 암살이나 유괴 등의 범죄를 저지르는 음지 길드의 관계에 대해서였다.

횡포를 일삼는 의뢰인이나 무리한 요구를 밀어붙이는 귀족 등을 음지 길드가 숙청해주는 대신, 양지 길드는 음지 길드의 범죄를 눈감아주고 있다는 것이다.

진실 여부는 알 수 없지만 그런 무언가가 있다 해도 이상할 건 없었다.

"그건 그렇고 고아원이라. 분명 미리도 고아원에서 산다고 했었지."

신은 지난번 빌헬름과 헤어질 때 들었던 말을 떠올렸다.

유즈하를 만나게 해준 소녀와 연관이 있을지도 모른다고 생각하자 무시하기에는 영 찜찜했다.

"……한번 가보기라도 할까."

어차피 신은 언제 한번 미리를 만나러 갈 생각이었기에 의뢰의 내용만이라도 들어보러 고아원에 가기로 했다.

✝

신은 세리카에게 고아원 가는 길을 물어보았다. 몇십 분 정도 걷자 교회 앞에 도착했다.

엄숙한 예배당과 스테인드글라스가 인상적인 전형적인 교회 건물이었다.

크게 열린 문 안쪽에는 예배객들이 앉는 긴 의자와 반짝이는 스테인드글라스가 보였다.

스테인드글라스 너머에 태양이 떠 있는 듯했다. 약간 어둑한 예배당에 알록달록한 빛이 비치는 광경은 정말 신비로웠다.

내부에는 예배객을 제외하면 수녀 2명이 있었고 목사나 신부의 모습은 보이지 않았다.

'내부 장식에 약간의 차이는 있지만 건축 스킬 『교회』를 썼을 때와 거의 똑같네.'

신은 주위를 둘러보며 그런 생각을 했다. 건축 스킬이란 말 그대로 건물을 건축하는 데 필요한 스킬로, 레벨이 오를수록 규모가 커지고 세밀한 내부 장식 설계까지 가능해진다.

신은 육천의 기술사奇術師 겸 건축가인 카인을 도우면서 건축 스킬 레벨을 Ⅵ까지 성장시켰다. 덕분에 좋은 건물의 기준에 대해 조금이나마 알고 있었다.

이 교회는 내부 장식이 낡긴 했어도 구석구석까지 잘 손질되어 있었다. 그것만 봐도 관리하는 사람의 됨됨이를 알 수 있었다.

"무슨 일이신가요?"

입구 근처를 기웃거리며 교회 안을 살펴보는 신을 보고 수녀 한 명이 말을 걸어왔다.

까만 눈동자에 갈색 머리를 번 헤어로 묶은 묘령의 여성이었다.

"응? 아, 죄송합니다. 이런 곳에 오는 건 처음이라서요."

교회에 와서 기도도 하지 않고 문 밖에만 서 있는 건 누가 봐도 수상했다. 하지만 수녀의 말투에서 신을 경계하는 느낌은 없었다.

신은 교회에 볼일이 없었기에 여기서는 보이지 않는 고아원에 대해 물어보기로 했다.

"고아원에 볼일이 있어서 왔는데요."

"길드에서 의뢰서를 보고 와주셨군요!"

수녀는 약간 과장되게 놀라며 대답했다.

의뢰를 받아들일 사람이 있을지도 모른다는 기대조차 하지 않았던 걸까. 덕분에 신이 오히려 깜짝 놀라고 말았다.

"저기, 일단 이야기라도 들어볼까 해서요. 그리고 이 고아원에 미리라는 수인 여자아이가 있지 않나요? 그 아이한테 이 새끼 여우…… 유즈하에 대해서 잠깐 물어볼 게 있거든요."

신은 그렇게 말하며 머리 위의 유즈하를 가리켰다. 수녀는 유즈하를 이제야 발견했는지 눈을 동그랗게 뜨더니 금방 경계하는 눈빛으로 대답했다.

"그 아이에게 뭔가 문제라도 있나요?"

"어제 만났을 때 조금 이상한 이야기를 들었어요. 그게 마음에 걸려서 의뢰를 수행하는 김에 조사하다가 이 유즈하를 만났고요."

수녀의 태도를 보면 미리에게는 뭔가 특수한 사정이 있는 것 같았다. 신은 주위에 들리지 않을 만큼 목소리를 낮추었다.

"……알겠습니다. 이쪽으로 따라오세요. 라시아 수녀님, 잠깐 여기를 맡아주세요."

신을 경계하던 수녀는 잠시 생각하더니 다른 수녀에게 그 자리를 맡기고 신을 고아원으로 안내해주었다.

수녀는 일단 밖으로 나오더니 교회 건물의 뒤편으로 돌아들어갔다.

그곳에는 낡은 건물 한 채가 있었다. 아파트를 연상케 하는 건물은 곳곳에 보수된 흔적이 있었지만 그렇게까지 초라해 보이지는 않았다. 아무래도 여기가 고아원인 것 같았다.

신은 건물 안으로 들어선 뒤 응접실로 보이는 곳에 안내되었다.

"미리를 불러올 테니 잠시 여기서 기다려주세요."

신이 소파에 앉아 실내를 둘러보고 있자 수녀가 금방 미리를 데리고 왔다.

"······신 오빠다."

수녀 뒤에 숨어 있던 미리는 소파에 앉은 사람이 신이라는 걸 알아보고는 종종걸음으로 다가와 그의 옆에 앉았다.

"······아무래도 나쁜 사람은 아닌 것 같네요."

수녀도 미소 지으며 정면에 놓인 소파에 앉았다.

"그렇게 갑자기 친절한 눈빛으로 쳐다보셔도······."

"후훗, 죄송해요. 미리가 이렇게 따르는 사람은 오랜만에 보거든요."

"빌헬름도 그러더군요. 아, 저는 신이라고 합니다. 모험가를 하고 있죠."

"이번에 미리의 부탁을 들어주셨다죠? 정말로 감사드립니다. 저는 트리아 슬리어스라고 합니다. 이 교회의 수녀이자 고아원 관리를 맡고 있습니다."

아무래도 이 수녀가 책임자인 것 같았다.

"오늘은 잠깐 확인할 게 있어서 왔는데요······. 저기, 미리. 어제 말했던 '여우'라는 게 이 녀석 맞아?"

"응, 맞아. 고마워."

미리는 감사 인사로 신을 꼬옥 끌어안았다.

"천만에. 유즈하도 고맙대. 미리 덕분에 살아난 거니까."

"쿠우!"

신은 미리의 머리를 쓰다듬으면서도 유즈하에게 감사 인사를 시키는 걸 잊지 않았다. 사실 미리가 아니었다면 지금쯤 유즈하가 어찌 되었을지는 아무도 모르는 일이다.

신은 유즈하가 바닥에 내려와 미리에게 머리를 숙이는 걸 확인한 뒤에 수녀 쪽으로 얼굴을 돌렸다.

미소를 띠며 미리와 유즈하를 바라보던 수녀도 그에 맞추어 자세를 바로 했다.

"확인하고 싶은 게 하나 더 있습니다. 길드에 붙어 있던 의뢰서에 관한 거예요. 자세한 이야기를 들을 수 있을까요?"

"물론이죠. 신 씨는 믿을 만한 분인 것 같으니까요."

트리아는 진지한 얼굴로 고개를 끄덕였다. 랭크가 적용되지 않는 의뢰인 만큼 역시 뭔가가 있는 듯했다.

"그 의뢰서를 읽고 오신 걸 보면 신 씨도 스킬 계승자시겠죠?"

"뭐, 그렇다고 할 수 있겠죠."

엄밀히 말하면 달랐지만 그렇다고 해둬야 이야기가 복잡해지지 않을 것 같았다.

신이 티에라에게서 들은 이야기로는, 스킬을 가진 것만으로도 좋은 대우를 받을 수 있고, 스킬을 계승받으려면 상당한 노력이나 금전이 필요했다.

스킬의 마이너 버전인 아츠라는 것도 있다지만 신은 아직 보지 못했다.

"어떤 스킬의 계승자를 찾아주셨으면 해요. 그리고…… 뻔뻔한 줄은 잘 알지만 가능하다면 그 스킬을 전수받고 싶습니

다."

수녀가 그렇게까지 필요로 하는 스킬이라면 떠오르는 것이 몇 가지 있었다.

"······역시 【힐】이나 【큐어】 계통인가요?"

"아니요, 다릅니다. 이번에는 조금 사정이 복잡하거든요."

"사정······ 이라고요?"

힐러에게는 기초 중의 기초인 스킬이기에 그 정도라면 가르쳐줘도 좋겠다 싶었지만, 아무래도 그게 아닌 모양이었다.

그 밖에 신이 생각할 수 있는 건 소생이나 빛 속성 마법 스킬이었지만 쉽게 가르쳐줘도 될지 확신이 서지 않았다.

"그래서 트리아 씨가 찾는 스킬이 대체 뭔가요?"

"—화······ 입니다."

"죄송합니다. 잘 안 들렸어요."

"【정화】입니다."

트리아는 '잘 모르시겠죠?'라며 체념하듯 덧붙였다.

"아아, 【정화】 말이군요."

"무리한 요구인 건 압니다만······."

"아아, 네. 그건 참 귀찮으니까요."

"네, 귀찮······. 네?"

트리아는 신이 말한 지 몇 초가 지나서야 그의 반응이 이상하다는 걸 알아챈 것 같았다.

"저기······ 방금 뭐라고 하셨죠?"

"아, 귀찮다고요."

의아한 표정으로 말을 꺼낸 트리아와는 달리 신은 맥 빠지는 대답을 했다. 왠지 전에 한 번 본 것 같은 광경이었다.

"저기, 어떻게 하면 익힐 수 있는지 알고 계신 건가요?"

"네, 알고 있어요."

"……의뢰를 받아주실 수 있는 건가요?"

"그건 그쪽 하기 나름이겠죠."

신은 그렇게 말하며 표정을 진지하게 바꾸었다.

그는 느긋한 말투로 말하면서도 머릿속으로는 주어진 정보를 냉정하게 분석하고 있었다.

미리에 대해 뭔가 알 수 있을 줄 알았는데 그에 관한 정보는 조금도 얻지 못했다. 그 대신 이 고아원이 맞닥뜨린 문제를 알게 된 것이다.

그것이 【정화】 스킬과 관련되어 있다는 건 의외였지만, 신은 일부러 알고 있다는 뉘앙스만 풍겨보았다.

이쪽 세계에 대한 지식이 아무리 부족하다 해도 처음 보는 상대에게 자신이 【정화】를 쓸 수 있다고 떠벌릴 만큼 멍청하진 않았다.

"보수에 대해선 저희 쪽에서도 검토할 시간이 필요합니다만……."

"아니요, 금전적인 건 필요 없습니다. 그 대신 몇 가지 조건이 있어요."

트리아의 표정이 갑자기 굳어졌다. 신이 무슨 말을 꺼낼지 이미 알고 있다는 듯한 태도였다.

"조건…… 말인가요?"

"네. 우선 첫 번째로 미리가 가진 힘에 대해 가르쳐주십시오. 두 번째로 여러분이 교회 내에서 얻은 정보를 제게 제공해주십시오. 기한은 앞으로 1년 동안입니다. 세 번째로 제가 의뢰를 받아들였다는 걸 밝히지 말아주십시오. 설령 교회의 수장이 와서 묻는다 해도 봉사 활동을 하러 온 모험가였다고만 해주세요."

교회에는 다양한 사람들이 모인다. 신에게만 털어놓을 수 있는 비밀 정보 같은 게 있을지도 모른다. 선해 보이는 트리아가 그런 이야기에 밝을 것 같진 않았지만 말이다.

하지만 가장 중요한 건 미리가 보여준 힘에 대한 정보였다.

미래 예지나 위기 감지 같은 말이 먼저 떠오르는 건 신이 게이머이기 때문일까. 현실의 지구였다면 웃음거리로 치부될 만한 일이었다.

"그것이 제가 원하는 보수입니다."

한편 제안을 받은 트리아는 어찌할지 고민하는 것 같았다.

만약 신이 스킬에 대해 무지했다면 사정이 딱하다 싶어서 약간의 보수만 받고 사용법을 알려주었을 수도 있다. 하지만 그러다 큰코다친다는 걸 티에라에게 들었기에 나름대로의 보수를 요구한 것이다.

트리아의 입장에서는 정체도 모르는 사람에게 미리의 힘에 대해 알려준다는 건 위험성이 너무 컸다. 신이 그 이야기를 다른 사람들에게 퍼뜨리지 않는다는 보장도 없었다.

더군다나 교회의 수장에게도 거역하라고 하지 않는가. 아무리 【정화】 스킬에 대한 조건이라지만 쉽게 받아들이긴 힘들었다.

게다가 신이 정말 【정화】의 습득 방법을 알고 있다는 증거도 없었다.

만약 미래를 예지할 수 있다는 사실이 권력자나 야심가에게 알려지면 미리가 위험해진다. 가볍게 승낙할 수는 없는 일이었다.

대답을 기다리는 신과, 입을 다문 채 고민하는 트리아.

침묵이 응접실을 가득 채웠다.

"……괜찮아."

그런 긴장감을 무너뜨리듯이 미리가 입을 열었다.

괜찮아.

미리는 그렇게 말하며 트리아를 똑바로 바라보았다. 어린아이라고는 도저히 믿을 수 없을 만큼 신비한 눈빛이었다.

"미리?"

"신 오빠라면 괜찮아."

"……."

생각에 잠긴 듯 침묵을 지키던 트리아는 미리의 태도에서 뭔가 느껴지는 게 있었는지 마음을 굳히며 고개를 끄덕였다.

"알겠습니다. 그 조건을 받아들일게요. 하지만 저희는 전문적인 정보 수집을 할 줄은 모릅니다. 특정한 정보를 찾아달라고 하셔도 도움이 될는지는……."

"교회에 온 사람이 뭔가 신경 쓰이는 이야기를 할 때마다 가르쳐주시면 됩니다. 사실 저에게는 미리가 가진 힘의 정체가 더 중요하거든요."

어설프게 정보원 흉내를 시키는 것이 오히려 더 위험할 수 있었다.

"……미리는 태어났을 때부터 『점성술사』의 칭호를 갖고 있어요. 이 아이의 이야기로는 갑자기 평소와 다른 풍경이 보였다고 해요. 실제로 지금까지 미리가 했던 말이 어긋난 적은 없었습니다. 신 씨에게 부탁을 한 것도 그 힘으로 무언가를 봤기 때문일 거고요."

"『점성술사』요? 미리에게 그런 힘이……."

"네……. 뭔가 알고 계신가요? 저는 이 칭호에 대해 거의 아는 게 없습니다. 칭호 소유자는 스킬 계승자보다도 흔치 않고 능력을 드러내는 일도 거의 없으니까요. 제가 방금 말씀드린 내용도 미리에게 들어서 알게 된 것뿐이에요."

신은 깊은 생각에 잠겼다.

원래 『점성술사』는 퀘스트를 수행할 때 간단한 힌트를 얻을 수 있는 칭호였다.

신도 물론 갖고 있었지만 미리 같은 힘은 전혀 발현되지 않았다. 발현되려면 특정한 조건이 필요한지도 모른다. 그러나 딱히 짐작 가는 건 없었다.

다만 분명한 사실은 신이 알던 【THE NEW GATE】에 그런 힘이 존재하지 않았다는 점이었다. 어쩌면 원래 세계로 돌아갈 단서가 될지도 모른다.

'메시지 카드 같은 아이템뿐만 아니라 칭호까지도 변화가 있는 건가. 그걸 알게 된 것만으로도 큰 수확이지만 내 마음대로 발동할 수 없는 칭호는 확인하기가 어렵단 말이지. 확실히『점성술사』의 효과를 미래 예지로 볼 수도 있긴 한데…….'

칭호는 임의 발동형과 상시 발동형으로 나뉜다.『점성술사』는 퀘스트를 맡은 직후에 효과를 발동할지 선택하는 중간적인 형태였다.

그보다도─.

"미리가 그런 힘을 갖고 있다는 게 알려지면 유괴, 납치, 감금…… 위험한 생각을 하는 녀석들이 나오겠네요. 어떤가요?"

신은 문득 무서운 생각이 떠올랐다. 그러면서도 가벼운 말투로 이야기할 수 있는 건 그가 지금까지 위험한 일을 많이 겪어봤기 때문이었다.

덧붙이자면 지금만큼은 미리의 귀를 꼭 틀어막은 채 대화하고 있었다.

"가볍게 발설하지 않도록 관계자에게 일러두었으니 그리 간단히 알려지진 않을 거예요. 고아원을 나간 뒤에 모험가가 된 분들도 협력해주고 계시고요."

"빌헬름 말인가요?"

"네. 그 밖에도 많이 계시지만 가장 큰 도움이 되어주시는 건 그분이에요. 사람들 대부분이 그분의 실력을 두려워해서 아이들에게 손을 대지 않게 되었거든요."

모험가들은 두려워했지만 빌헬름은 신이 처음 생각한 대로 악인은 아닌 것 같았다. 좋은 쪽이든 나쁜 쪽이든 자신의 이름을 널리 알려서 고아원을 지키고 있는 것이다.

빌헬름에게 앙심을 품은 자가 고아원을 노릴 수도 있지만 그건 다른 모험가들이 나서서 어떻게든 막아줄 것이다. 혼자서 할 수 있는 일은 그렇게 많지 않으니까 말이다.

"그러면 보수도 먼저 받았으니 정식으로 의뢰를 받아들이 겠습니다. 【정화】를 습득하려는 건 트리아 씨가 맞으시죠?"

"아니요, 제가 아니라 라시아예요. 교회에 저 말고 다른 수녀가 한 명 있었잖아요? 그 아이가 전수받을 수 있도록 해주세요."

"그런가요? 전 당연히 트리아 씨가 받을 줄 알았는데요."

"그 아이는 여기서 일하던 신부님의 손녀예요. 교회의 후계자는 세습으로 정하는 편이 원만하니까요."

아무래도 【정화】 외에도 뭔가 사정이 있는 것 같았다. 신은 복잡한 전개가 될 것 같다고 생각하며 쓴웃음을 짓고는 유즈하를 쓰다듬었다.

†

자세한 이야기는 당사자와 함께 나누고 싶다는 트리아의 제안을 받아들여서, 신은 교회가 문을 닫을 때까지 고아원에서 기다리기로 했다. 수녀로서 일해야 하는 트리아를 위해 업무가 끝날 때까지 아이들과 놀아주기로 한 것이다.

"여우?!"

"아기 여우다!"

"안아봐도 돼?"

"내가 안을래!"

"내가 할 거야!"

"쿠우……."

고아원 아이들의 관심은 오로지 유즈하에게 쏠렸다. 장난감처럼 취급되는 유즈하에게는 미안했지만 이번만은 견뎌주길 바랄 수밖에 없었다. 신도 때를 봐서 구해줄 생각이었다.

한편 신에게 다가오는 아이는 전혀 없었다. 신의 옆에 있는 건 미리뿐이었다.

"예상은 했다만, 이 패배감은 뭐지……."

"……힘내."

미리의 위로가 오히려 마음에 사무쳤다.

"……뭐, 갑자기 나타난 낯선 사람을 잘 따를 리가 없겠지."

아이들은 경계심이 강하다. 트리아가 그를 아이들에게 소개해주고 가긴 했지만 금방 마음을 열지는 않을 것이다. 부모형제를 잃은 고아들이라면 더욱 그랬다.

"미리는 유즈하랑 놀지 않아도 되니?"

"못 이겨."

"못 이기는구나."

"응."

예상 밖의 대답이었지만 결국 힘으로 당해내지 못한다는 뜻일 것이다. 유즈하를 둘러싼 아이들에게 뛰어들기에는 미리의 체격이 너무 작았다.

그런 생각을 하고 있는데 유즈하가 이제는 못 견디겠다는 듯이 아이들 사이를 빠져나와 신의 머리 위로 기어 올라왔다. 흥분했는지 털이 약간 곤두서 있었다.

"유짱, 이리 와."

"……쿠우."

미리가 부르자 유즈하는 잠시 망설이더니 울음소리를 내며 그녀의 품에 안겼다. 아까 먼저 만나본 덕분에 그나마 경계심이 덜한 것 같았다.

미리가 붙여준 별명은 유짱이었다.

"이걸로 복슬복슬 독차지했어."

"노렸던 거냐?!"

"힘 안 들이고 이겼어."

"완전히 책략가잖아?!"

견디지 못한 유즈하가 도망쳐 오리란 걸 예측한 모양이다.

"미리, 무서운 아이!"

신은 자기도 모르게 외치고 말았다. 문득 시선을 느끼고 얼굴을 들자 아이들이 멀찍이서 신을 바라보고 있었다.

신이 어떻게 할지 진지하게 생각하고 있자 가장 나이가 많아 보이는 여자아이가 신 앞에 섰다. 이럴 때는 여자 쪽이 담력이 있는 듯하다. 신은 '남자들은 뭐 하냐!'라고 다그치고 싶었다.

회색 머리카락을 어깨 길이로 단정히 자른 소녀였다. 유즈하에게 몰려든 아이들이 초등학교 저학년 정도인 데 비해 그 소녀는 중학생에 해당하는 나이로 보였다. 녹색 눈동자에서 긴장감이 엿보였다.

"……안녕하세요."

"안녕. 트리아 씨가 말해줬겠지만, 난 신이라고 해. 모험가를 하고 있어. 잘 부탁해."

"쿠아…… 입니다. 잘 부탁드려요."

신은 혹시 몰라서 다시 한 번 자기소개를 했다. 겁먹지 않도록 신경 쓴 덕분인지 소녀도 약간 머뭇거리며 자기 이름을 밝혔다.

"그리고 이 녀석은 유즈하야. 내 파트너니까 수염이나 꼬리를 너무 잡아당기지는 말아줘."

"당신이 우리를 구해줄 사람?"

"응? 무슨 말이야?"

'수녀님을 구해줄 사람'이라고 했다면 신도 납득했을 것이다. 하지만 '우리를'이라는 건 무슨 뜻일까.

"수녀님이 여기가 없어질지도 모른다고 했어요."

"교회가 없어지는 거야?"

"아니요. 고아원만."

"고아원만이라고?"

교회와 고아원이 한 세트라고 생각했던 신은 쿠아의 말에 놀라고 말았다.

고아원이 없어지면 여기 사는 아이들은 어떻게 될까. 쿠아의 태도를 보면 그다지 좋은 일은 아닐 것 같았다.

"어쨌든 나한테 이야기해줄래? 나도 자세한 내막은 잘 모르거든."

"……알았어요."

신의 진심이 전해졌는지 쿠아는 조용히 이야기를 시작했다.

이 교회는 어느 정도 실력이 있는 신관만 관리할 수 있으며 트리아에게는 그럴 만한 자격이 없다고 한다. 여기서 말하는 '신관'이란 직업을 가리키며, 신부든 수녀든 호칭만 다를 뿐

똑같은 신관이었다.

이대로 간다면 다른 신관이 이어받아서 관리하게 될 테지만, 그 후보인 남자 신관은 고아원을 폐쇄하겠다고 공언했다고 한다. 신관이 맞는지 의심스러울 정도였다.

단, 자격이 동일할 경우, 전 관리자의 가족이나 친인척에게 우선권이 있었다.

그것이 트리아가 자신이 아닌 라시아라는 수녀를 내세우는 이유였다. 라시아가 이 교회를 이어받는다면 당면한 문제가 전부 해결된다.

설마 아이들이 이 정도로 사정을 잘 이해하고 있을 거라고는 예상 못한 신은 약간 놀라고 말았다.

"그런데 왜 그 신관은 고아원을 없애려는 거야? 같은 교회 사람이면서."

트리아나 라시아를 보면 교회는 사람들에게 도움을 주기 위한 조직 같았다. 그런데 유력한 후계자 후보인 그 남자의 행동은 아무리 봐도 이상했다.

"우리는 그 남자가 싫어요."

쿠아의 말에 뒤에 있던 아이들도 고개를 끄덕거렸다.

"어떤 녀석인데?"

신은 질문을 꺼내면서도 쿠아의 대답을 대충 예상할 수 있었다.

"돈에 눈이 먼 돼지."

"……아~ 응. 그거면 충분해."

아이들이 이런 심한 말을 했다는 것만으로도 어떤 인물인지 간단히 상상이 갔다. 한쪽의 말만 듣고 성급하게 판단해선 안 되겠지만, 그걸 감안하더라도 호의적으로 볼 수는 없었다.

조직이란 건 반드시 어느 한 부분이 썩기 마련이라는 생각에 신은 씁쓸한 표정을 짓고 말았다. 사람인 이상 어느 세계에서든 그런 굴레에서 벗어날 수 없는 것 같았다.

"그래서 라시아가 이어받으려면 꼭 【정화】를 습득해야 한다는 건가."

길드에서 엘스가 말했던 것처럼 신관에게 【정화】라는 스킬은 상당히 특별한 모양이다.

"신 오빠가 도와줄 테니까 괜찮아."

"이것만큼은 그렇게 단언할 수 없어."

신은 너무 자신만만하게 말하는 미리에게 주의를 주었다. 이번에는 『비전서』를 사용하지 않고 원래의 방법으로 습득시켜야 했다. 이런 경우 전수받는 본인이 노력하지 않으면 신이 아무리 도와줘도 소용이 없었다.

『비전서』를 사용하지 않는 건 『비전서』가 이쪽 세계에서 어떤 가치인지를 모르기 때문이기도 하지만, 전수하는 김에 라시아를 단련시켜 다소의 폭력 사태에도 대처할 수 있게 하기 위해서였다.

쿠아의 이야기를 통해 생각해보면 【정화】를 익혔다고 이 교회가 직면한 문제들이 전부 해결될 것 같지는 않았다. 십중팔구는 분쟁이 발생할 것이다. ……물론 빌헬름이 나선다면 해결되긴 하겠지만 말이다.

"그래도 미리가 그렇게 말한다면 괜찮으려나."

쿠아가 중얼거리는 걸 듣고 신이 물었다.

"미리가 하는 말이 그렇게 잘 맞는 거야?"

"네. 어쩌다 한 번씩 가르쳐주긴 하지만요. 어느 가게가 싸다든가, 어디에 간식이 들어 있다든가 하는 식으로."

"아니, 잠깐. 그건 뭔가 다르잖아."

신은 미리의 직감이 너무 좋아서 다른 아이들이 이상하게 볼까 봐 가슴을 졸이다, 예상치 못한 대답을 듣고는 맥이 빠지고 말았다. 미리도 이야기하는 상대에 따라 말할 내용을 구분하는 모양이었다.

"이상해?"

미리가 신을 올려다보았다.

"이상하잖아. 아니, 오히려 좋은…… 건가?"

숨겨야 할 건 숨겼으니까 그 정도라면 기억력 좋은 아이로만 받아들여질 것이다.

확실히 정신적으로 조숙한 아이였다. 아마 『점성술사』의 힘으로 여러 가지 것들을 보아왔기 때문일 것이다.

"뭐, 무리하는 게 아니라면 됐어."

신은 그렇게 말하며 미리의 머리를 쓰다듬었다. 처음에는 의아한 표정을 짓던 미리도 기분이 좋아졌는지 가만히 있었다.

"쓰다듬어주는 거, 좋아."

기분 좋아하는 미리를 다른 비스트 꼬마들이 부러운 듯이 쳐다보고 있었다.

✝

미리 덕분에 신은 아이들과 친해져서 몇 시간이나 놀아주었다. 덕분에 트리아가 고아원에 돌아올 무렵에는 몇 명의 언니 오빠를 제외하면 아이들이 다들 잠들어 있었다.

"아이들을 봐주셔서 고맙……"

트리아는 말을 꺼내다 멈추었다. 곤히 잠든 아이들을 보고 긴장이 풀린 것 같았다.

아무래도 오늘 처음 만난 신에게 아이들을 맡기는 마음이 편하지는 않았나 보다.

"……이 아이들도 완전히 마음을 연 것 같네요."

"그렇다면 좋겠지만요."

트리아 뒤에는 라시아라 불리던 소녀가 있었다. 회색 머리를 트리아처럼 번 헤어로 묶은 게 보였다. 신을 바라보는 갈색 눈동자가 방금 전의 쿠아처럼 긴장하고 있었다.

"당신이 라시아 씨인가요?"

"네, 넷! 잘 부탁드릿…… 아으."

혀를 깨문 것 같았다.

"어, 괜찮으세요?"

"조금 덜렁대긴 하지만 착실하다는 건 제가 보장할게요."

옆에서 끼어든 트리아도 쓴웃음을 짓고 있었다.

"으으, 죄송합니다. 보기 흉한 꼴을……."

"뭐, 편하게 가자고요. 제 이름은 신. 모험가입니다. 【정화】
스킬을 습득할 수 있도록 지도해드릴 거예요. 하지만 습득할
수 있는지 여부는 라시아 씨에게 달려 있어요. 그걸 잊으시면
안 됩니다."

"네!"

라시아는 이번에는 제대로 된 대답을 했다. 그녀의 눈동자
는 진지하기 그지없었다.

"그러면 사소한 부분은 생략할게요. 먼저 물어볼 게 있는
데, 레벨 높은 언데드 몬스터가 대량으로 출현하는 장소를 알
고 계시나요? 모르신다면 제가 길드에서 조사해보고요."

【정화】를 습득하는 데 필요한 조건이었다. 어느 장소를 고
르느냐에 따라 효율성도 달라진다.

"유명한 장소라면 역시 망령평원이 있겠네요."

"망령평원?"

트리아의 입에서 나온 낯선 지명에 신은 고개를 갸웃거렸다.

"네. 왕도에서 북쪽에 있는 평원이에요. 원래는 던전이 있

던 장소였지만 옛날 천재지변으로 일부가 지상에 드러나면서 평원 일대를 언데드 몬스터가 배회하고 있다고 해요."

"언데드가 지상에? 그런 일도 있군요."

"그곳 외에도 비슷한 경우가 있다고는 하는데, 자세히는 모르겠네요⋯⋯."

"뭐, 이번에 볼일이 있는 건 언데드 몬스터니까 딱 안성맞춤이겠네요."

신은 일이 너무 잘 풀린다는 느낌이 들었지만 굳이 신경 쓰지 않기로 했다. 그런 장소를 일일이 찾아다닐 수고를 덜었으니 된 것 아닌가. 시간적으로 여유 있는 상황이 아니었기에 빨리 끝나서 나쁠 건 없었다.

"망령평원까지는 얼마나 걸리죠?"

"아무래도 거기까지는―."

"마차로 5일에서 6일 정도야."

트리아의 말을 가로막은 건 입구에 나타난 빌헬름이었다. 손에는 마창 『베놈』을 들고 조용히 투기鬪氣를 불태우고 있었다.

"⋯⋯어머, 빌. 돌아와 계셨군요."

"응, 잠깐 신세지고 있었어."

신은 트리아의 말이 끝나길 기다렸다가 가볍게 인사를 건넸다.

"네가 그 의뢰를 받아들인 모험가였군."

겉으로는 평온해 보였지만, 신의 눈에는 그가 노골적인 적의를 드러내는 게 보였다.

"그래. 보수는 이미 받았으니까 【정화】에 대한 건 전부 맡겨 둬도 돼."

"……뭘 물어봤지?"

빌헬름은 신의 대답만 듣고도 보수가 금품이 아니라는 걸 꿰뚫어 보았다. 그의 눈빛이 거짓말은 용서치 않겠다고 말하는 듯했다.

신은 짧게 심호흡을 한 뒤 대답했다.

"미리가 어떤 힘을 갖고 있는지 물어봤어. 그리고 고아원 출신 모험가가 협력해서 정보가 새어 나가지 않도록 막고 있다는 이야기도 들었고."

"너무 많이 믿는 거 아냐?"

그 질문이 향한 건 트리아였다. 두 수녀 중에 누가 교섭했는지는 뻔히 보였던 것이리라.

신이 봐도 라시아가 그런 교섭을 할 수 있을 것 같지는 않았다.

"괜찮아요. 나쁜 사람처럼 보이진 않으니까요. 그리고 미리가 괜찮다고 단언했어요."

빌헬름은 '설마' 하고 중얼거리며 미리를 돌아보았다.

"……보였던…… 거야?"

"응."

"……그렇군."

빌헬름은 잠시 입을 다물더니 불쑥 대답했다. 일단은 납득한 것 같았다.

"어~ 이야기가 잘된 건가?"

"그래. 미리가 그렇게 말했다면 일단은 믿어주지."

그런 반응을 보자 신도 어깨를 움츠릴 수밖에 없었다.

"난 내가 들은 내용을 퍼뜨리거나 미리의 힘을 악용할 생각은 없어."

"당연한 소릴. 그런 짓을 하기만 해봐, 이 녀석한테 생명력이 빨려서 뒈질 테니까."

빌헬름은 농담하듯이 『베놈』을 휘둘러 보였지만 눈빛은 더할 나위 없이 진지했다. 언제든지 창을 날릴 기세였다.

"음~ 싸움, 안 돼!"

그런 살벌한 분위기를 알아챈 미리가 중재하러 나섰다.

"어이쿠."

"큭."

빌헬름도 더 이상 왈가왈부할 생각은 없었는지, 내뿜던 투기를 거둬들였다.

"빌 오빠, 속 좁아."

"죄송합니다. 옛날부터 성격이 급해서."

"빌은 참을성이 없다니까요."

트리아와 라시아가 빌헬름을 두둔해주었다. 물론 두둔해준다기보다 깔아뭉개는 것처럼 들리기도 했다.

"다들 한마디씩 하는데?"

"너희들 진짜……."

일반인이라면 공포에 떨 만한 투기를 받아내면서도 태연한 걸 보면 그녀들도 평범한 사람 같지는 않았다.

"칫, 됐어. 너도 이제【정화】에 관한 정보나 내놔."

"아무한테도 얘기하면 안 된다."

"안심해. 교회의 비법에 대한 정보라면 아무한테나 퍼뜨리는 게 더 위험해."

빌헬름의 말에 다른 이들도 고개를 무겁게 끄덕였다.

아무래도 신이 생각한 것보다 교회의 세력이 큰 것 같았다.

"혹시 모르니 도청 방지 마법 스킬을 걸어둘까……. 좋아, 그러면 본론으로 들어갈게.【정화】의 습득 방법은【기도의 성옥聖玉】이라는 아이템을 가진 상태에서 레벨 150 이상의 언데드 몬스터를 200마리 쓰러뜨리는 거야. 굳이 혼자서 상대하지 않고 마무리 공격만 가해도 쓰러뜨린 걸로 인정되니까, 내가 빈사 상태로 만든 적을 라시아 씨가 계속해서 쓰러뜨리면 돼."

"……이봐, 그게 정말이냐?"

빌헬름도 놀라움을 감추지 못했다.

"진짜야. 원래는【기도의 성옥】을 구하는 게 더 힘들지만, 그건 내가 지금 갖고 있으니까 괜찮아."

신은 별일 아니라는 듯이 이야기했다.

한편 라시아는 혼이 빠져나간 사람처럼 멍하니 있었다.

"이봐, 라시아!"

"네엣!!"

"너, 그래 가지고 괜찮겠어?"

넋이 나가 있던 라시아의 어깨를 빌헬름이 흔들었다. 다른 방법이 없는 만큼 그녀가 노력해주는 수밖에 없었다.

"이봐, 신. 이번 일은 나도 동행하겠어."

"응, 상관없어. 잘 아는 사람이 함께하면 라시아의 마음도 편할 테니까."

신은 오히려 단둘이 가는 건 조금 곤란하다며 라시아의 심정을 배려했다.

라시아의 반응을 보고 알게 된 사실이지만, 이쪽 세계에서는 신이 말한 시련을 클리어하는 건 어지간한 모험가에게도 힘들었다. 신은 자신도 모르게 자꾸만 게임할 때를 기준으로 생각하게 된다는 것을 깨닫고 자중하자고 자신을 타일렀다.

"그러면 라시아. 열심히 하고 오세요."

"네, 최선을 다할게요!"

트리아의 격려에 라시아가 대답했다.

신이 생각에 잠긴 사이 그녀도 침착함을 되찾은 것 같았다. 교회를 짊어지려면 이 정도는 극복해야만 했다.

일단 라시아가 각오를 굳히자 세세한 부분을 이야기하고 회의는 끝났다.

서두를수록 좋겠지만 각자 여행 준비도 해야 했기에 출발
은 내일 아침이었다. 집합 장소는 동문 앞으로 정해졌다.

†

신이 교회를 떠난 뒤, 모두가 각자 내일을 위한 준비를 시
작했다. 라시아와 트리아는 교회에서 짐을 꾸리며 아이들을
돌보았다. 그리고 빌헬름은 여행에 필요한 식량과 물품을 사
러 밖에 나와 있었다.

그는 큰길을 걸으며 필요한 상품을 구입하는 와중에 고아
원 출신의 모험가들에게 당부하는 것도 잊지 않았다. 고아원
을 폐쇄하려는 신관이 자신이 없는 사이 무슨 짓을 할지 모르
기 때문이었다.

고아원 출신 모험가 중에서도 미리의 힘을 아는 사람은 극
히 일부분이었다. 오랫동안 자리를 비우게 될지도 몰랐기에
그들 모두에게 상황을 알리고 경계를 촉구해야 했다.

빌헬름은 바쁘게 움직이면서도 한 남자에 대해 계속 생각
했다.

바로 신에 대해서였다.

첫 만남은 단골 가게에서 우연히 합석했을 때였다.

이제 막 모험가가 되었다고 하면서도『베놈』을 가진 자신에
게 주눅 들지 않고 말을 걸어온 것이 인상적이었다. 그래서

고아원에서 재회했을 때 금방 알아본 것이다.

교회에서 트리아가 미리의 힘을 알려주었다는 말을 듣고 처음 보는 사람을 너무 믿는 게 아닌가 싶었지만, 미리가 괜찮다고 단언하는 걸 보고 일단은 받아들이기로 했다.

게다가 미리는 '보였다'고 말했다.

구체적으로 무엇을 본 것인지는 이야기하지 않았지만, 적어도 신이 위험한 존재가 아니라는 것만은 확실했다. 그렇지 않다면 미리가 옹호할 리 없었다.

그러나 여전히 그의 정체가 분명하지 않다는 것도 사실이었다.

가만히 생각해보면 이상한 구석이 한두 가지가 아니었다.

신은 『베놈』을 보며 '감정은 해봤냐'고 말했다. 그리고 굳이 감정자의 스킬 레벨까지 물어보았다. 지금 생각해보면 그때 신의 표정은 '그걸로는 당연히 안 되지'라고 말하는 듯했다.

【정화】의 습득 조건에 대한 것도 그랬다. 신은 '레벨 150 이상의 언데드 몬스터를 200마리 이상 쓰러뜨릴 것'이라고 말했다. 그리고 그 뒤에 '내가 무력화한 뒤에 라시아가 마무리 공격을 하면 된다'고도 말했다.

신의 말투를 보면 빌헬름을 전력에 넣고 생각하는 것 같지 않았다.

그 발언이 거짓이 아니라면 결국 레벨 150 이상의 몬스터를 혼자 상대할 실력이 있다는 의미였다. 그것도 전투에 방해만

되는 라시아를 데리고서 말이다.

'정말로 이제 막 모험가가 된 게 맞아?'

식당에서 합석했을 때는 모험가가 되기 전부터 전투를 경험했다고 말했지만, 그 정도의 실력이라면 이름이 조금이라도 알려지는 게 당연했다.

실력자에 대한 소문은 의외로 빨리 퍼지는 법이다. 그러나 고아원 출신의 정보원에게 물어봐도 신에 대해 전혀 아는 게 없다고 했다.

레벨이 150이 넘는 몬스터를 혼자 격파할 수 있다면 모험가 랭크는 최소 B 이상이다. A라 해도 이상할 건 없었다.

그런 인물이 이 정도로 베일에 싸여 있을 수가 있을까.

'설마 그 녀석……'

빌헬름은 자기도 모르게 걸음을 멈추었다.

그의 뇌리에 어떤 단어가 떠오른 것이다. 일부에게만 알려진 어떤 단어가.

그건 일반적으로 상상할 수 없는 힘을 가진 존재를 가리키는 말이었다.

많은 스킬과 지식을 갖추고 태어난 덕분에 레벨이라는 개념에서 벗어난 선택받은 자들.

그리고 빌헬름 자신과도 깊은 관계가 있는 존재였다.

"선정자…… 인 건가?"

불쑥 중얼거린 말은 누구에게도 들리지 못한 채 거리의 소음 속에 묻히고 말았다.

다음 날 아침.

신은 아침 식사를 빨리 마친 뒤 여관의 간판 여점원 츠구미에게 한동안 왕도를 떠나 있을 거라고 전했다. 체크아웃을 하고 미리 지불해둔 요금의 잔액을 돌려받았다.

필요한 물건은 전부 아이템 박스 안에 들어 있기에 따로 짐을 꾸릴 필요가 없어 금방 출발할 수 있었다.

여관에서 바로 나오지 못한 건 츠구미가 유즈하를 놓아주려 하지 않았기 때문이다. 마치 목표를 발견한 사냥꾼 같은 움직임이었다. 역시 성이 베어이기 때문일까.

신은 어제처럼 유즈하를 머리 위에 올려놓고 인적이 드문 길을 걸어갔다. 낮처럼 붐비지 않은 탓인지 평소보다 금방 동문에 도착했다.

신은 집합 장소에 조금 빨리 왔나 생각했지만 이미 먼저 온 손님이 있었다.

"여어."

"좋은 아침. 빨리 왔군."

신은 그렇게 대답하면서도 빌헬름이 먼저 와서 기다리고 있었다는 것에 적지 않게 놀랐다.

이 도시에서 시간을 알 수 있는 방법은 기본적으로 정시에 울리는 종소리뿐이었다. 그래서 약속 시간을 정확히 맞추기 어려웠고 어느 한쪽은 기다릴 수밖에 없었다.

상인의 경우는 시계를 갖고 있기에 상관없지만 모험가들은 의외로 시간에 엄격하지 않았다. 약속 시간을 넘기는 경우도 드물지 않다고 츠구미와 도우머가 말해주었다.

신은 게임 시스템 덕분에 정확한 시각을 알 수 있지만 약속 시간까지 아직 20분은 남았다. 너무 빨리 나온 게 아닌지 후회하던 참이었다.

"매일 이렇게 빨리 일어나?"

"아니, 출발하기 전에 확인해둘 게 있어서 말이야. 잠깐 나 좀 보자."

빌헬름이 꽤나 진지한 표정으로 말하자 신은 당황했다. 그는 무슨 일인가 생각하며 빌헬름의 뒤를 따라갔다. 유즈하는 신의 머리 위에서 늘어져 있었다. 특별한 위험은 느끼지 못한다는 의미였다.

"그러고 보니 라시아는?"

"잠깐 심부름을 보냈어. 동석시킬 필요는 없으니까 말이지."

아무래도 라시아가 들으면 안 되는 이야기인 듯했다.

빌헬름은 몇 분을 걸어가다 한 가게 앞에서 멈춰 섰다.

그곳에는 유리잔과 스푼을 조합한 디자인의 간판이 걸려 있었다. 음식점 같았지만 구체적으로 무엇을 파는지는 짐작이 가지 않았다.

빌헬름은 일정한 간격을 두고 세 번 노크한 뒤에 문을 열었다. 가게 안은 조명이 적어 어둑어둑해서 간신히 걸어 다닐 수 있을 정도였다.

테이블 3개와 카운터 좌석 5개가 있었고, 카운터 안쪽으로 깔끔하게 장식된 술병과 유리잔을 닦는 바텐더가 보였다.

아무래도 술집인 것 같았다.

"미안하군. 여길 잠깐만 빌릴게."

"……."

바텐더는 빌헬름의 말에 조용히 고개를 끄덕이더니 카운터 안쪽 문을 열고 나갔다.

그는 유즈하를 보았을 텐데도 특별히 아무 말도 하지 않았다. 위생 때문에 애완동물은 거절당할 줄 알았는데 이쪽 세계에서는 그런 것까지 신경 쓰지는 않는 모양이다.

"아는 사이야?"

신이 물었다.

"같은 고아원 출신이지. 그런 녀석들이 있다는 건 트리아한테 들었잖아?"

"그래. 그렇다면 설마 모험가인가?"

"맞아."

굳이 서서 이야기할 필요는 없었기에 두 사람은 카운터 쪽 좌석에 앉았다.

그러자 갑자기 빌헬름이 말을 꺼냈다.

"한 가지 확인하고 싶어. 넌 선정자인가?"

"……그게 뭔데?"

들어본 적 없는 단어였기에 신은 고개를 갸웃거리며 되물었다. 바로 대답하지 않은 건 게임에서 그런 칭호가 있었는지 잠시 생각했기 때문이다. 하지만 딱히 짚이는 건 없었다.

"모르는 거냐?"

"응. 전혀."

"……."

빌헬름은 대답하는 신의 모습을 잠시 관찰하다가 조용히 말을 꺼냈다.

"선정자라는 건 스킬이나 칭호, 지식을 가진 채로 태어난 녀석들을 가리키는 말이야. 본인의 레벨만으로는 상상할 수 없는 힘을 가진 경우도 있지."

신은 자기도 모르게 갓난아기로 환생하는 인터넷 소설을 떠올렸다. 그 소설 속에서는 갓난아기임에도 복잡한 사고나 자연스러운 대화를 할 수 있었다.

게임에서는 어린아이라도 스킬을 사용할 수 있었기에 신은 내심 설마 하며 물어보았다.

"설마 갓난아이가 갑자기 말을 하거나 마법을 쓰기도 해?"

"그런 경우도 있다고 들은 적이 있어. 그 밖에도 대여섯 살의 꼬마가 테트라 그리즐리를 맨손으로 때려 죽였다거나 비밀리에 전수되는 스킬을 갑자기 사용했다는 이야기는 수도 없이 많지."

"태어날 때부터 강자라는 건가. 왠지 괴물 취급당할 것 같은데."

개인 능력은 원래 선천적인 요인에 좌우된다지만 스킬이나 지식을 처음부터 갖고 있다는 건 아무리 봐도 이상했다. 이쪽 세계의 사람들에게는 그야말로 선택받은 사람처럼 보일 것이다.

"그 지식에는 전생의 기억도 포함되는 거야?"

"아니. 아이템이나 마물에 대한 정보가 대부분이고, 과거의 자신을 기억하는 녀석이 있다는 이야기는 못 들었어."

"그렇군."

빌헬름의 이야기를 듣다 보니 신의 뇌리에 한 가지 가능성이 떠올랐다. 석연치 않은 점도 있지만 '이거라면 설명이 되지 않나?' 싶은 가설이었다.

'처음부터 여러 가지 스킬을 사용할 수 있고, 칭호를 갖고 있고, 또 능력치가 높다면―설마 환생 시스템이 남아 있는 건가?'

【THE NEW GATE】에서는 신전에서 환생이 이뤄졌지만, 현실에서 환생한다면 갓난아기부터 다시 시작하는 게 당연했다. 그렇다면 평범한 가정에서 태어나는 경우도 있을 것이다.

환생할 경우 칭호나 스킬 계승, 능력치 보너스 등 메리트가 많았다. 신은 몇 가지 모순점을 무시한다면 그럴 가능성이 가장 높다고 판단했다.

그러나 현재의 신전은 누구도 접근할 수 없는 위험 지대에 위치했기에 확인은 어려울 것 같았다.

"짐작 가는 게 있어?"

"있다면 있고, 없다면 없고."

신은 대답이 궁해졌다.

자신도 환생을 해봤지만 어디까지나 게임 속의 이야기였고, 이쪽 세계에서 갓난아기로 다시 태어난 건 아니었다. 그러나 이쪽 사람들이 신의 능력을 본다면 선정자로 생각할 수밖에 없을 것이다.

또한 신은 길드에서도 휴먼으로 등록해두었기에, 장수 종족이라 능력이 높다는 변명도 할 수 없었다.

솔직하게 이야기한들 믿어줄 거란 보장이 없었고, 믿어줘도 곤란했다. 하이 휴먼은 멸망했다고 알려졌지 않은가.

"대답이 뭐 그러냐……. 됐어, 전부 털어놓으라는 건 아니야. 말하고 싶지 않은 일도 있을 테지."

"그렇게 말해주니 고맙군."

"아무래도 네가 제대로 자각하지 못하는 것 같아서. 150레벨의 몬스터를 혼자 상대한다는 건 상급 모험가나 가능한 일이야. 너 같은 게 가볍게 할 소리는 아니라고, G랭크."

"듣고 보니 그러네. 이야~ 나도 모르게!"

신은 머리를 긁적이며 쓴웃음을 지었다.

레벨 위주로 평가하는 이쪽 세계에서는 능력치를 중시한 신의 판단이 비상식적일 수밖에 없었다. 그걸 머릿속으로는 알고 있으면서도 또 실수를 하고 말았다.

신은 약간 익살스러운 반응을 보였지만 마음은 편치 않았다. 【정화】에 대해 말했을 때 라시아가 당황하는 걸 보고 조심해야겠다고 생각했음에도 또 이런 꼴이다. 물론 여기 온 지 얼마 되지 않은 그가 이쪽 세계의 판단 기준을 완전히 이해하기는 힘들었다.

어떻게 보면 게임 때보다도 힘겨웠다. 며칠 생활해본 것만으로 가치관이나 상식까지 몸에 밸 수는 없지 않은가.

"선정자라는 명칭 자체를 아는 녀석도 몇 안 돼. 힘을 갖고 있다는 걸 들키면 성가신 일이 따라붙으니까 말이지. 조심해서 나쁠 건 없어."

"……그건 이미 늦은 것 같은데."

"이봐, 대체 무슨 짓을 하고 다녔길래?"

"길드 마스터하고 시합해서 이겼어. 킹급 스컬페이스를 쓰러뜨렸다는 보고도 했고. 100마리의 폰, 잭 급 스컬페이스를 혼자 쓰러뜨린 지도 얼마 안 됐는데."

"……열을 내는 것도 바보 같아지는군. 너무 말도 안 되는 내용이잖아."

"어쩔 수 없잖아. 나도 이런 일이 연속으로 벌어질 줄은 몰랐어. 내가 일부러 성가신 일에 뛰어든 건 아니라고."

유니크 몬스터인 스컬페이스에게는 분명 먼저 접근한 게 맞다. 그러나 발크스와의 싸움은 달의 사당에서 받은 소개장 때문이었고, 스컬페이스 100마리도 유즈하를 구출할 때를 노린 것처럼 나타났다. 게다가 스컬페이스는 사람들을 위해서라도 방치해둘 수 없었다.

"정말이지, 혼자서 뭔가 하고 돌아다니는 것 같더니만 심각하게 됐군. 진짜 조심해서 다녀. 선정자라는 건 능력 덕분에 존경도 받지만 아까 네가 말한 것처럼 괴물이라고 꺼리는 사람도 많아."

"그야 당연히 그럴 테지."

"선정자 중에는 우월감에 빠져서 자기가 신의 계시를 받았다고 떠벌리는 녀석도 있을 정도니까……. 실제로는 성장하면서 힘이 단계적으로 강해진다는 보장이 없다 보니 대우도 제각각이야. 뭐, 대부분의 선정자는 교회나 국가가 보호해주니까 큰 문제는 없을 테지만."

"그런 건가. 한 가지 궁금한 게 있는데, 선정자라는 건 한 나라에 얼마나 있어?"

선정자가 신이 생각한 것처럼 환생을 거듭한 존재라면 경우에 따라서는 혼자서 국가를 멸망시킬 수도 있었다. 따라서 숫자가 궁금해진 것이다.

"나라에 따라 다르지. 공표된 정보를 그대로 받아들이자면 이 나라에는 길드 마스터를 포함해서 4명의 선정자가 있어.

이웃 나라들은 대부분 1명 있을까 말까 한 정도고. 각국의 역학 관계를 설명하자면, 선정자의 능력에는 개인차가 있고 전투에 특화된 녀석만 있는 게 아니다 보니 어느 한쪽이 확실히 우세하다고는 말하기 힘들어. 전투 능력이라면 베일리히트가 최강일 테지만 그렇다고 주변에 행패를 부린다면 이웃 국가들이 전부 연합해서 대항할 거야. 아무리 선정자가 강하다 해도 혼자서 군대를 섬멸할 수 있는 건 아니니까 힘의 균형은 잘 유지되고 있는 거지. 뭐, 각국에서 선정자들을 몰래 숨겨두는 건 암묵적으로 합의된 거나 마찬가지지만."

"그야 숨겨진 카드를 쉽게 공개하진 않을 거 아냐. 그건 그렇고, 선정자라도 혼자서 군대를 섬멸하기는 힘든 거로군. 가장 강한 녀석이 상대할 수 있는 게 어느 정도지?"

"내가 아는 한 가장 강한 사람은 우리 첫째, 둘째 공주님인데—마법이라면 첫째, 근접전이라면 둘째 공주님이 최고지. 첫째 공주님은 마법으로 넓은 범위를 공격할 수 있으니까 1,000명 정도를 상대할 수 있지만, 접근을 허용하는 순간 끝이야. 둘째 공주님은 적의 전술에 따라 다를 테지만 원거리에서 마법을 마구 쏟아부으면 힘들 거야. 전투에 특화된 선정자라 해도 능력의 개인차가 상당히 큰데, 베일리히트의 공주님콤비는 강한 편이야."

신은 빌헬름의 말을 들으며 선정자의 능력을 잠정적으로 결론지었다.

일반 병사는 환생 시스템의 혜택을 받지 못하기에, 레벨을 최대한 올려도 각 능력치는 300을 넘지 못한다. 좋은 장비를 착용할 경우에도 몇몇 능력치가 300을 넘는 게 고작이었다.

그걸 토대로 생각해보면, 다른 종족보다 마법 저항이 높은 휴먼을 1,000여 명이나 상대할 수 있다는 첫째 공주의 INT는 최소 500 이상에 MP도 상당히 높을 것이다. 마법으로 한 번에 다수를 공격 가능하다는 점까지 아울러서 생각해보면 이쪽 세계에서는 파격적인 능력자였다.

그와 반대인 둘째 공주는 아마 HP가 높고 STR, VIT, AGI 중 하나가 500에 가깝다고 추측할 수 있었다.

다만 두 자매가 마법 계열과 전사 계열로 절묘하게 나뉘었다는 건 기막힌 우연이라고 할 수밖에 없었다.

"뭔가 딱 이해가 되네. 두 사람이 함께 있으면 거의 무적 아니야?"

첫째 공주가 마법으로 적을 물리치고, 접근해온 적은 둘째 공주가 쓰러뜨린다. 둘 다 일기당천이니 마음껏 전공을 세울 수 있을 것 같았다.

"그야 그렇지만 어차피 두 사람일 뿐이야. 비슷한 선정자가 나타나서 버틴다면 병력 차로 승부가 나겠지. 어느 나라든 비슷한 상태니까 쉽게 건드릴 수 없는 거고."

"납득이 가네."

즉, 실력 있는 선정자들은 그렇게까지 능력치가 차이 나지 않는다는 의미일 것이다.

확증은 없지만 선정자―신이 정의하기로는 환생자―의 능력치는 대체로 500 전후 정도일 것이다.

신은 슈니에게 의뢰가 쇄도하는 것도 납득이 간다는 생각이 들었다.

그녀의 능력치는 전부 800을 넘었다. 무기는 지금 뭘 사용하는지 모르겠지만, 장비의 보정을 더한다면 STR이 900에 가까울 것이다.

신이 익히게 한 광역 섬멸 마법을 사용한다면, 천이 아니라 만 단위도 혼자서 섬멸할 수 있었다. 어느 한 국가에 소속되어 싸운다면 주변 나라들은 순식간에 평정될 게 뻔했다.

'그러고 보니 엘스와 세리카 씨도 선정자에 대해서는 아무 말도 없었지.'

길드 직원인 만큼 그 정도는 알고 있을 만도 했지만, 빌헬름의 말투를 보면 지위가 높은 직원이나 상위 모험가만 알고 있을 수도 있었다. 물론 티에라의 저주 해제나 스컬페이스 토벌의 충격이 너무 커서 깜빡했는지도 모른다.

"충고 고마워. 이미 늦었는지도 모르지만 조심할게."

"그렇게 해."

"그건 그렇고 빌헬름은 의외로 배려심이 깊구나. 다들 겁낸다는 게 정말이야?"

이야기를 하며 든 생각이 자연스레 입 밖으로 나왔다. 신은 다른 사람을 통해 전해진 인상과 실제로 만나본 인상이 크게 다르다고 느낀 것이다.

마치 의도적으로 주변에 나쁜 인상을 심는 게 아닌가 싶을 정도였다.

"그야 사람들이 멋대로 생각하는 거고. 내가 알 바 아냐."

"하지만 고아원을 지키는 사람이라면 보통 히어로 아냐?"

"다른 녀석들이 열심히 해주는 것뿐이야. 안 그래도 신부님 —라시아의 할아버지가 돌아가신 탓에 욕심으로 가득 찬 돼지들이 호시탐탐 노리고 있으니까 말이지. 덕분에 꼬마들이 울어. 꼬마들 우는 소리는 딱 질색이야."

빌헬름은 얼굴을 찡그렸다. 하지만 방금 느낀 위화감 탓인지, 울음소리에 짜증을 낸다기보다 아이들을 울게 한 사태에 대해 분노하는 것처럼 느껴졌다. 혹은 그 원인이 된 사람 때문에 화를 내는 건지도 모른다.

"그래서 고아원을 건드리는 녀석들을 얌전히 만들겠다는 거야?"

"그래. 요즘에는 꼬마들까지 쓸데없는 고민을 하더라니까. 꼬마들은 꼬마답게 먹고 자고 뛰어놀면 되는 거야."

신은 퉁명스럽게 말하는 빌헬름을 보며 생각했다.

'이야, 이 녀석 진국이네.'

결국 아이들은 아이답게 천진난만한 하루를 보내야 하니까 울리는 녀석들을 용서하지 않겠다는 뜻이었다. 아이들에게

이만큼 좋은 '형'이 또 어디 있을까.

"이거야 원, 솔직하지 못하네."

신은 자기도 모르게 웃음이 나왔다.

"뭐어?"

"아이쿠, 아무것도 아냐. 그런데 교회 상속에 끼어들 수 있다는 걸 보면, 그 돼지 녀석도 【정화】를 사용할 수 있는 건가?"

신은 진지한 얼굴로 쭉 신경 쓰이던 점을 물어보았다. 마음에 들지 않는 상대지만 만약 【정화】를 자력으로 습득할 정도라면 만만하게 볼 수 없었다. 싸움 잘하는 돼지는 단순한 돼지가 아닌 것이다.

"정말 짜증 나지만 확실히 쓸 수 있는 것 같아. 다만 그 녀석의 전투력은 그냥 잔챙이 수준이야. 어제 네가 말한 방법으로는 불가능했을 테지. 그 레벨로는 어림도 없어."

"구체적인 레벨을 알고 있어?"

"듣기로는 40이라더군."

"확실히 불가능하군. 그렇다면 『비전서』를 사용한 건가."

역시 아이템을 통해 스킬을 습득한 것 같았다. 그게 아니라면 그런 낮은 레벨로 【정화】를 익힐 수는 없었다.

환생자―이쪽 세계에서 말하는 선정자라면 가능할 수도 있지만 빌헬름의 이야기를 들어보면 그렇지는 않은 것 같았다.

"교회는 뭐든 비밀이 많아. 그런 일이 있었다 해도 이상할 건 없어. 아니, 거의 확실하겠군. 본부에서 근무하는 고위 신관은 전부 스킬 계승자라고 하니까 말이지."

"그런데도 그 돼지 녀석의 행동을 용인하다니. 사람을 보는 눈이 없는 건지, 아니면 돈의 힘인 건지……. 아무리 생각해 봐도 후자겠지만."

지도층 인사들의 안목이 전부 잘못되었을 리는 없다. 여러 가지 요인이 있겠지만, 돈이란 가장 단순하면서도 위력적인 힘이었다.

"처음에는 네가 그 자식의 첩자인가 싶었거든."

"그렇게 생각해도 이상할 건 없었겠네."

【정화】스킬이 당장 필요한 시점에 모험가가 찾아왔다면 의심하지 않는 게 오히려 이상할 것이다. 미리가 아니었다면 어떻게 됐을지 모른다.

"미리는 자신이 본 것을 아무에게나 이야기하지 않아. 그래서 무슨 인연이 있긴 하다고 생각했거든."

"헤에, 미리는 나 말고 어떤 사람한테 이야기했는데?"

"궁금해?"

"나도 그중 한 사람이잖아."

"그래…… 자세히는 말 못하지만 검은 드래그닐과 금발 픽시, 은발 엘프 정도야."

"헤에."

가볍게 맞장구를 치며 듣던 신은 그 조합이 왠지 익숙하다는 사실을 깨달았다.

'검은 드래그닐, 금발 픽시, 은발 엘프…… 어디선가 들어본 특징인데. 1명이면 몰라도 3명이 함께 거론된다는 게…….'

빠진 인원도 있지만 아무래도 '그 녀석들 아냐?'라는 의문이 들었다.

"이봐, 마지막 은발 엘프라는 건 슈니 라이자 아냐?"

"응? 왜 그렇게 생각하지?"

"감…… 이라고 할 수밖에 없지만 왠지 그럴 것 같아서."

"감 말이지."

신은 빌헬름의 미심쩍은 시선을 똑바로 마주 보았다.

"그때 미리가 뭐라고 말했는지 물어봐도 될까?"

"……'이제 곧 돌아와'였어. 그게 무슨 의미인지는 모르겠지만 말이지."

"그렇군."

"짐작 가는 거라도 있어?"

"아니, 모르겠는데."

"납득하는 표정으로 모른다고 하면 내가 믿겠냐?"

"이걸 어떻게 설명해야 할지……."

신은 빌헬름이 의외로 쉽게 알려주는 것에 놀라면서도 그게 자기 이야기일지도 모른다는 말은 할 수 없었다. 어쩌면 미리는 신이 이곳에 올 것을 미리 알고 있었는지도 모른다.

"그게 말이지…… 응?"

"이번엔 또 뭐야?"

신의 시야 구석에 갑자기 메시지가 깜빡였다. 아무래도 티에라인 것 같았다.

신은 빌헬름에게 잠시 기다리라고 말한 뒤 메시지를 열었다.

『신에게.

스승님에게서 답장이 왔어.

갑자기 엄청나게 질문을 하셔서 일단 내가 아는 범위에서 대답해뒀어.

일이 끝나는 대로 서둘러서 돌아오신대.

만약 베일리히트에서 벗어나 있을 거면 알려줘.

추신

질문이 너무 많아서 무서운데, 스승님께 대체 무슨 짓을 한 거야?』

"……."

무서울 정도면 얼마나 질문을 해댄 걸까. 신은 일단 알았다는 답장을 보냈다.

500년이나 소식이 없었던 탓이겠지만 신에게도 사정은 있었다. 일단은 만나서 확인해보는 게 좋을 것 같았다.

신이 쓴웃음을 지으며 메뉴 화면을 닫으려 할 때『소중한 물건』란이 반짝이는 게 보였다. 무슨 일인가 싶어 열어보니

『달의 사당의 소개장』 항목이 은색으로 빛나고 있었다.

"응? ……아!"

어째서 빛나는 건지 생각한 순간 문득 발크스와 대면했을 때가 뇌리를 스쳤다. 달의 사당의 소개장이 2개 있으면 서로의 마력이 공명해서 진품 여부를 알아볼 수 있다고 했다.

"그렇다면……."

신은 카드화한 상태로 소개장을 꺼냈다. 그림이 보이지 않으면 무슨 카드인지 알 수 없으므로 만약을 위해 손으로 가렸다.

카드 상태에서도 소개장은 은색으로 빛나고 있었다.

"이건……."

"이봐. 네가 가진 그건 설마 달의 사당의 소개장이냐?"

'대체 뭐지?'라고 중얼거리려던 신에게 빌헬름이 물었다.

신은 그걸 어떻게 아느냐고 대답하려다가 아차 싶었다.

소개장이 왜 빛나는지 알고 있다는 건―.

"너도 갖고 있는 거야?"

"그렇다면 그 빛은 역시 소개장이었군!"

빌헬름은 경악에 찬 얼굴로 아무것도 없는 공간에서 카드 한 장을 꺼냈다.

신과 마찬가지로 빌헬름이 가진 카드도 은색으로 빛나고 있었다.

"……그건 설마……."

"……그 설마가 맞아."

서로를 마주 보는 신과 빌헬름.

두 사람 사이에 어색한 공기가 감돌고 있었다.

†

잠시 뒤에 평정을 되찾은 두 사람은 아이템 카드를 실체화해서 서로 진품이라는 걸 확인했다.

"너도 소개장을 갖고 있었을 줄이야."

"내가 할 말이야."

신은 맥이 빠진 빌헬름에게 쓴웃음을 지어 보이며 대답했다.

미리가 중재해주긴 했지만 빌헬름은 계속 신을 경계하고 있었다.

표면상의 문제는 없어도 마음 한구석에 남아 있던 희미한 의혹을 서로의 소개장이 말끔히 씻어내 준 것이다.

"이것만큼 믿을 만한 것도 없으니까 말이지. 그래서 슈니라이자라는 걸 바로 알았던 거군."

"난 티에라한테서 받았는데. 빌헬름은 슈니에게 받은 거야?"

"잠깐 대련을 한 적이 있었거든. 말이 대련이지, 일방적으로 얻어맞은 것뿐이지만."

"아아…… 그 녀석, 쓸데없이 성실한 구석이 있단 말이지."

신이 캐릭터를 설정하긴 했어도 성격은 대략적으로만 정해 놓았을 뿐, 세부적인 부분까지 조정한 건 아니었다. 그래서 그녀가 게임 때와는 달라졌을지도 모른다고 생각해왔지만, 빌헬름의 말을 들어보니 큰 변화는 없는 듯했다.

물론 인간 수준의 AI를 탑재한 건 아니기에 짐작만 할 수 있을 뿐이었다.

"자, 이제 슬슬 라시아가 돌아올 때가 됐어. 나머지는 걸어 가면서 이야기하자."

"벌써 그런 시간이 그렇게 되었나?"

빌헬름은 벽에 걸린 시계를 힐끔 보며 자리에서 일어났다.

처음에는 금방 끝낼 생각이었지만 서로의 소개장을 발견한 탓에 예상보다 길어지고 말았다. 물론 시간을 들인 보람은 충분히 있었다.

소개장을 가진 사람들은 능력은 물론이고 인격에도 흠잡을 데가 거의 없다고 한다. 그들이 힘을 합하면 교회가 직면한 문제도 단숨에 해결할 수 있을 것이다.

"서로 믿을 만하다는 걸 알게 됐으니까 묻는 건데, 빌헬름 도 선정자 맞지?"

"이제 와서 숨길 생각은 없지만 왜 그렇게 생각하지? A랭 크 모험가가 전부 선정자인 건 아니잖아."

"네가 가진 무기 말이야. 그건 보통 녀석들은 장비할 수 없 어—손에서 튕겨 나가니까. 그래서 그걸 아무렇지 않게 들고 있는 걸 보고 '아아, 이 녀석 보통이 아니네' 싶었거든."

"하! 그랬던 거로군. 그래서 감정이니 스킬 레벨이니 끈질기게 물어봤던 거야. 처음부터 이게 어떤 물건인지 알고 있었던 건가."

빌헬름이 가진 전설급 마창『베놈』.

이 무기는 플레이어의 STR이 500을 넘지 않으면 장비할 수 없다. 신이 처음 빌헬름과 만났을 때 무기에 눈이 갔던 이유 중 하나였다.

원래 전설급 장비는 특정 능력치가 350을 넘으면 장비할 수 있다. 따라서『베놈』의 요구 능력치는 꽤나 높은 편이었다. 물론 버그 같은 건 아니었고 분명한 이유가 존재했다.

"사람 많은 곳에서 떠들 만한 이야기는 아니잖아. 그리고 방금 아무것도 없는 공간에서 카드를 꺼내던데, 너도 아이템 박스를 사용할 수 있는 거야? 사용자가 적다고 들었는데."

"아아, 그건 일종의 비기 같은 거야.『확장 킷』이라는 아이템을 사용하면 많은 용량은 아니지만 아이템 박스…… 같은 걸 쓸 수 있게 돼. 누구나 가능한 건 아니지만."

"헤에, 그런 건가."

신은 역시 그 기능이 남아 있었나 생각하며 맞장구를 쳤다. 그건 서포트 캐릭터나 파트너 몬스터에게 대량의 아이템을 소지시키기 위한 기능으로, 최종적으로는 플레이어와 거의 동일한 용량까지 아이템 박스를 확장할 수 있었다.

많은 플레이어들은 서포트 캐릭터가 위험할 때 알아서 아이템으로 회복할 수 있도록 『확장 킷』을 한두 개 정도 사용하곤 했다.

신의 서포트 캐릭터는 전원이 한계까지 확장되어 있었다. 이렇다 할 이유가 있다기보다는 단순히 개인적인 고집 때문이었다.

"그러는 너도 아이템 박스를 사용했잖아."

"나는 처음부터 사용할 수 있었다고."

"역시 너도 선정자였군."

"으음…… 그냥 그렇다고 해두는 게 편하려나."

굳이 구구절절한 변명을 하지 않아도 선정자라는 말만으로 납득해줄 것 같았기에 신은 그냥 넘어가기로 했다. 거짓말을 위해 치밀한 설정을 짜는 것도 귀찮았고 어디서 모순점이 나올지도 몰랐기에 이참에 그냥 선정자인 걸로 해두는 게 좋을 것 같았다.

두 사람은 그런 대화를 이어가며 온 길을 되짚어 갔다. 동문에 도착하자 먼저 와 있던 라시아가 주위를 두리번거리다가 그들을 발견했다.

"아, 빌! 어제는 장 보는 걸 나한테만 떠맡기고 어딜 갔던 거야?!"

"미안, 미안. 나도 중요한 볼일이 있어서."

"말은 그렇게 하면서 또 수상한 가게에 갔던 거 아냐?"

"갈 리가 있냐! 아직도 잠이 덜 깼나 보네."

"신 씨, 빌이 같이 가자고 해도 절대 따라가면 안 돼요. 정말…… 그러다 한번 된통 당해봐야 정신을 차린다고요."

"말을 하면 좀 들어! 아니, 남들이 들으면 오해할 소릴 하지 말라고!!"

"일단 두 사람 다 진정해."

신은 갑자기 사랑싸움을 시작한 둘을 진정시키며 출발을 재촉했다. 서로에게 하고 싶은 말을 마음껏 할 수 있다는 게 조금은 부럽기도 했다.

이번에 사용할 이동 수단은 말이었다. 빌헬름이 길드에서 빌려왔다고 한다.

길드에 소속된 말 조련사가 데려온 건 문외한이 봐도 알 수 있을 만큼 훌륭한 체구의 밤색 말 2마리였다.

말들은 신의 머리 위에서 늘어져 있던 유즈하를 본 순간 움직임을 멈췄다. 유즈하가 작게 '쿠우' 하고 울자 말은 그에 대답하듯이 '푸르르' 하고 작게 울더니 얌전해졌다.

동물들 사이에서 사람이 알아들을 수 없는 대화가 이뤄진 것 같았다.

한쪽 말에 빌헬름과 라시아가 탔고, 다른 한쪽에 신이 유즈하와 타서 말을 달렸다. 신은 진짜 말에 타는 건 처음이었지만 【라이딩】 스킬의 보정 덕분인지 능숙하게 탈 수 있었다. 게임에서는 말뿐만 아니라 그리폰과 드래곤 같은 여러 몬스터에 타본 적도 있기에 스킬 레벨이 제법 높았던 것이다.

마차의 느릿한 속도로 5~6일 정도가 걸린다고 하니 이 정도 속도라면 좀 더 빨리 도착할 수 있을 것 같았다. 물론 신이 직접 달려가는 게 훨씬 빠를 테지만 라시아를 안고 갈 수도 없는 일이었다.

세 사람은 중간에 말을 쉬게 하며 순조롭게 길을 나아갔다. 아이템 박스 보유자가 2명이나 있었기에 짐은 거의 없었고 그만큼 많은 거리를 갈 수 있었다.

게다가 여러 가지 도구를 갖고 있기에 야영할 때도 제대로 된 요리를 만들어 먹을 수 있었다. 그 덕분인지 처음 여행하는 라시아도 많이 힘들어하는 것 같지는 않았다.

편한 말투로 이야기할 수 있을 만큼 친해지며 말을 달린 지 나흘째. 신 일행은 점심이 되기 전에 망령평원으로 불리는 지역에 도착했다.

해가 높았음에도 평원 일대는 어둑어둑했다. 숲과 평원의 경계선에 보이지 않는 벽이라도 쳐진 것처럼 햇빛이 차단되었다. 자세히 보니 지면에서 피어오른 짙은 보라색 안개가 평원 전체를 뒤덮고 있었다.

【애널라이즈】로 봐도 아무것도 표시되지 않는 걸 보면 상태 이상을 일으키진 않는 것 같았다.

"만져봐도 특별한 반응은 없군. 여기가 경계선인가 본데."

"그래, 맞아. 한 가지 더 알려주자면 여기서 넘어가는 순간 몬스터들도 쫓아오지 못해. 녀석들은 이 안에만 존재할 수 있는 것 같거든."

"그런 거야?"

"한번 밖으로 끌어내 본 적이 있었어. 오후라서 햇빛이 밝기도 했지만 순식간에 엉망으로 부서져버리더군."

"그럼 위험할 땐 안개 밖으로 도망칠 수 있도록 해두자."

라시아를 위해 만약의 사태에 대비한 탈출 루트를 확보해야 했다. 신과 빌헬름이야 상관없지만 이곳의 몬스터들은 라시아에게 상당히 위험했다.

"어쨌든 거점을 만들어두고, 위험해지면 거기로 도망치는 걸로 하자. 그리고 이게【기도의 성옥】이야. 이걸 갖고 있지 않으면 의미가 없어. 그리고 이것도 덤으로 줄게. 드래곤의 브레스도 튕겨낼 수 있는 아이템이야."

"아, 알겠습니다! 고맙…… 아뺘……."

라시아는 망령평원에 감도는 냉기를 느끼고 긴장한 것 같았다. 오는 도중에도 빌헬름에게 시비를 걸 때가 많았는데, 그녀 나름대로 긴장을 풀려는 행동이었는지도 모른다.

신이【기도의 성옥】과 함께 건넨 물건은 팔찌 형태의 매직 아이템으로, 대미지를 무효화하거나 경감하는 효과가 있었다. 신이 직접 만든 아이템이었기에 설령 킹급 스컬페이스가 공격해도 끄떡없었다. 내구성도 충분했다.

그래서 크게 긴장할 필요는 없었지만 전투에 익숙하지 않은 사람에게는 무슨 말을 해도 소용이 없었다. 결국은 본인이 적응해야만 하는 문제였다.

한 가지 덧붙이자면 라시아가 빌헬름과 허물없이 이야기하는 건 소꿉친구이기 때문이라고 한다.

'유즈하, 부탁해.'

신은 머리 위의 유즈하에게 염화念話를 보냈다. 계약한 직후부터 사용 가능해진 염화를 이용하면 텔레파시처럼 머릿속으로 생각한 것을 상대에게 전할 수 있었다.

유즈하에게서는 승낙이나 거부 같은 간단한 의사 외에 어느 정도의 희로애락까지 전해져왔다.

염화를 받은 유즈하는 신의 머리에서 내려와 라시아의 어깨에 올라서더니 그녀의 뺨에 얼굴을 비벼댔다.

"자, 잠깐, 유짱! 간지럽잖아."

"쿠우~."

"힘내라는 뜻인가 봐."

"아…… 유짱, 고마워."

"쿠웃!"

라시아도 조금은 기운을 되찾았는지 약간 어색하지만 밝은 미소를 지었다.

신이 자신의 생각대로 움직여준 유즈하에게 고맙다는 마음을 전했을 때, 잠시 따로 행동하던 빌헬름이 수풀 속에서 나타났다.

"거점 쪽은 어때?"

"네가 말한 대로 텐트 주위에 설치하고 왔는데, 그건 대체 뭐야?"

빌헬름은 숲 안쪽을 눈짓으로 가리키며 물었다. 현재 위치에서는 보이지 않지만 그곳에는 사방에 직경 10세메르 정도의 보석을 배치한 텐트가 있었다. 아무리 몬스터가 평원에서 나올 수 없다지만 만약을 위해 조금 떨어진 곳에 텐트를 설치한 것이다.

"몬스터가 접근하면 마법으로 공격하는 일종의 요격 아이템이야. 몬스터의 침입을 막는 결계를 칠 수도 있으니까 간이 거점으로는 충분할 거야."

"그런 아이템은 처음 들어보네."

신이 【배리어】를 사용해도 되지만 빌헬름이 의아하게 생각할까 봐 요격용 아이템을 사용하기로 했다.

선정자가 아무리 파격적인 능력을 가졌다 해도 분명한 한계가 있으며, 그걸 뛰어넘는 힘을 보여줄 수는 없었다. 문제는 그 한계가 어느 정도인지를 가늠하기 어렵다는 점이었다.

"선정자라서 그런 거니까 이해해줘."

"편리한 핑계로군."

"어? 신 씨도 선정자였나요?!"

아무래도 라시아 역시 선정자가 무슨 의미인지 알고 있는 듯했다. 빌헬름이 알려준 것일까.

"어라? 아직 이야기 안 한 거야?"

"그럴 만한 틈이 있어야 말이지."

빌헬름은 쓴웃음을 지었다.

"혹시 출발하던 날 둘이 같이 있던 것도 그걸 확인하려고 했던 거야?"

"맞아."

"그러면 처음부터 말해줬어야지!"

라시아는 자기만 따돌렸다고 생각했는지 기분이 상한 것 같았다.

"말 안 해도 눈치챌 줄 알았지. 신이 그 정도로 강하지 않으면 그런 조건에서 싸울 수 있을 리가 없잖아."

"빌이 할 수 있다고 하니까 그 정도는 보통인 줄 알았는걸."

고개를 갸웃거리는 라시아를 보며 빌헬름도 어이가 없는 듯했다.

"그럴 리가 있냐?"

"그, 그야 내가 아는 선정자는 빌 하나뿐이고, 빌이 강하다는 건 알지만 어느 정도인지는 잘 모른다고."

선정자가 무엇인지 아는 사람이라도 그 힘을 실제로 보기 전까지는 제대로 이해했다고 할 수 없었다.

애초에 빌헬름이 전력으로 싸워야 하는 곳에 라시아를 데려갈 리가 없으니 어쩔 수 없는 일이었다.

"이봐. 바쁜 와중에 미안하지만 슬슬 시작하자. 느긋하게 있을 때가 아니잖아."

조용히 두 사람을 지켜보던 신이 가볍게 말을 건넸다.

"그래. 자, 가자. 조금은 기분이 괜찮아졌지?"

"어? 아, 잠깐만!"

신은 빌헬름이 라시아의 긴장을 풀어주려 한다는 걸 알았기에 적당한 때를 기다리고 있던 것이다. 빌헬름은 더욱 신나게 말을 꺼냈다.

"자, 첫 번째로는 뭐가 나오려나."

"낮이라면 스컬페이스, 바이오 하운드와 매드 좀비 정도겠지. 해가 지기 전에는 실체를 가진 녀석들이 많아."

"몬스터의 레벨을 생각해보면 밤을 노려야 하나. 뭐, 지금은 적응하는 셈 치고 적당히 몸을 풀어둔 다음, 밤에 본격적으로 시작하자."

"나머지는 라시아에게 달려 있는 건가……. 어, 바로 나타났군."

신과 빌헬름은 지팡이를 끌어안고 벌벌 떠는 라시아의 앞으로 나서며 접근해오는 그림자를 바라보았다. 안개 탓에 시야가 제한되었지만 둘의 위기 감지 능력은 조금도 무뎌지지 않았다.

안개 속에서 나타난 건 잭급 스컬페이스 2마리와 바이오 하운드 3마리였다.

몸이 반쯤 썩어 문드러진 바이오 하운드를 본 라시아는 손으로 입을 감쌌다. 게임보다 리얼했기에 신도 똑바로 쳐다보기 어려웠다.

"전초전으로는 나쁘지 않겠군."

"바이오 하운드는 조금 성가실 거야."

신은 자세를 낮추었고 빌헬름은 『베놈』을 치켜들었다. 라시아도 각오를 굳혔는지 창백해진 안색으로 지팡이를 들며 주문을 외우고 있었다.

먼저 공격해온 건 스피드가 장점인 바이오 하운드였다.

지능이 부족한지 정면으로 뛰어오는 3마리를 향해 신이 먼저 움직였다. 한 손을 앞으로 내밀며 신성계 스킬【일엽지계一葉之禊】를 사용한 것이다.

【일엽지계】는 플레이어가 임의의 장소에 한정적인【배리어】를 펼칠 수 있는 스킬이었다.

신의 전방에 직경 1.5메르 정도의 반투명한【배리어】가 전개되었다. 돌격해오던 바이오 하운드는 미처 피하지 못하고【배리어】에 부딪치며 땅을 뒹굴었다.

신성계 스킬은 언데드에게 위력적이었고, 그건 방어용 스킬도 마찬가지였다.

바이오 하운드의 HP는【배리어】에 돌격하는 자폭 행위와 신성 스킬의 언데드 추가 대미지로 인해 순식간에 붉은색까지 떨어져 있었다. 그리고 신이 그걸 놓칠 리가 없었다.

바이오 하운드가 땅에 쓰러지자【배리어】를 해제하며 라시아에게 지시를 내린 것이다.

"바이오 하운드를 공격해!"

"네!"

주문 영창을 끝낸 라시아는 신의 지시에 즉시 반응했다.

라시아가 치켜든 지팡이에서 하얀 빛이 뻗어 나와 바이오 하운드들을 비추었다. 신성계 아츠【힐】이 발동된 것이다.

신성계 스킬만큼의 위력은 없었지만 회복 마법에 대미지를 입는 언데드 몬스터에게는 효과 만점이었다. 남은 HP는 소멸했고, 뒤이어 바이오 하운드의 사체도 사라졌다.

그걸 본 신은 던전 안에 몬스터의 사체가 남지 않는 규칙이 지금도 적용된다는 걸 알았다. 아무래도 망령평원 일대가 던전으로 취급되는 것 같았다.

"다음 공격이 온다!"

신은 빌헬름의 말에 생각을 멈추며 요격 태세를 취했다. 2마리의 스컬페이스는 갑옷이 삐걱거리는 소리를 내며 바이오 하운드처럼 일직선으로 돌격해왔다. 다른 점이라면 방패를 앞으로 내밀고 있다는 부분이었다.

"【실드 배쉬】인가."

신이 중얼거리자 빌헬름이 물었다.

"이봐, 방금 전의【배리어】로 막을 수 있겠어?"

"맡겨줘. 그리고 빈틈이 생기면 반격할 수 없도록 팔다리를 잘라버려! 못한다고 하진 않겠지?"

신은 호기롭게 대답하며 다시【일엽지계】를 발동했다.

전개한【배리어】에 스컬페이스가 격돌했지만 바이오 하운드와는 달리 방패로 부딪쳤기에 대미지는 없었다. 그러나【실드 배쉬】가 막힐 것을 예상하지 못한 스컬페이스의 자세가 크게 무너졌다. 신은 바로【배리어】를 해제했고 비틀거리는 두 몬스터 사이를 마창을 든 빌헬름이 파고들었다.

"감히 누구한테 그런 소릴 하냐…… 으리얏!"

창술계 무예 스킬【섬화閃華】가 크게 호를 그리며 발동되었다.

공기를 가르며 뻗어나간 일격은 두 스컬페이스의 다리를 산산조각 내며 공중에 진홍색 궤적을 남겼다.

하지만 공격은 그걸로 끝나지 않았다.

빌헬름은 창을 휘두른 기세 그대로 몸을 돌렸다. 그리고 원심력을 이용한 공격으로 오른쪽에 있던 스컬페이스의 검과 방패를 튕겨냈다.

양다리와 무기를 잃은 스컬페이스가 땅에 고꾸라졌다.

"제법 잘하네."

신도 빌헬름의 움직임을 보며 왼쪽 스컬페이스의 양팔을 검술계 무예 스킬【쇄인碎刃】으로 부수었다. 그의 손에는 어느새 검이 쥐어져 있었다.

진홍색 검신을 가진 일본도『아카치도리朱千鳥』였다. 번개 속성을 띠며 날카로움과 내구성 모두 전에 쓰던『카즈우치』를 훨씬 능가하는 전설급 무기였다.

머리와 몸체만 남은 스컬페이스는 코어에 별다른 대미지를 입지 않았다. 하지만 HP는 검신에서 붉은 전기가 뿜어져 나올 때마다 급격히 줄어들었다.

번개 속성의 추가 대미지는 몬스터의 몸에 미약한 전기가 흐를 때마다 발생하므로 코어를 직접 공격하지 않아도 HP를 깎아낼 수 있었다. 스컬페이스처럼 코어에만 대미지 판정이 들어가는 몬스터에게 특히 유효했고, 신이 『아카치도리』를 고른 이유도 바로 그것이었다.

"라시아! 내 앞에 있는 녀석에게 힐을 계속 써!"

신은 빌헬름의 위치도 파악하면서 주문 영창이 끝난 라시아에게 지시했다.

"네, 넷!!"

신은 머리와 몸통만 남아 발버둥치는 스컬페이스를 붙잡아 두며 시야가 미치지 않는 곳으로 감각을 확장했다. 안개 탓에 눈으로 확인할 수는 없었지만, 전투 소음에 이끌린 몬스터들이 이쪽을 향해 다가온다는 걸 【기척 감지】가 알려주었다.

"몬스터가 또 오고 있어. 빨리 해줘."

"더 이상은 무리예요!!"

역시 라시아의 아츠로 그녀보다 레벨이 100 이상 높은 스컬페이스의 HP를 깎는 건 너무 많은 시간이 걸렸다.

빌헬름이 혀를 차며 물어보았다.

"아츠인 【힐】로는 이게 한계인가. 이봐, 신! 방금 사용한 【배리어]로 적을 막으면서 안쪽에서 공격할 수는 없는 거야?"

"무리야. 설령 가능하다 해도 난 방법을 몰라."

빌헬름의 말처럼 【배리어】 안쪽에서 공격할 수 있다면 편할 테지만 결계 스킬은 결계의 안과 밖을 완전히 차단해버린다. 따라서 한쪽에서 일방적으로 공격할 수는 없었다.

물론 게임과는 달리 스킬을 여러 가지로 응용할 수 있는 이쪽 세계라면 불가능하지는 않을 수도 있었다.

"칫, 어쩔 수 없군. 최대한 빨리 해치울 수밖에 없는 건가."

"그 방법밖에 없겠어."

쓰러뜨리지 않고 무력화하려면 의외로 많은 노력이 필요했다. 평범한 모험가라면 애초에 불가능한 일이었지만 두 사람의 감상은 '해보니까 역시 귀찮네'였다.

"잠깐! 이쪽은 필사적으로 하고 있는데 어째서 그렇게 여유로운 거야!"

라시아가 불평을 쏟아냈지만 두 사람은 전혀 신경 쓰지 않고 적당한 긴장감만 유지한 채 무기를 치켜들었다.

"평원 가장자리라서 역시 몬스터의 레벨이 높진 않아."

"조금은 안쪽으로 들어가는 게 좋겠군. 하지만 지금은 라시아가 강해질 때까지 기다릴 수밖에 없으려나."

"원래 레벨이 10이었으니까 벌써 꽤나 높아졌어. 지금은 24야. 바이오 하운드도 나름 60레벨 정도는 되니까 말이지. 앗, 단숨에 40이 되었어. 마무리 공격만 하는데도 레벨이 100 이

상 차이 나니까 레벨업이 빠르구나."

착실하게 레벨업을 하는 모험가가 본다면 분명 화를 낼 만한 상황이었지만 그녀의 레벨이 올라가는 걸 몇 달씩 기다려 줄 수도 없는 일이었다.

게다가 벌벌 떨면서도 주문을 힘껏 외치는 라시아를 누가 비난할 수 있겠는가. 보통 사람이라면 이미 정신줄을 놓았거나 뒤도 돌아보지 않고 도망쳤을 것이다.

아무리 두 사람이 지켜주고 있다지만 자신을 공격 한 번에 죽일 수도 있는 몬스터들이 눈앞에서 살기등등하게 다가오고 있는 것이다. 그녀의 입장에서는 죽음의 공포에 계속 직면하고 있는 거나 다름없었다.

싸움을 생업으로 삼는 사람이 아닌 이상 엄청난 공포를 느낄 수밖에 없었다. 만약 정식적인 스트레스를 수치화할 수 있다면 엄청난 숫자가 나올 것이다.

"하지만 정신력이 한계인 것 같군. M피—마력이 바닥나는 것도 문제지만 역시 처음부터 바이오 하운드를 상대하는 건 타격이 컸나 봐."

신은 자신도 모르게 MP라고 말하려다 다급히 고쳐서 이야기했다. 마력이라는 단어는 자주 들어보았지만 MP라고 말하는 사람은 본 적이 없었다.

다행히 빌헬름은 별로 신경 쓰는 것 같지 않았다.

"징그러우니까 말이지. 기절 안 한 게 어디야."

"라시아가 쓰러지면 아무 소용 없어. 지금 다가오는 적만 해치우고 휴식하자."

"좋아. 레벨이 단숨에 올라간다고 마력이 회복되는 것도 아니니까 말이지."

두 사람도 초전부터 무리할 생각은 없었기에 일단 거점에 돌아오기로 했다.

게임이었으면 레벨이 오를 때마다 모든 수치가 회복되지만 이쪽 세계에선 다른 것 같았다. 신은 레벨업 시의 회복도 활용해가며 싸울 생각이었지만 의도가 빗나가고 말았다.

'이거 제대로 회복하지 않으면 위험하겠는데. 레벨업으로 회복이 안 된다면 남은 MP를 신경 써야겠어.'

에테르(마법약)에만 의존할 수도 없었기에 자연 회복도 겸해가며 싸울 수밖에 없었다. 결과적으로 예상했던 것보다 전투 시간이 길어질 것 같았다. 신은 몬스터를 쓰러뜨리면서 앞으로의 일정을 다시 구상했다.

신 일행은 접근해온 몬스터들을 격퇴한 뒤에 평원 밖으로 나와 휴식을 취하고 있었다.

라시아는 정신적으로 많이 지쳤지만 급격한 레벨업 덕분인지 체력, 마력 모두 최고의 컨디션이었다.

"으으, 죽는 줄 알았어요."

"우리가 있으니까 그럴 일은 없어."

빌헬름이 웃으면서 말하자 신도 한마디 거들었다.

"그럴 일은 없지만 바이오 하운드는 일반인에게 위협적일 거야. 특히 겉모습이."

"말하니까 또 생각났잖아요~."

라시아는 튀어나온 내장을 질질 끌며 다가오던 몬스터를 떠올렸는지 두 사람을 매섭게 쏘아보았다. 하지만 조금도 무서워 보이지는 않았다.

"그러고 보니 몬스터와 싸워보는 건 오늘이 처음이야?"

"경험이 없는 건 아니지만, 갑자기 그런 상황이면 놀랄 수밖에 없잖아요! 게다가 레벨이 너무 많이 올라서 무섭다고요!"

"몬스터와의 레벨 차이가 너무 컸으니까 말이지. 아마 【정화】를 습득할 무렵엔 150 가까이 되어 있을 거야."

라시아는 환생하지 않은 비스트였기에 레벨을 신나게 올릴 수 있었다. 이곳을 떠날 무렵이면 빌헬름과 레벨이 비슷해질 것이다. 전투력은 당연히 하늘과 땅 차이지만 애초에 역할이 다르므로 비교 자체가 무의미했다.

"그건 그렇고 몸이 가벼워지고 마력이 넘쳐흐르는 느낌도 들어요. 갑자기 이게 제 몸이 아닌 것 같아서 조금 무섭긴 하지만요."

"보통은 천천히 올라가니까 말이지. 레벨업이 확 체감되는 경우는 없어."

"그것만큼은 익숙해질 수밖에 없을 거야. 그리고 또 부담을 주는 것 같아서 미안하지만, 라시아는 이걸 사용해줘야겠어."

신이 그렇게 말하며 꺼낸 건 『비전서』였다.

방금 전의 전투에서 알게 됐지만 아츠인【힐】은 스킬로 사용하는【힐】에 비해 효과가 상당히 떨어졌다.

티에라는 대충 3분의 1이라고 했지만 사용자에 따라 더 낮아지는 것 같았다.

라시아는 단숨에 레벨이 올라 지금은 70 정도였다. 그럼에도 빈사 상태의 바이오 하운드에게 몇 번을 사용해야 쓰러뜨릴 수 있을 만큼 아츠는 위력이 약했다.

그래서 스킬을 배우게 하는 편이 좋겠다는 생각이 든 것이다. 공격계 스킬이 아니기에 악용될 염려도 없었다.

"그게 뭔데요?"

"『비전서』라는 거야. 이걸 읽으면 내용에 따른 스킬을 사용할 수 있게 돼.【힐】과【큐어】야."

"헤에, 스킬을 사용할 수 있게…… 아니, 그렇게 비싼 물건을 어떻게 받아요?! 돈으로 환산하면 어느 정도인지 아세요?"

라시아는 얼굴 앞에서 양손을 마구 저었다. 일반인이 스킬을 어떻게 인식하는지 분명히 알 수 있는 반응이었다.

"내가 주었다는 걸 비밀로 해준다면 대가는 필요 없어. 처음부터 배우게 할 생각이기도 했고, 이 스킬이 있으면 아픈 사람을 도와줄 수도 있잖아."

"그래서? 입에 발린 소리는 됐고 무슨 속셈이야?"

신은 낯간지러운 대사로 대충 넘어가려 했지만 아무래도 수상해 보인 것 같았다. 빌헬름의 눈빛이 '구라 치지 마'라고 말하고 있었다.

"아츠로는 끝이 없어. 이걸 써서 빨리 끝내자."

"그냥 네가 귀찮아서 그런 거였냐?"

"훌륭한 지적이야. 하지만 아츠가 약한 건 나보다 너희들이 더 잘 알잖아? 물론 레벨이 많이 차이 나긴 하지만, 오늘처럼 하다간 끝도 없어. 200마리나 쓰러뜨려야 하잖아. 고아원을 트리아 씨에게만 며칠 동안 맡겨둘 수도 없는 거고, 우리가 없는 사이에 그 돼지 녀석이 무슨 일을 벌일지 모르잖아."

고아원 콤비는 그 말을 듣자 반론하지 못했다. 아츠로 싸우는 게 비효율적이라는 건 그들도 알고 있었고, 【힐】과 【큐어】는 틀림없이 교회에서 유용하게 쓸 수 있는 스킬이었다.

신 역시 게임을 처음 시작한 초심자를 도와주며 스킬을 가르쳐준 적이 많았다. 이쪽 세계의 상식과는 약간 동떨어진 행동인지도 모르지만 자신이 전수했다는 것만 숨겨준다면 상관없었다.

물론 그들이 없는 동안 고아원에 무슨 일이 있을지 모른다는 게 서둘러야 하는 가장 큰 이유였다. 최대 전력인 빌헬름의 부재는 적들에게 더할 나위 없는 호기로 보일 것이다.

"알겠습니다. 고맙게 받을게요."

"그렇게 해."

라시아는 조심스레 『비전서』를 펼쳤다. 그녀가 읽기 시작하자 티에라가 【애널라이즈】를 배웠을 때처럼 밝은 녹색 빛이 온몸을 감싸더니 잠시 뒤에 사라졌다.

"어때?"

"아, 네. 사용법을 확실히 알게 됐어요."

"내용을 읽고 배우는 거 아냐?"

옆에서 지켜보던 빌헬름이 묻자 신이 대답했다.

"사용법이 머릿속에 흘러 들어온다고 하던데."

"맞아요. 말로 설명하기는 어렵지만요……."

라시아는 역할을 끝낸 『비전서』를 바라보며 의미심장하게 중얼거렸다.

"그러면 바로 싸우러 가자."

"찬성이야."

신과 빌헬름이 자리에서 일어났다.

"아, 알았어요."

라시아도 많은 체력을 소모한 건 아니었기에 바로 따라왔다.

필드 내에 들어서자 바로 폰급 스컬페이스와 바이오 하운드가 접근해왔지만 레벨이 오른 라시아의 【힐】이 시원스러운 효과를 발휘했다.

아츠를 사용했을 때는 바이오 하운드가 내뿜는 어두운 아우라가 희미하게 약해질 뿐이었지만, 스킬을 사용한 순간 바람에 휩쓸리는 연기처럼 순식간에 사라져갔다. 신과 빌헬름이 무력화할 필요도 없이 몇 번의 힐로 바이오 하운드가 소멸하는 걸 보자, 신도 스킬 계승자가 우대받는 이유를 실감했다.

"위력이 너무 다른데."

빌헬름은 앞을 보며 대답했다.

"응? 아츠가 다 그렇지 뭐."

"아니, 내가 아츠라는 걸 오늘 처음 봐서."

"……내 자신이 바보처럼 느껴지는군."

두 사람은 실없는 대화를 나누면서도 손을 멈추지 않았다.

빌헬름은 『베놈』으로 스컬페이스·잭의 팔다리를 부쉈고, 신은 레벨 163의 인간형 몬스터 그레이 오크를 칼등으로 때려 눕혔다.

그레이 오크는 좀비 오크라는 별명으로 불리기도 한다. 겉모습이 오크의 좀비 버전인 몬스터였다.

"상처 입은 자들에게 안식이 있기를, 【힐】!"

약해진 몬스터에게 바로 라시아의 【힐】이 날아들었다.

스킬로 업그레이드된 【힐】은 아츠와는 차원이 다른 위력을 발휘했고, 잠시 뒤에 두 언데드 몬스터를 빛의 입자로 바꾸어 버렸다.

해치운 뒤에는 라시아 본인도 몹시 놀라고 있었다.

"조금은 빨라지겠군."

"하지만 조건에 맞는 녀석들—레벨 150 이상인 몬스터는 거의 없어. 대낮이고 봉인의 바깥쪽이라 어쩔 수 없긴 하지만 답답하군."

"……잠깐만. 봉인이라는 건 또 무슨 소리야? 처음 듣는데."

"이봐, 그것도 모르고 온 거냐? 혹시라도 위험한 몬스터가 밖으로 나오지 못하도록 평원 안쪽에 몬스터 차단 아이템이 설치되어 있어. 중심에 가까워질수록 레벨이 높은 언데드 몬스터가 우글거린다고 하거든. 길드가 엄중하게 관리하고 있는 거지."

"이해했어. 강한 녀석들에게 봉인 효과를 집중시키고 약한 놈들은 방치해두는 건가."

"봉인용 아이템에도 한계가 있으니까 말이지. 여기에만 사용할 수도 없는 노릇일 테고."

원래 던전은 깊이 들어갈수록 몬스터가 강해진다. 이 평원에서도 중심부에 가까워질수록 그런 것 같았다.

"봉인 안쪽에 들어가려면 어떻게 해야 하지?"

"A랭크 이상인 모험가의 길드 카드가 있으면 돼. 길드가 관리하는 시설이니까."

"그러면 오늘 밤은 봉인 안쪽에서 전투해야겠군."

신은 라시아가 그레이 오크를 소멸시키는 것을 바라보며 말했다. 그녀의 레벨이 많이 오른 덕분인지 저레벨 몬스터가 별로 접근하지 않았다. 이제 사냥터를 변경하는 게 좋을 것 같았다.

스컬페이스·잭처럼 레벨이 150이 넘는 몬스터도 습격해오긴 했지만 처음 본 몇 마리와 방금 쓰러뜨린 2마리밖에 마주치지 못했다.

아직도 격파 수는 손으로 셀 수 있을 정도였고 목표치에는 한참 모자랐다. 잠시 전투를 계속하던 그들은 라시아의 레벨이 80이 넘자 일단 거점으로 복귀했다.

거점에 돌아온 뒤에는 날이 저물 때까지 낮잠을 잤다. 주위는 밝았지만 만약을 위해 신과 빌헬름이 돌아가며 보초를 섰다. 라시아는 피곤해서인지 눕자마자 잠들어버렸다.

신은 보초를 서면서 지루함을 달래기 위해 자신의 스킬을 검증해보기로 했다.

이쪽 세계에 넘어온 첫날은 공격계 스킬을 중점적으로 시험했기에 오늘은 탐지계 스킬을 사용해보았다. 게임 때는 동시 사용이 제한되었던 걸 떠올리며 차례차례로 스킬을 발동한 것이다.

"이건……."

신은 자기도 모르게 중얼거렸다.

시험 삼아 제한된 숫자 이상의 스킬을 동시에 사용하자 문제없이 효과가 나타났기 때문이다.

게다가 조합이 불가능했던 스킬도 발동할 수 있었다. 예를 들면 【기적 감지】와 【서치】가 그랬다. 각각의 장점이 합쳐지고 단점은 소멸하면서 효과 범위가 넓어지고 개체 식별까지 가능해졌다.

"전혀 다른 만능 스킬이 되어버렸군. 효과가 비슷한 스킬을 동시에 사용하면 변화가 있는 건가?"

신은 언제 한번 다양하게 검증해봐야겠다고 머릿속에 메모해두었다. 당장은 장점이 늘어나는 조합밖에 없어 보여도 세상일이 그렇게 만만할 리는 없을 것이다.

그 밖에도 자동으로 발동되는 스킬까지 효과가 있는지, 아니면 임의로 발동하는 스킬에만 적용되는지 등등 여러 가지로 확인해보았다.

스킬을 검증하느라 보초 시간이 순식간에 지나갔다.

날이 저물어 시각은 밤 8시였다. 때가 됐다고 판단한 신과 빌헬름은 라시아를 데리고 망령평원 중심부로 나아갔다.

신은 이동에 약간 시간이 걸릴 거라 생각했지만 평원을 뒤덮던 안개가 달빛에 흩어지듯 사라졌기에 큰 어려움 없이 움직일 수 있었다.

"저 안개는 뭐였던 거지? 당연히 밤에도 자욱할 줄 알았는데."

"글쎄. 마법사 녀석들이 하는 이야기로는 던전 내의 마력이 흘러나와서 발생하는 것 같다던데."

"마력이?"

"아무래도 던전 자체가 언데드 같은 존재라고 하더군. 일부
가 지상에 드러난 탓에 햇빛이 닿을 때마다 대미지를 입는 거
지. 그 영향으로 던전을 가득 채운 마력이 지상에 흘러나오는
거고."

"헤에, 확실히 그럴듯한 이론이긴 하군."

햇빛에 약하다는 건 언데드의 공통된 약점이었다. 햇빛에
언데드를 끌고 나오면 검은 아우라―눈에 보이는 HP 같은
물질―가 공중에 방출된다. 낮에 발생하는 안개는 그 아우라
의 확대판일 것이다.

"그러면 지금은 잃어버린 마력을 회복 중인 건가."

"그럴 테지. 뭐, 우리하고는 상관없는 일이야."

그 뒤로 잠시 더 걸어가자 전방에 투명한 파란색 벽이 둘러
쳐져 있는 것이 보였다.

"이건가?"

"그래, 낮에 이야기한 봉인이야. 알아보기 쉽게 파란색으로
해놓은 거고 투명한 공중 부분까지도 뒤덮고 있다더군."

"그렇군."

벽이라지만 기껏해야 4메르 정도였기에 몬스터가 충분히
뛰어넘을 수 있을 것처럼 보였지만, 아무래도 쓸데없는 걱정
인 것 같았다.

빌헬름이 슬며시 동료들을 돌아보았다.

"자, 다들 준비는 됐어?"

"난 항상 되어 있어."

"나, 나도 괜찮아."

"쿠읏!"

신과 라시아, 유즈하가 대답했다. 그걸 확인한 빌헬름이 길드 카드를 벽에 갖다 대자 세로 2메르, 가로 1메르 정도의 입구가 나타났다.

봉인 내에서 싸워본 빌헬름이 선두에 섰다. 이어서 땅에 내려선 유즈하와 라시아가 나란히 들어갔고 신은 최후방을 맡았다. 뒤에서 습격받았을 때를 대비하기 위해서였다.

봉인 내부는 얼핏 봐선 바깥과 다를 것이 없어 보였다.

하지만 스킬 병용으로 강화된 신의 감지 능력은 이미 몇 마리의 몬스터를 포착하고 있었다.

가까워지려면 아직 충분한 시간이 있었기에 신은 의식을 집중해서 각 개체의 상세한 정보를 파악해두었다.

—정면에 랩트랩터가 3마리.

—좌측에 점프킨이 2마리.

랩트랩터는 날개 잃은 와이번처럼 생긴 몬스터였다. 압도적인 각력으로 강력한 발차기를 구사한다. 게다가 발톱에는 마비 효과가 있었다. 레벨은 평균 170 전후였다.

점프킨은 한마디로 표현하자면 하늘을 나는 호박이라 할 수 있었다. 그건 점프가 아니지 않으냐는 지적은 굳이 하지 말자.

썩은 호박에 희로애락의 표정이 떠오르는데, 기쁨과 분노일 때는 불, 슬픔과 즐거움일 때는 땅의 마법 스킬을 사용한다. 레벨은 평균 200 전후였다.

"뭔가가 다가오고 있어."

신이 적을 【애널라이즈】하는 사이 빌헬름이 중얼거렸다. 아무래도 빌헬름의 감지 범위 내에 적이 도달한 것 같았다.

"정면에서 랩트랩터, 왼쪽에서 점프킨이야."

"알 수 있어?"

"그래, 빌헬름은 랩트랩터를 상대해줘. 난 점프킨을 견제할게."

"알았어."

두 사람은 마주 보며 고개를 끄덕인 뒤에 행동을 개시했다.

유즈하에게 라시아의 호위를 맡기고 각자의 표적을 향해 달려나간 것이다.

속도 차이 탓에 신이 먼저 적과 마주쳤다. 신은 검을 뽑고 땅을 박차며 2마리의 점프킨을 향해 일직선으로 뛰어올랐다.

점프킨은 지상 2~3메르 정도 높이에 떠올라 있었다. 그곳까지 칼날이 닿는 시간은 찰나에 가까웠다.

"쉿!"

두 줄기의 궤적이 공중에 호를 그렸고, 다음 순간 점프킨의 움직임이 멈추었다. 신이 착지하기도 전에 2개의 생물이 땅에 떨어지는 소리가 조용히 울려 퍼졌다.

『아카치도리』의 칼등 치기를 맞은 두 몬스터는 기절, 마비의 이중 상태 이상에 걸려 움직이지 못했다.

신은 아이템 박스에서 커다란 보자기를 꺼내 점프킨을 감싼 뒤에 마무리 공격을 시키기 위해 라시아에게 돌아왔다.

한편 빌헬름도 신보다 몇십 초 늦게 랩트랩터와 대치하고 있었다.

랩트랩터는 손이 없을 뿐이지, 두 다리로 걷는 공룡이나 마찬가지였다. 체구는 2메르 정도로 바이오 하운드처럼 반쯤 썩은 몸이지만, 속도와 근력은 그와 비교조차 되지 않았다.

게다가 어설프게나마 연계 공격도 할 수 있는 성가신 몬스터였다.

"흥."

빌헬름은 먼저 돌격해온 1마리의 공격을 피한 뒤, 그걸 미끼 삼아 달려든 2마리를 『베놈』을 휘둘러 쳐냈다. 랩트랩터의 육체는 약했다. 그것만으로도 뼈가 부러지고 내장이 파열되는 섬뜩한 소리가 들렸다.

빌헬름은 소멸하지 않을 만큼만 대미지를 준 것을 확인한 뒤에 하나 남은 랩트랩터와 대치했다. 처음부터 도망친다는 선택지는 없었는지 흐릿한 눈으로 빌헬름을 노려보고 있었다.

"힘 조절하는 것도 귀찮군."

그 말과 함께 랩트랩터의 시야가 검게 물들었다.

빌헬름은 머리가 반쯤 으깨진 1마리와 다리가 부서지고 몸체가 반쯤 함몰된 1마리를 밧줄로 묶어 라시아에게 돌아왔다.

"꺄아아악~ 징그러워~~~!!"

그걸 본 라시아는 당연히 비명을 지르고 말았다.

✝

신 일행이 망령평원 중앙에서 언데드 사냥에 몰두하고 있을 무렵, 그곳에서 수십 케메르 떨어진 숲 속에서는 많은 사람들이 전투에 한창이었다.

"돌아 들어가! 코어를 노리는 거다!!"

"부상자는 포션으로 회복해! 신관과 마도사는 광술계 아츠로 공격하라!"

"잭의 주의를 끌어! 폰과 연계시키지 마라!"

눈부신 전신 갑옷을 입은 기사들이 크게 소리를 지르며 스컬페이스를 공격하고 있었다.

방패를 든 호위 기사 뒤에는 신관복을 입은 집단과 로브를 걸친 집단이 눈부신 빛의 구슬을 스컬페이스에게 내쏘았다.

그 빛에 닿자마자 스컬페이스·폰의 주위의 검은 아우라가 사라지고 몬스터는 평범한 뼈로 변했다. 그러나 아무도 긴장을 풀지 않았다. 가장 큰 난적이 버티고 있기 때문이다.

"크윽, 엄청난 공격이군."

"체력이 남은 녀석들은 와서 도와! 병력이 더 이상 줄어들면 버틸 수 없다!!"

"제길, 대체 저건 뭐야?!"

자포자기하는 목소리가 숲 속에 울려 퍼졌다. 동맹을 맺은 국가들에서 엄선된 기사 수십 명이 싸우고 있음에도 적에게 아직 이렇다 할 대미지를 입히지 못하고 있었다.

"아무리 잭급이라지만 이 정도로 버틸 수 있을 리가—."

불쑥 흘러나온 불평도 검과 방패가 부딪치는 소리에 묻히고 말았다.

평소 같았으면 이미 끝나고도 남았을 전투였다. 그런데도 신비한 흰 방패를 든 스컬페이스·잭은 기사들의 맹공에도 끄떡없었다. 오히려 반격받은 기사들이 적지 않은 대미지를 입고 말았다.

전투의 지휘를 맡은 베테랑 기사 베르그도 이 스컬페이스를 어떻게 공격해야 좋을지 고민하고 있었다.

엄청난 민첩함과 달인급 검술, 게다가 언데드 몬스터의 약점인 빛 속성 마법이나 신성계 아츠를 대부분 무력화하는 방패를 지녔다.

포위하고는 있지만 섣불리 공격하면 이쪽이 타격을 입을

수도 있기에 이러지도 저러지도 못하는 상황이었다.

'이대로는 안 돼. 하다못해 저 방패만 없었어도……'

전투가 시작된 뒤로 베르그가 수도 없이 한 생각이었다. 그 방패가 스컬페이스를 강적으로 만들었다. 높은 방어력과 마법 저항. 그런데도 스컬페이스의 움직임이 민첩한 걸 보면 중량도 가벼울 것이다. 엄청난 반칙 무기가 아닐 수 없었다.

'하지만 저 녀석도 타격이 없는 건 아냐.'

베르그를 비롯한 기사들에게도 수많은 전장을 거쳐왔다는 자부심과 경험, 그리고 기술이 있었다. 그것을 최대한 활용해 조금씩이나마 적에게 대미지를 주고는 있었다.

베르그는 그런 동료들과 함께 적의 상태를 살피며 이기기 위한 길을 모색했다. 어쩔 수 없이 일단 후퇴하라는 지시를 내리려 했을 때, 기사들의 시야에 은색 섬광이 스쳐 지나갔다.

일직선으로 스컬페이스를 향한 섬광은 한순간도 멈추지 않고 진행 방향을 바꾸어 나가더니 이윽고 베르그 옆에서 소리도 없이 멈추었다.

—스컬페이스가 무너져 내렸다.

소란스럽던 전장이 순식간에 조용해졌다.

섬광의 정체는 빛을 받아 반짝이는 은색 머리카락이었다. 그 머리카락의 주인이 너무나 빨리 달렸기에 기사들의 눈에는 섬광처럼 보였던 것이다.

멍한 표정의 기사들은 이제 누구도 위험을 느끼지 못했다.

은발의 인물이 실수한 적은 단 한 번도 없었기 때문이다.

등까지 내려오는 윤기 있고 부드러운 은발. 투명하고 파란 눈동자. 희미한 미소는 모성과 신비함을 겸비한 일종의 예술품 같았다.

바람에 흔들리는 머리카락 사이로 보이는 뾰족한 귀가 그녀의 종족이 엘프, 혹은 하이 엘프라는 것을 가르쳐주었다.

몸에 걸친 옷은 지구에 존재하는 빅토리안 메이드 타입의 메이드복과 비슷했다. 앞치마가 크고 치맛자락이 길었다. 그건 사실 달의 사당 종업원이 입는 유니폼이었다. 몸에 딱 맞게 만들어진 탓일까, 아니면 본인의 몸매가 뛰어나기 때문일까. 많은 기사들의 시선이 그녀의 가슴 쪽에 집중되었다.

단검 하나로 전장을 지배한 그 여성은 달의 사당의 점장 대리이자 고대의 기술을 시전하는 하이 엘프 중 한 명…….

바로 슈니 라이자였다.

"와이드 힐."

조용한 가운데 그녀의 목소리가 울려 퍼졌다.

그와 동시에 밝고 부드러운 빛이 주위의 기사들을 감쌌다. 슈니가 사용한 것은 신성계 스킬【와이드 힐】로, 넓은 범위에 사용할 수 있는【힐】이었다.

바닥에 힘없이 앉아 있던 기사들을 감싸던 빛이 사라지자 모두가 상처 하나 남기지 않고 회복되어 있었다.

모두가 탄성을 지르는 가운데 가장 먼저 정신을 차린 건 지휘관인 베르그였다. 그는 자신이 넋을 잃고 있었다는 걸 깨닫고 재빨리 정신을 다잡으며 큰 소리로 지시를 내렸다.

　베테랑인 만큼 그의 지시는 효율적이었다. 주위 기사들이 황급히 움직였고 방금 전과는 다른 소란스러움이 숲을 가득 채웠다.

　"덕분에 살았습니다. 저희들만으로는 퇴각할 수밖에 없다고 생각하던 참이었습니다."

　베르그는 옆에 선 슈니에게 다시금 감사를 표했다. 목소리는 이미 늠름해져 있었다.

　"아니요. 이렇게 쓰러뜨릴 수 있었던 건 여러분이 싸워주신 덕분입니다."

　치하의 말이 베르그의 귓전에 울렸다. 듣기만 해도 마음이 정화되는 것만 같았다.

　"그렇게 말해주시니 영광입니다. 하지만 슈니 공 덕분에 언데드들을 물리칠 수 있었던 것도 사실이니 지금은 겸손을 거두십시오."

　"그렇게까지 말씀하신다면……. 하지만 아직 방심할 순 없어요."

　슈니는 곤란하다는 듯이 미소 지으며 대답했다.

　방심할 수 없다는 건 긴장감을 유지시키기 위한 거짓말이 아니었다. 분명한 사실이었다.

모든 것은 이제 막 B랭크가 된 한 모험가가 한 달 전 망령 평원에 접근하면서 시작되었다. 안개 속으로 들어가려는 순간 몇 메르 떨어진 곳에서 스컬페이스가 안개를 뚫고 나타난 것이다.

망령평원 밖으로 나온 몬스터는 존재할 수 없다는 상식을 뒤집는 사태였다.

모험가는 믿기지 않는 광경에 경악했지만 수많은 수라장을 거쳐온 모험가답게 이내 침착함을 되찾았다. 사태의 심각성을 이해한 그는 즉시 가까운 도시의 길드를 향해 전속력으로 달려갔다.

그리고 정보를 입수한 길드는 바로 조사대 파견을 결정했다. 그 뒤에 이루어진 조사를 통해 강력한 일부 몬스터가 안개를 빠져나와 숲으로 흘러들었다는 사실이 판명되었다.

평원은 넓고 언제 어디서 몬스터가 나올지 몰랐기에 안개에서 빠져나오는 순간을 분명히 확인하기까지는 몇 주의 시간이 소모되었다.

게다가 몬스터 몇 마리가 숲으로 들어갔는지를 알 수 없었고 행동 예측도 불가능했기에 망령평원과 인접한 국가들은 이미 피해를 입고 있었다.

전에 신이 처음 길드에 갔을 때 상급 모험가가 전부 도시를 비웠던 건 바로 그 때문이었다.

피해를 입은 국가는 물론 가만히 관망하고 있지 않았다. 자국민을 지키기 위해 경비와 순찰을 최대한으로 강화했다.

가장 큰 문제는 안개를 빠져나온 몬스터의 능력이 일반 개체를 훨씬 능가한다는 점이었다. 대부분의 경우 조우한 아군이 패주하거나 괴멸되었다.

이것을 우려한 국왕들은 오랫동안 맺어져온 동맹을 통해 각국의 뛰어난 기사들을 모아 몬스터 토벌 부대를 결성하기로 했다.

그리고 동시에 어떤 인물에게 도움을 의뢰했다. 의뢰 대상은 『잡화점 달의 사당』의 점장 대리 슈니 라이자였다. 백성들을 지킨다는 순수한 목적 때문인지 슈니는 예상과 달리 흔쾌히 의뢰를 받아들였고, 이렇게 몬스터 토벌대에 참가해준 것이다.

"그러면 몬스터의 무기와 재료는 계약대로 슈니 공이 회수하십시오."

"네, 맡아두겠습니다."

슈니는 베르그의 말에 고개를 끄덕이며 주위에 흩어진 스컬페이스의 장비를 아이템 박스에 수납했다.

이건 여러 국가의 기사들이 연합한 토벌 부대 내에서 귀중한 장비나 재료를 두고 다투지 않게 하기 위한 조치였다. 일부를 제외한 아이템은 토벌이 완료된 뒤에 모두에게 평등하게 분배될 예정이었다.

아이템 박스를 사용할 수 있고 최강 전력이기도 한 슈니가 독점이나 도난을 방지하기 위해 보관 역할을 맡은 것이다.

베르그는 그녀의 모습을 보며 생각했다. 슈니 라이자가 없었다면 사태는 보다 나쁜 방향으로 흘러갔을 거라고.

방금 전의 전투에서처럼 각국의 최강 기사들이 함께 덤벼도 이길 수 없는 적이 있었다. 물론 연합 부대이기에 서로의 연계가 부족하다는 원인도 있었지만 몬스터가 엄청나게 강하다는 사실은 변함없었다.

가장 큰 문제는 방금 전의 스컬페이스처럼 엄청난 아이템을 지닌 개체가 있다는 점이었다. 지금까지 수집한 정보에 따르면 특수한 장비를 보유한 몬스터는 스컬페이스뿐이었지만 예외의 경우도 있을 수 있었다.

베르그가 할 수 있는 일은 그런 몬스터가 더 이상 나타나지 말아달라고 기도하는 것뿐이었다.

현재는 소수의 특수 스컬페이스를 슈니가 격파하고 나머지는 기사들이 토벌하고 있었다.

특수 스컬페이스와 조우한 경우는 즉시 전령을 보내 슈니에게 알려야 했다. 이번에는 그 과정이 늦지 않게 이루어진 것이다. 슈니라면 기사들이 고전하는 몬스터도 쉽게 처리할 수 있었다. 그것도 엘프에게는 취약한 근접전으로 말이다.

"역시 하이 휴먼의 곁에 있도록 허락받은 분답군."

먼 옛날 실존했던 대륙의 패자 하이 휴먼. 그들과 함께한 존재라는 것만으로도 사람들은 경외심을 느꼈다.

그들의 패업은 오랜 세월이 흐른 지금도 퇴색되지 않고 모두의 기억에 남아 있는 것이다.

기사들이 분전할 수 있었던 것도 그런 존재와 함께 싸울 수 있다는 기쁨 덕분이었다. 모두들 모범적으로 행동했기에 조그만 다툼도 일어나지 않았고 몬스터 토벌은 순조롭게 이뤄지고 있었다.

지금까지 확인된 몬스터는 방금 쓰러뜨린 스컬페이스가 마지막이었다. 토벌대는 앞으로 길드에서 파견한 모험가와 협력해서 놓친 몬스터가 없는지 확인하고, 아무 일도 없을 경우 귀환한다. 그리고 각 국가와 길드가 협력하여 감시망을 펼칠 예정이었다.

"이제 아무 일도 없다면 좋으련만……."

베르그는 오랜 경험에서 오는 불길한 예감을 느끼며 중얼거렸다. 그리고 슈니를 돌아보자 그녀는 스컬페이스의 재료가 흩어진 공터에서 열심히 편지를 읽고 있었다.

"슈니 공? 무슨 일이 있으십니까?"

베르그가 말을 걸자 슈니는 편지를 접으며 그를 돌아보았다. 그때 우연히 편지에 『창월』이라는 단어가 적힌 게 보였지만 베르그는 무슨 의미인지 알 수 없었다.

"아니요, 아무것도요. 이제 저는 여러분과 따로 움직이면서 탐색을 속행하겠습니다. 서로 정확한 장소를 알기 힘들 테니까 몬스터와 조우했을 때는 제가 건네드린 매직 아이템을 쏘아 올려주세요."

"잘 알겠습니다."

재빨리 전달을 마친 슈니는 다급히 그곳을 떠났다.

슈니는 롱스커트를 입고 있다는 게 믿기지 않는 이동 속도를 유지하면서 편지에 적힌 내용을 되짚어보았다.

티에라가 보낸 메시지 카드에는 어떤 인물이 남긴 전언과, 그가 망령평원으로 향했다는 정보가 적혀 있었다.

전언을 남긴 인물은 그렇게 드문 이름이 아니었다. 찾아보면 비슷한 이름을 가진 사람이 얼마든지 있을 것이다. 하지만 『창월』을 갖고 있다면 이야기가 달라진다.

슈니가 아는 한 그런 인물은 단 한 명뿐이었다.

"돌아와 주신 건가요……."

슈니는 자신이 지금 냉정하지 못하다는 걸 자각하면서도 오로지 달렸다. 그녀는 망령평원으로 향하고 있었다.

몬스터 탐색에 시간을 빼앗기는 것조차 더할 나위 없이 아까웠지만, 받아들인 의뢰에 대한 책임감 때문에 내팽개칠 수 없었다.

마음만 다급해질 뿐이었다.

—그토록 기다리던 사람과 곧 만날 수 있을지도 모른다.

그런 생각이 슈니의 가슴을 애태우고 있었다.

긴 밤을 지나서　　Chapter 2

망령평원에서 사냥을 시작한 지 며칠이 지난 어느 날 밤. 신 일행은 아직 봉인 내부에 있었다.

　"칫, 이봐, 신! 페커 할로우가 다가왔어!"

　"어쩔 수 없지. 일단 물러나자."

　몬스터의 접근을 감지한 신과 빌헬름은 라시아와 유즈하를 먼저 후퇴시킨 뒤에 자신들도 봉인 밖으로 나왔다.

　봉인 벽을 사이에 두면 바로 옆에 있어도 내부에 있는 몬스터는 알아채지 못하는 것 같았다. 페커 할로우는 신 일행을 놓쳤는지 잠시 주위를 어슬렁거리다 다른 곳으로 가버렸다.

　접근해온 몬스터, 페커 할로우는 레벨 541의 언데드 몬스터였다.

　대량의 사체가 원령에 의해 하나로 녹아들었다고 전해지는 대형 몬스터로, 지면에서 사마귀의 상반신이 튀어나와 있는 형태였다.

　곤충 같은 겹눈과 낫 같은 팔을 가졌지만 곤충의 기관과는 전혀 달랐다. 겹눈은 사람의 눈이 대량으로 모여 이루어졌고, 팔은 사람 뼈가 낫 같은 형태로 연결된 것뿐이었다. 몸 여기저기에는 사람의 얼굴과 손발이 튀어나와 있어 보기만 해도 소름이 돋을 만큼 징그러웠다.

이 몬스터가 나타나는 필드나 던전에는 여성 플레이어가 거의 접근하지 않았을 정도였다.

그리고 가장 성가신 부분은 【데드맨즈 하울(죽은 자의 포효)】이라는 스킬이었다.

큰 대미지를 주는 스킬은 아니지만 혼란, 착란, 저주 등의 상태 이상을 동시에 일으킨다. 게다가 상태 이상의 레벨도 최소 V 이상이었다. 신과 빌헬름이면 몰라도 라시아와 유즈하는 단숨에 최상급 상태 이상에 걸릴 것이다.

굳이 그런 위험을 감수할 필요는 없었기에 성가신 몬스터가 나타나면 일단 봉인 밖으로 도망치기로 정해둔 것이다.

"갔어?"

빌헬름이 물었다.

"일단 좀 더 기다리자. 싸우는 소리를 듣고 돌아올 수도 있어."

며칠 동안의 전투를 통해 쓰러뜨린 몬스터는 이미 잔챙이를 포함해 200마리를 넘겼다. 신의 계산이 틀리지 않다면 라시아는 1마리만 더 쓰러뜨리면 염원하던 【정화】를 배울 수 있었다.

"라시아하고 유즈하는 괜찮아?"

"네, 이제 익숙해진 것 같아요……."

"쿠웃!"

신은 달관한 태도의 라시아와 기운 넘치는 유즈하의 대답에 쓴웃음을 지으며 감지 범위 내의 기척을 살폈다.

확인되는 건 레벨 343의 스컬페이스 · 잭 1마리, 레벨 158의 그레이 오크 2마리, 레벨 177의 젤 바이슨 1마리, 레벨 249의 에이누 자칼 4마리였다.

젤 바이슨은 바이슨(들소)의 골격 주위에 슬라임처럼 투명한 젤 물질이 달라붙은 몬스터였다. 젤은 사람이 접근하면 채찍처럼 변해 공격해온다. 그리고 움직일 수 없게 된 상대를 용해시키며 포식한다.

에이누 자칼은 썩은 고기를 먹는 몬스터였다. 그 탓에 자신도 언데드가 되었다는 설정이었다. 겉모습은 보라색 자칼로 체구는 2메르 정도다. 상대를 마비시키는 마안魔眼까지 갖고 있었다.

양쪽 모두 게임에 익숙해진 초급 플레이어가 처음으로 애먹는 상대였다.

문제가 되는 페커 할로우는 이미 감지 범위에서 사라진 뒤였다. 봉인 밖으로 나온 지 제법 시간이 지났으므로 신은 이제 괜찮을 거란 판단을 내렸다.

각 몬스터와의 거리는 스컬페이스만 상당히 가까웠고 다른 몬스터들은 감지 범위 끝에 아슬아슬하게 걸쳐 있었다.

"근처에 스컬페이스가 있는데…… 레벨이 이상하군."

"무슨 소리야?"

"무슨 일인데요?"

신의 말에 빌헬름과 라시아가 의문을 표했다.

"레벨이 343이야. 전에 내가 킹급으로 강한 스컬페이스에 대해 말한 적이 있지? 그것과 비슷한 녀석 같아."

"여기는 조금 특이한 장소지만 그런 몬스터가 나온다는 이야기는 들어본 적이 없어. 하지만 지난 한 달 동안은 왕국에서 쭉 떨어져 있었거든. 내가 몰라도 이상할 건 없겠군."

"……그러고 보니 라그날 씨가 베이룬 쪽에서 강력한 언데드 몬스터가 마을을 습격하는 사건이 많이 발생했다고 한 것 같아."

라시아가 비슷한 정보를 기억 속에서 끄집어냈다. 베이룬은 망령평원을 사이에 두고 베일리히트 왕국의 반대편에 위치한 나라였다.

"강력한 언데드라……. 역시 뭔가 관계가 있을 것 같아. 그런데 라그날 씨는 누구야?"

"널 데려갔던 바의 마스터야. 한 번 봤지?"

"아아, 그 사람 말이구나."

신은 빌헬름을 상대로 침묵으로 일관한 남자를 떠올렸다. 그때 빌헬름은 분명 동료 모험가라고 말했다.

"뭐, 그건 그렇고 어떻게 할 거지? 내 생각엔 이대로 방치해두면 안 될 것 같은데."

신은 그렇게 말하며 빌헬름을 돌아보았다.

"얼마나 강하지?"

"개인적인 의견이지만 레벨에 걸맞은 능력을 가졌어. 주의해야 하는 점은 스컬페이스인 게 믿기지 않는 민첩함이야. 전에 싸운 녀석은 상당히 현란하게 움직였거든."

"우리끼리 처리하자. 굳이 라시아를 위험하게 할 필요는 없잖아."

"그렇겠군."

신과 빌헬름은 함께 고개를 끄덕였지만 레벨이 오른 라시아는 의욕이 넘쳐 보였다.

"아니요, 저도 가겠어요!"

나머지 두 사람은 서로를 마주 보았다.

"어떡할래? 라시아가 그렇게 말한다면 난 상관없는데. 내가 건네준 아이템이 있으니까 웬만하면 괜찮을 거야."

"글쎄. 이봐, 라시아. 정말 할 수 있겠어?"

"응. 보호받기만 하다 끝나버리면 당당히 돌아갈 수 없는걸!"

며칠 동안 싸워온 성과인지 레벨 200이 넘는 몬스터를 봐도 동요하지 않게 된 라시아가 기합이 들어간 목소리로 말했다.

그녀는 이제 봉인 밖에 있는 저레벨—그래도 80은 넘었다—몬스터를 상대로도 주눅 들지 않고 싸울 수 있었다.

이것도 신과 빌헬름의 스파르타 교육 덕분이었다. 숙녀에게는 어울리지 않는 행동인지도 모르지만 말이다.

"그러면 해보자."

"너무 앞으로 나서지는 마."

"열심히 해볼게!"

라시아의 대답을 신호로 세 사람은 스컬페이스를 향해 나아갔다. 속도 차이로 라시아가 뒤처졌지만 마무리 공격만 하면 되므로 상관없었다. 신과 빌헬름은 그녀를 유즈하에게 맡겨둔 채 현장에 먼저 도착했다.

이번 스컬페이스는 특별한 장비를 갖고 있지 않았다. 다만 검과 방패를 든 자세는 신이 전에 싸운 유니크 몬스터와 동일했다.

"이 녀석, 역시 전에 싸운 녀석과 똑같은 타입 같아. 자세가 그대로야."

"어찌 됐든 해야 할 일은 똑같아. 으랴앗!!"

리치가 긴 빌헬름이 먼저 공격해 들어갔다.

스컬페이스는 코어를 향해 뻗어온 일격을 왼손의 라운드 실드로 받아냈다. 방패째로 꿰뚫으려는 공격으로『베놈』이 라운드 실드의 곡면을 파고들었지만, 그 전에 방패를 든 팔이 움직이면서『베놈』의 궤도에서 벗어났다.

스컬페이스는 그 뒤에 바로 검을 뻗어 공격해왔다.

바람을 가르며 내리친 검을 빌헬름은 재빨리 끌어당긴『베놈』으로 받아냈다. 그는 튀어 오르는 불꽃에도 전혀 위축되지 않았다.

끼긱 하고 금속끼리 마찰하는 소리가 밤의 평원에 울려 퍼졌다. 힘뿐만 아니라 체중과 기술도 실린 일격은 빌헬름도 쉽게 받아넘길 수 없었다.

스컬페이스는 방패로 빌헬름을 쳐내려 했지만 배후를 노린 신의 공격을 감지하며 즉시 뒤로 몸을 날렸다.

그러나 착지와 동시에 끽 하는 소리를 내며 방패와 그것을 들고 있던 왼팔이 두 동강 났다.

조금만 반응이 늦었어도 왼쪽 다리까지 절단됐을 것이다. 통상적인 스컬페이스에게서는 상상할 수도 없는 일이지만 한쪽 팔을 희생해서 피해를 최소한으로 막은 것이다.

"확실히 흔해빠진 해골 녀석들하고는 꽤나 다르게 움직이는군."

빌헬름은 송곳니를 드러내며 웃었다.

아무래도 스컬페이스의 기량을 보고 빌헬름의 투쟁심에 불이 붙은 것 같았다.

"목적을 잊지 말라고."

"나도 알아. 조금은 즐겨도 되잖아."

"별문제는 없겠지만 위험하다 싶으면 끼어들게."

"그러든가. 이 녀석 같은 게 또 있으면 마음껏 싸워볼 수 있을 텐데."

스컬페이스는 코어만 남아 있으면 팔다리가 잘려나가도 소멸되지 않는다. 따라서 다른 몬스터를 상대할 때처럼 죽지 않을 만큼 힘을 조절할 필요가 없었다.

빌헬름은 대담하게 웃으며 중심을 낮추었다. 그리고 창끝을 살짝 내리고 『베놈』을 비스듬하게 겨냥했다.

오른손은 자루 끝을 잡고 왼손은 살짝 갖다 대듯이 뻗어놓았다. 그 모습은 마치 화살이 발사되기 직전의 활 같았다. 빌헬름의 투기가 높아지면서 당겨진 활이 삐걱거리는 소리가 들려오는 듯했다.

그 모습을 본 스컬페이스도 오른발을 뒤로 빼며 검을 든 오른손을 머리 위로 들어 올렸다. 하늘을 향해 똑바로 검을 뻗자 주위에서 일렁이던 아우라가 스컬페이스의 몸에 모여들었다.

마치 기사처럼 움직이는 동작을 보며 빌헬름은 투기를 한층 끌어올렸다.

공기가 얼어붙은 것처럼 양쪽 모두 미동조차 하지 않았다. 하지만 그건 화약에 불이 붙어 폭발하기 직전의 고요함이었다.

"빌!"

"……!"

뒤늦게 도착한 라시아가 소리치자 얼어붙은 공기가 뒤흔들렸다.

그걸 계기로 두 그림자는 서로를 향해 달려나갔다.

어둠을 가르며 뻗은 진홍색 일섬—閃을 스컬페이스의 공격이 맞받아쳤다.

한순간 무기가 교차되었다.

다음 순간에는 머리와 몸체만 남기고 땅에 쓰러진 스컬페이스와『베놈』을 내뻗은 채로 정지한 빌헬름의 모습만 남았다.

스컬페이스는 이미 빈사 상태였다.『베놈』의 일격으로 팔다리가 날아갔고 그 여파로 코어에는 무수하게 금이 갔다. 거의 깨지기 직전이었다.

"라시아, 멍하니 서 있지 말고 빨리 끝장을 내버려."

"내가 나설 차례는 없었어……. 난 대체 무엇 때문에 그런 비장한 각오를 했던 거야?!"

라시아는 자기만 소외되었다는 것에 기분이 언짢은 것 같았다. 그렇게나 필사적이었던 결의가 헛일이 되어버렸으니 허무할 만도 했다.

"어쩌겠냐. 네가 끼어들 여지는 없었던 거라고."

"으으, 신이시여. 이것이 제게 주시는 시련인 겁니까……."

라시아는 풀이 죽으면서도 '그건 그거고 이건 이거'라는 듯이 코어를 향해【힐】을 사용했다.【힐】의 빛을 받자 코어를 뒤덮던 희미한 아우라가 사라지고 스컬페이스가 완전히 소멸되었다. ―그와 동시에 라시아의 몸을 금색 빛이 휘감았다.

"뭐, 뭐야, 이건?!"

"라시아?!"

갑작스러운 사태에 라시아는 혼란에 빠졌다.

빌헬름도 무슨 일이 벌어졌는지 몰랐기에 섣불리 움직일 수 없었다.

"걱정할 것 없어! 이건 조건을 충족해서 새로운 스킬을 배웠을 때의 시각 효과야!"

신은 두 사람을 진정시키기 위해 외쳤다.

신이 계산했던 대로 방금 쓰러뜨린 스컬페이스가 정확히 200마리째인 듯했다.

시각 효과는 신이 소리치자마자 금방 사라졌다. 라시아는 멍한 시선으로 주위를 두리번거렸다.

"이봐, 라시아! 괜찮아?"

"흐엑? 아, 응. 괜찮아."

빌헬름이 어깨를 잡으며 묻자 라시아가 얼빠진 목소리로 대답했다.

"그렇게 넋이 나간 얼굴로…… 정말로 괜찮은 거 맞아?"

"괜찮아, 괜찮아. 갑자기 머릿속에 스킬의 사용법 같은 게 흘러 들어와서 깜짝 놀란 것뿐이니까."

"『비전서』를 쓸 때와는 뭔가 다른 점이 있었어?"

"으음, 글쎄요. 『비전서』는 스윽 하고 들어오는 느낌이었다면, 이번에는 쿵 하고 들어오는 느낌이었어요. 설명이 부족해서 죄송하지만요."

아무래도 스킬을 익히는 방식에는 여러 가지가 있는 듯했다. 본인에게 해는 없으니 걱정할 필요는 없어 보이지만 신은 그게 어떤 느낌인지 전혀 알 수 없었다.

머릿속에 정보가 직접 흘러 들어오는 경험을 대체 어떤 사람이 할 수 있단 말인가.

"뭐, 어쨌든【정화】를 습득한 거야. 축하해."

"그래, 잘 해줬어."

"쿠옷!'

신과 빌헬름, 유즈하가 각자 라시아를 축하해주었다.

"고마워요. 이제 고아원 일도 잘 해결될 거예요."

【정화】를 습득해 고아원의 위기를 해결할 수 있게 되었다는 걸 실감한 라시아는 눈물을 글썽이며 감사를 표했다.

"그러면 거점으로 귀환하자. 아침까지 푹 자고 빨리 베일리히트 왕국으로 돌아가자고."

"그래. 여기에 오래 있을 이유가 없지."

"네, 가요."

세 사람은 각자 미소 지으며 봉인 밖을 향해 걸어갔다. 세 사람과 1마리 주위에 적의 모습은 보이지 않았다.

의뢰는 끝났고 이제 왕국으로 돌아가기만 하면 된다. 모두가 그렇게 생각하고 있었다.

†

그 일은 갑작스레 일어났다.

벌레나 야생동물도 없는 밤의 망령평원은 이상할 만큼 고요했다. 그래서 신은 가장 먼저 눈치챌 수 있었다.

"음? 무슨 소리지?"

"쿠우?"

신의 머리 위에 늘어져 있던 유즈하도 동물 특유의 뛰어난 청각으로 이변을 감지했는지 귀를 쫑긋 세웠다.

그건 풀이 바람에 흔들리는 소리 같기도 했다. 그것뿐이었다면 신도 별로 신경 쓰지 않았을 테지만 생물의 몸이 푸슉하고 찌그러드는 괴음이 동시에 들렸다.

신과 유즈하는 걸음을 멈추고 돌아본 곳에서 이상한 광경을 목격했다.

"뭐야…… 저건."

"쿠우……."

"응? 너희들 왜……."

신이 멈춰선 걸 발견한 빌헬름이 고개를 돌리다가 똑같은 것을 목격하고는 말을 잇지 못했다.

마지막 스컬페이스를 쓰러뜨린 곳에 방금 전까지는 존재하지 않던 검은 구체가 떠올라 있었다. 그리고 지금 페커 할로우를 집어삼키기 직전이었다.

시야 구석에 있는 미니맵을 보자 방금 전까지도 존재하지 않던 거대한 붉은 마크가 신 일행을 가리키는 흰색, 파란색마크 앞에 표시되었다.

페커 할로우는 30세메르 정도의 검은 구체에 점점 흡수되었다.

딱 봐도 크기가 많이 차이 났기에 푸슉, 콰직 하는 소리는 페커 할로우의 육체를 압축하면서 나는 것 같았다.

포식당하는 페커 할로우는 저항하기는커녕 비명을 지르지도 않았다. 몸에 달린 얼굴들은 전부 웃고 있었다. 마치 흡수당하는 걸 기뻐하는 것처럼 보였다.

"으으, 징그러워……."

라시아는 사람의 얼굴이 조금씩 찌그러지는 광경을 보자 입을 틀어막으며 주저앉았다.

"뭐가 어떻게 된 거야? 저건 또 뭐고?!"

빌헬름이 라시아에게 달려가자 신은 두 사람과 검은 구체 사이에 섰다.

페커 할로우는 오래지 않아 구체에 완전히 잡아먹혔다.

그리고 갑자기 땅이 흔들리기 시작했다.

"우웃?!"

"쿠웃?!"

신은 넘어지지 않도록 재빨리 균형을 잡았다. 무슨 일이 일어난 건지 주위를 둘러보자 망령평원 여기저기서 보라색 빛이 하늘을 향해 뻗어 올라가는 게 보였다.

스컬페이스가 쓰러진 곳에서도 눈부신 빛이 솟아올랐다.

"예뻐……."

라시아가 중얼거렸다.

갑자기 발생한 그 괴현상은 환상적으로 아름다웠다.

눈앞의 검은 구체가 없었다면 신도 순수하게 감탄했을 것이다. 하지만 지금은 그럴 여유가 없었다.

신은 시선을 대각선 위로 살짝 올렸다. 미니맵에서 붉은색 마크가 사라져가는 게 보였다.

"이건……."

신은 수수께끼의 구체를 경계하면서도 【원시遠視】 스킬로 붉은 마크, 즉 주위의 다른 몬스터들에 시선을 집중했다.

그러자 젤 바이슨과 에이누 자칼이 온몸에서 보라색 빛을 발산하는 게 보였다. 그 빛은 게임 때 언데드 몬스터를 쓰러뜨릴 때 발생하는 시각 효과와 비슷했다.

잠시 지나자 그 몬스터들이 차츰 형태를 잃더니 대기에 녹아들듯 사라졌다.

그리고 그 빛은 공중에서 휘며 검은 구체에 흡수되었다.

"마소魔素를 빨아들이고 있어."

빌헬름이 힘주어 말했다.

"마소를?"

"그래, 저 빛은 언데드를 움직이는 마소야. 그게 없어져서 몸을 유지할 수 없게 되자 사라진 거지."

"그런 건가."

잠시 지나자 대기 중에 존재하는 모든 마소가 구체에 흡수되었다.

구체는 더욱 높이 떠오르더니 지상에서 10메르 정도 높이에서 정지했다.

그리고 구체를 중심으로 거무튀튀한 아우라가 주위로 확대되었다.

그것이 점점 형태를 이루어 스컬페이스 같은 뼈가 형성되었고, 그와 동시에 몇 배의 크기까지 부풀어 올랐다.

칠흑의 갑옷이 그 위를 덮었고 검은 아우라가 뼈와 갑옷 사이를 가득 채웠다.

시간으로 따지면 불과 10초 만에 이뤄진 일이었다.

지금 신의 앞에는 전장 10메르가 넘는 스컬페이스가 서 있었다.

갑옷은 아우라에서 생겨났다는 게 믿기지 않을 만큼 세밀하게 장식되었고, 머리 부분이 해골만 아니었다면 용맹한 기사처럼 보였으리라.

스컬페이스의 몸에서는 불길한 아우라가 피어올랐다. 언데드라는 확실한 증거였다.

그리고 잔뜩 긴장한 신 일행 앞에서 두 눈구멍에 불이 피어올랐다.

―『스컬페이스·로드 레벨 804』.

【애널라이즈·X】이 발동되어 이름과 레벨을 신에게 알려주었다.

그 정도 레벨이면 【THE NEW GATE】에서도 상위에 속하는 수치였다.

"레벨 804. 던전의…… 보스인가?"

신의 중얼거림에 빌헬름이 격렬하게 반응했다.

"이봐, 방금 한 말이 사실이야?!"

"그래, 틀림없어."

"그럴 리가…… 그건 국가를 멸망시킬 만한 몬스터의 레벨이라고요?!"

"쿠르르!!"

유즈하가 위협하듯 으르렁거렸고 빌헬름과 라시아는 동요를 감추지 못했다.

500년 전의 『영광의 낙일』 이후 마도로 변한 대도시─『성지』를 배회하는 몬스터를 제외하면 가장 높은 레벨로 확인된 몬스터도 600을 넘지 못했다.

그리고 그런 몬스터조차 발생 당시 여러 나라를 멸망시켰다고 전해진다.

"보, 봉인이 있으니까 밖으로 못 나오겠죠?"

"글쎄."

라시아의 불안한 목소리에 신이 대답했을 때 드디어 로드가 움직였다.

로드는 몇 메르는 되어 보이는 팔을 굽히며 주먹을 쥐었다. 그리고 무릎을 살짝 구부리더니 하늘을 향해 기세 좋게 어퍼

컷을 날렸다.

팔이 완전히 뻗는 것과 동시에 쨍그랑 하는 무미건조한 소리가 들렸다. 하늘을 뒤덮던 보이지 않는 결계가 깨지면서 마소의 빛에 반사되는 것이 신 일행의 눈에 들어왔다.

"이거, 봉인은 이제 끝장났군."

"그래, 방금 공격으로 산산조각 났어."

"그, 그럴 수가……."

라시아는 고레벨 몬스터를 막아내던 봉인이 허무하게 무너지는 걸 보고 다리에 힘이 빠지며 엉덩방아를 찧었다.

봉인을 유지하던 마소마저 전부 흡수한 로드의 시선이 신 일행을 포착했다.

빌헬름이 마른침을 꿀꺽 삼켰다.

"이봐, 이쪽을 보는데?"

"그렇군."

눈알이 있는 건 아니지만 분명히 자신들을 보고 있었다.

빌헬름은 얼굴이 창백해진 라시아를 안아 들며 도망칠 준비를 했다.

"GuuuuUUUUU―GaaaAAAAAA!!!"

하지만 로드는 그들을 절대 놓치지 않겠다는 듯이 포효했다.

물리적인 압력이 느껴질 만한 음량에 신은 방어 자세를 취했고, 유즈하는 몸을 움츠렸으며, 빌헬름은 한쪽 무릎을 꿇었고, 라시아는 귀를 틀어막았다.

"으윽, 보내주지 않겠다는 건가?"

"그게 아니야. 주위를 봐!"

신이 소리치는 것과 동시에 지면에서 하얀 뼈들이 차례차례로 뻗어 나왔다.

그건 누가 봐도 인간형 몬스터의 팔이었다. 그 팔로 지면을 힘껏 붙잡더니 묻혀 있던 본체를 끄집어냈다.

땅에서 나온 건 전부 갑옷을 입은 해골, 스컬페이스였다.

그것도 잭급부터 퀸, 킹 급—1마리만 나타나도 큰 소동이 벌어질 만한 개체까지 차례차례로 땅에서 솟아 나왔다. 각 개체의 크기는 일반적인 스컬페이스보다 한두 단계는 컸고 킹 급은 8메르 정도였다.

평원을 가득 메운 대량의 스컬페이스는 이미 하나의 군대나 다름없었다. 각 개체에서 발산되는 아우라가 뒤섞이며 평원 전체를 검게 물들였다.

스컬페이스는 평원 전체에서 출현했고 신의 주변은 이미 그것들로 넘쳐나고 있었다.

"빌! 어쩌면 좋지? 저기, 빌!!"

"진정해! 난리 친다고 뭐가 어떻게 되는 게 아냐! 이봐, 신. 빨리 포위를 뚫고 도망치자!"

"아니, 난 남겠어."

"뭐어? 이 자식이 지금 무슨 소리야, 죽고 싶어?!"

빌헬름은 침착한 말투가 답답했던지 신의 어깨를 움켜쥐었다. 그는 신의 몸을 돌리기 위해 힘을 주었지만 신은 거대한 바위처럼 꼼짝도 하지 않았다.

그리고 신은 조용히 【리미트】를 해제했다.

"우옷?!"

"까앗?!"

신에게서 세차게 쏟아져 나오는 힘을 느끼며 빌헬름과 라시아는 눈을 부릅떴다.

"이 녀석을 이대로 놔둘 수는 없어. 내가 길을 열 테니까 너희 둘은 먼저 왕국에 돌아가 줘."

"이 힘…… 넌 대체……?"

"지금 그런 이야기를 할 시간은 없어. 그리고 개인적으로도 이 녀석에게 볼일이 생겼어. 아무도 끌어들이고 싶지 않으니까 미안하지만 최대한 멀리 도망쳐 줘."

신은 그렇게 말하며 양손에 마력을 집중했다. 엄청난 밀도의 마력을 보며 빌헬름은 아무 말도 할 수 없었다.

"칫, 어쩔 수 없지. 라시아와 그 여우는 내가 데려갈게. 거점에 놔둔 아이템은 회수해야 하나?"

"무리하진 않아도 돼. 없어도 곤란할 물건은 아니니까."

"그렇군……. 돌아오면 꼭 사정을 자세히 말해줘야 한다!"

"그래, 알았어. 신체 강화 버프도 걸어줄 테니까 평소보다 빨리 달릴 수 있을 거야. 적응 못해서 넘어지지 말라고."

"감히 누구한테 그런 소릴! 아니, 그런데 여우가 안 떨어지네."

빌헬름이 유즈하를 잡아당기자 신의 표정이 일그러졌다.

"아파파파파! 야, 유즈하! 버티지 말라고."

"쿠우! 쿠우~!!"

유즈하는 신을 두고 갈 수 없다는 듯이 필사적으로 달라붙었다.

"이봐, 어떻게 할 거야?"

"유즈하……."

염화를 통해 신에게 유즈하의 감정─떨어지고 싶지 않다는 강한 마음이 전해졌다.

"……휴우, 어쩔 수 없지. 나한테서 절대로 떨어지면 안 된다."

"쿠웃!"

신의 머리 위에서 다시 한 번 우는 유즈하는 의욕이 넘쳐 보였다.

"정리는 끝난 것 같군. 그러면 빨리 시작해."

"그래, 많이 기다렸지?! 그럼 간다!!"

신은 빌헬름에게 버프를 걸어주는 것과 동시에 거점이 있는 방향으로 마법 스킬을 사용했다.

뇌격계 마법 스킬 【라이트닝·뱅커】였다.

직경 몇 메르나 되는 굵은 번개 두 줄기가 스컬페이스 무리를 향해 뻗어가며 주변을 잿더미로 만들었다.

신은 스킬을 유지한 채 팔을 좌우로 펼치며 번개를 조종해서 포위망을 구멍 냈다.

"가!"

신의 목소리를 신호로 빌헬름이 땅을 박찼다. 그는 신의 버프로 향상된 각력 덕분에 잔상이 남을 만한 기세로 돌파구를 향해 달려갔다.

"꺄아아아아아앗……."

엄청난 속도에 라시아가 비명을 질렀지만 그것도 이내 멀어져갔다.

이곳은 봉인의 외곽이었기에 빌헬름의 속도라면 포위망 밖으로 금방 나갈 수 있을 것이다.

번개를 맞지 않은 스컬페이스들이 검이나 창을 투척했지만 빌헬름은 속도를 유지하면서 『베놈』으로 전부 쳐냈다.

"갔네."

"쿠우."

신은 둘의 모습이 보이지 않는 걸 확인하고 【라이트닝 · 뱅커】를 풀었다. 이미 스컬페이스 수십 마리를 해치웠지만 스킬이 중단되자마자 대량의 적이 동료의 빈자리를 메웠다.

상대는 스컬페이스 · 로드를 포함해 부하인 잭, 퀸, 킹 급이 수도 없이 많았다.

신을 노려보는 로드는 도망친 빌헬름과 라시아에게는 전혀 관심이 없는 듯했다.

신의 기억 속에 스컬페이스·로드라는 이름은 존재하지 않았다. 처음 보는 몬스터였기에 레벨만 보고 능력을 판단할 수는 없었다.

그러나 미지의 상대라면 신이 원래 세계로 돌아가기 위한 단서가 나올 수도 있었다. 따라서 신은 절대 도망칠 생각이 없었다.

"자, 우리도 시작해볼까."

"쿠우~!"

유즈하의 듬직한 대답과 함께 신은 검을 겨냥하며 스컬페이스 대군을 향해 돌진했다.

그걸 한마디로 표현하자면 유린이었다.

뼈가 박살 나고 검이 부러지며 갑옷은 쇳덩이가 되어 바닥에 떨어졌다.

땅에도 깊은 균열이 몇 줄기씩 생겨났다.

마법이 아니라 신이 휘두른 검이 만들어낸 균열이었다.

"쉿!"

스킬을 발동하지 않고 검을 휘두르는 것만으로도 10마리가 넘는 스컬페이스의 코어가 파괴되며 소멸했다.

박살 난 검과 갑옷은 부산물에 지나지 않았다.

달빛이 내리쬐는 평원에서 검을 휘두를 때마다 마치 모래성이 무너지듯이 스컬페이스가 쓰러졌다.

평범한 모험가라면 한 마리를 쓰러뜨리기 위해 수십 명이 희생해야 하는 스컬페이스·킹조차 지금 이곳에서는 조금 튼튼한 나무 인형에 지나지 않았다.

신은 마치 풀을 베는 것처럼 무심하지만 확실하게 스컬페이스를 쓰러뜨려나갔다.

"쿠오오오오!!"

스컬페이스를 공격하는 건 신 혼자가 아니었다. 신의 머리 위에 자리 잡은 유즈하도 입에서 내뿜는 희푸른 불꽃으로 적들을 태우고 있었다.

몬스터 전용 스킬 【폭스·파이어】였다. 엘레멘트 테일의 경우는 푸른 불꽃을 내뿜는다.

지금의 유즈하에게는 어려울 테지만 본래의 모습—레벨 1,000의 성체는 꼬리로 다채로운 공격을 할 수 있었다. 엘레멘트 테일은 9개의 꼬리가 각각 불, 흙, 바람, 번개, 빛, 어둠의 마법 스킬과 물리 공격, 신성계 스킬을 담당하기 때문에 상대방은 한 번에 많은 몬스터와 싸우는 거나 마찬가지였다.

유즈하의 하나뿐인 꼬리는 신성계 스킬을 담당하는지 【폭스·파이어】가 강화된 것 같았다. 물론 플레이어가 쓰는 스킬이 아니기에 신은 유즈하에게서 전해지는 느낌으로만 상상할 뿐이었다.

"숫자가 정말 많은데."

"쿠우."

이미 100마리가 넘는 스컬페이스를 쓰러뜨렸음에도 신과 유즈하는 계속 같은 장소에만 머물러 있었다. 몬스터가 워낙 많다 보니 격파할 때마다 생기는 공백이 순식간에 메꿔졌다.

손으로 모래를 파낼 때마다 다시 주위의 모래가 흘러드는 꼴이었다.

보스로 보이는 스컬페이스·로드는 대량의 스컬페이스를 발생시킨 뒤에 망령평원의 중앙부로 가버렸다. 평원은 한쪽 끝에서 반대편 끝까지 수십 케메르였다. 신이 있는 곳은 외곽 쪽이었기에 로드의 모습을 눈으로 확인할 수는 없다.

중앙으로 이동한 건 신의 힘을 소모시키거나 무언가를 준비하기 위해서인지도 몰랐다.

신은 상대가 어떻게 나올지 생각하면서 검을 휘둘렀고, 유즈하는 불꽃을 내뿜었다. 검은 아우라로 물든 평원에서 신의 주위로만 땅이 드러나 있었다.

"너무 무리하진 말라고."

"쿠우!"

당장이라도 검은 탁류에 휩쓸릴 것만 같은 신과 유즈하는 이런 상황에서도 느긋한 목소리로 대화를 나눴다.

말을 하는 동안에도 신의 공격이 스컬페이스를 덮치며 검은 탁류를 오히려 밀어냈다.

결계처럼 넓게 내뻗는 참격을 돌파할 수 있는 적은 이곳에 없었다.

대부분의 스컬페이스가 방금 전에 빌헬름이 싸운 개체처럼 달인급의 발놀림, 검술, 날카로운 기술을 가졌지만 기껏해야 얼마 안 되는 시간을 벌고 있을 뿐이었다.

불쌍할 만큼 전혀 상대가 되지 않았다.

"안 되겠어. 적이 우글거리는 범위가 너무 넓어."

신은 탐지계 스킬을 병용하여 주위의 정보를 수집했다.

신이 요란하게 날뛴 덕분에 많은 스컬페이스가 이쪽으로 몰려들었지만, 한편으로는 평원 밖으로 도망치는 무리도 보였다.

그중에는 킹급으로 보이는 큰 반응도 있었다. 이대로 놔두면 피해가 나올 것 같았다.

"격렬하게 간다. 꽉 붙잡아!"

"쿠웃!"

신은 『아카치도리』를 더욱 힘주어 잡으며 주위의 스컬페이스를 해치웠다.

그리고 그때 생긴 틈을 이용해 왼손으로 새로운 무기를 쥐며 『아카치도리』를 든 오른손을 뒤로 쭉 뻗어 투척 자세를 취했다.

『아카치도리』의 검신에서 지금까지와는 비교도 되지 않는 강한 번개가 솟구쳤다. 붉은 번개를 두른 검신은 스스로 빛을 내는 것처럼 강하게 발광했다. 이따금씩 금속이 삐걱거리는 소리가 들리는 건 너무나 많은 마력이 담기면서 검이 지르는 비명이었다.

전설급 무기로는 신이 가진 엄청난 마력을 더 이상 견디지 못하는 것이다.

스컬페이스들도 빛에 뒤섞인 고밀도 마력을 본능적으로 감지한 건지 접근을 주저했다.

그리고 그런 주저함이 신에게 많은 힘을 모을 수 있는 여유를 주었다.

검술 뇌격 복합 스킬【비연飛燕·뇌절雷切】.

무예 스킬과 마법 스킬의 혼합 기술이었다. 그 강력한 일격이 신의 손에서 뻗어나갔다.

인간의 한계를 초월한 근력으로 투척된 『아카치도리』는 충격파를 흩뿌리며 스컬페이스 무리를 똑바로 가로질렀다.

검신에서는 붉은 번개가 사방으로 뻗어 나와 진행 방향에 있는 스컬페이스를 하나도 남기지 않고 잿더미로 만들었다. 그 모습은 마치 신화 속의 히드라 같았다.

번개로 만들어진 붉은 히드라가 검은 물결을 초고속으로 유린해나갔다. 마치 스컬페이스가 스스로 번개의 제물이 되어주는 것 같았다.

『아카치도리』가 날아간 곳에는 폭 10메르 이상의 길이 만들어지고 충격파와 번개로 지면까지 깊게 파여 있었다.

신은 그 길을 단숨에 가로질렀다.

그의 목표는 평원의 중심에 있는 스컬페이스·로드였다.

그걸 쓰러뜨리거나 던전 코어를 파괴하면 이 소동도 가라앉을 것이다.

'슈니가 있었다면 다르게 대응할 수 있었을 텐데 말이지.'

신은 잠시 그런 생각이 들었지만 지금 없는 사람을 생각해 봐야 의미는 없었다. 지금은 할 수 있는 일을 할 때라고 정신을 다잡았다.

그는 새로 꺼낸 왼손의 무기를 칼집에서 뽑아 어깨에 걸치며 질주했다.

그가 쥔 무기는 신화급 대태도大太刀(역주: 칼날 길이가 1.5~3 미터에 달하는 가장 큰 일본도를 가리킨다.) 『하몬히루마키波文蛭卷』였다. 일본 제일의 대태도에서 유래한 이름이었다.

자루까지 포함하면 3메르가 넘는 길이였고 검신은 달빛을 반사하여 어둠을 밝히듯 반짝였다. 『네네키리마루袮袮切丸(역주: 칼이 혼자 움직여 네네袮袮라는 요괴를 물리쳤다는 설화로 유명한 대태도.)』라는 이름을 떠올리는 사람도 많을 것이다.

그런 『하몬히루마키』는 언데드에 대해 높은 위력을 발휘했다. 위력이 강하고 공격 범위가 넓은 긴 검신이 스컬페이스를 덮쳤다.

"흡!"

단순한 가로 베기였지만 공격을 받고 날아가는 스컬페이스의 양은 지금까지와 비교조차 되지 않았다.

『하몬히루마키』는 원래 STR이 800을 넘어야 제대로 휘두를 수 있는 무기였고 그 무게만으로도 레벨 낮은 드래곤의 목을

벨 수 있을 만큼 날카로웠다.

상한 능력치를 넘어선 신이 그런 검을 휘두른다면 어느 정도의 위력일지는 아무도 짐작할 수 없었다.

칼날이 공기를 가르고 충격파가 주위 물체를 전부 산산조각 냈다. 스컬페이스들에게 저항할 방법은 없었다. 애초에 힘의 차원이 달랐고 스컬페이스에게는 재난일 뿐이었다. 태풍, 지진, 홍수처럼 도저히 거역할 수 없는 압도적인 폭력이다.

지금의 신이 바로 그랬다.

방금 전까지는 왜 그렇게 느렸나 싶을 만큼 로드를 향해 빠르게 돌격하고 있었다.

【비연·뇌절】로 생겨난 공간을 스컬페이스들이 메꾸었지만 방해다운 방해도 하지 못했다. 검을 휘두르는 굉음과 함께 가루가 되어 흩어질 뿐이다.

"사라져!!"

신은 이번엔 마법 스킬을 발동했다.

풍술계 마법 스킬 【에어·배럿】이었다.

30~40세메르 정도의 바람 덩어리를 날려 보내는 스킬이며 소형 비행 몬스터를 떨어뜨릴 정도의 위력이지만 신의 경우는 그걸로 끝나지 않았다.

전후좌우로 난사되는 바람 덩어리는 전부 2메르를 넘었고 갑옷을 걸친 스컬페이스들을 가볍게 날려버렸다. 볼링 핀처럼 나뒹구는 스컬페이스는 더 이상 공포의 대상이 아니었다.

평원 중앙에 가까워질수록 신에게 다가오는 스컬페이스가 더욱 많아졌다. 신의 시야에 표시된 미니맵은 거의 새빨갛게 뒤덮여서 적의 수를 세는 것도 불가능했다.

신은 자신을 가리키는 하얀 마크가 붉은 일대를 파먹는 걸 보며 기운차게 달렸다.

그의 뇌리에 페커 할로우를 흡수한 구체가 떠올랐다. 그 코어에서 발생한 스컬페이스·로드는 확실히 강력했다. 하지만 부하 몬스터를 강화하고 리젠하는 능력은 보스 몬스터에게서 흔히 볼 수 있었다.

이쪽 세계의 기준으로 본다면 흉악하기 그지없을 테지만 신은 더욱 힘든 싸움을 한 적도 많았다. 그래서 그는 대태도를 휘두르며 생각했다. 왠지 이대로 쉽게 쓰러뜨릴 수 있는 상대 같지는 않았다.

'경계해서 나쁠 건 없어.'

신은 적을 섬멸하면서도 힘을 남겨두었다. 게임 때보다 능력치가 올랐기에 부릴 수 있는 여유였다. 신은 분명 강하지만 때로는 양이 질을 압도할 때도 있었다.

아무리 능력치가 상한선을 넘었다지만 신은 무적도 불사신도 아닌 것이다.

치명상을 입으면 죽을 수밖에 없다.

"—!!!"

평원에 포효가 울려 퍼졌다. 고주파처럼 새된 소리를 신호로 지면에서 다시금 수많은 손들이 솟구쳐 올라왔다.

포효의 주인공은 스컬페이스·로드였다.

아무리 쓰러뜨려도 스컬페이스의 숫자가 줄어들지 않는 건 이 포효 때문인 듯했다. 포효가 들릴 때마다 지면에서 새로운 스컬페이스들이 기어 나오고 있었다.

"……또냐."

신은 포효의 발생원이 가까워진 것을 느끼며 중얼거렸다. 엄청난 적의 숫자를 보며 광역 섬멸용 마법 스킬로 전부 날려버리고 싶은 충돌이 일었지만 섣불리 사용할 수는 없었다.

이쪽 세계에서 사용하는 마법 스킬은 위력과 범위가 게임 때와는 달랐다.

특히 신의 능력치라면 초기에 배우는 기본적인 마법 스킬조차 잘못 제어하면 중급 마법 이상의 위력이 나왔다. 최상급 광역 마법이라면 어느 정도일지 가늠할 수도 없었다.

실수로 숲을 전부 날려버렸다고 웃으며 넘어갈 수도 없는 일이다.

현격하게 상승한 능력치가 지금은 신의 족쇄가 되었다.

'이곳에 나만 있다면 그나마 시도할 만할 텐데 말이지.'

신은 얼마 전 미니맵에 나타난 녹색 마크를 보며 마법 스킬을 발동했다.

화염계 마법 스킬【임베르·플레임】이었다.

덧붙이자면 녹색 마크는 적도 아군도 아닌 중립 플레이어나 NPC를 가리킨다. 즉, 이곳에 신 말고도 누군가가 있다는 의미였다.

신의 머리 위에 출현한 무수한 화염 구슬이 신과 녹색 마크 주위에 모여든 스컬페이스를 향해 쏟아졌다. 화염 구슬은 물체에 닿은 순간 고열을 내며 사라지기에 직격을 맞은 스컬페이스들은 말 그대로 벌집이 되어 소멸해갔다.

불똥을 튀기지도 않았고 폭발로 인한 모래먼지가 피어오르지도 않았다. 따라서 상당히 떨어진 거리에서도 정확히 맞힐 수 있었다.

"위험하겠어."

주위를 둘러싼 덩치 큰 스컬페이스 때문에 눈에 보이지는 않았지만 미니맵 속의 녹색 마크는 신의 엄호를 받으며 선전하는 것 같았다.

녹색 마크에게 몰려든 스컬페이스의 레벨은 300대이고 이곳에서는 그나마 약한 부류라는 게 다행이었다. 하지만 그 뒤에서 500레벨이 넘는 스컬페이스가 접근하고 있었다.

아무리 마법 스킬로 엄호한다 해도 거리가 워낙 멀다 보니 완벽하진 않았다. 스킬 병용으로 신의 감지 범위가 넓어지지 않았다면 발견하지도 못했을 것이다.

하늘이라도 날 수 있다면 금방 도우러 갈 테지만, 비행 스킬이 없는 【THE NEW GATE】에서는 뛸 수는 있어도 날 수는 없었다.

"왜 이쪽으로 오지? 포효 소리가 들리지 않는 건가?"

신은 계속 칼날 폭풍을 날리며 녹색 마크 쪽으로 진로를 바꾸었다. 누군지는 몰라도 가만히 내버려 둘 수는 없었다.

"쿠우?"

'구하려고?'라고 묻는 유즈하에게 '도착할 때까지 살아 있으면'이라고 마음속으로 대답하며 신은 주위의 적을 마법 스킬로 쓰러뜨렸다.

스컬페이스를 가리키는 붉은 마크가 사라졌지만 금방 땅속에서 다른 개체가 여럿 출현했다.

"칫, 살아 있어줘!"

신은 포위당한 누군가를 구하기 위해 손에 마력을 모았다.

하지만 그가 마법 스킬을 내쏘기 직전에 먼 곳에서 푸른 번개가 작렬했다.

그건 신이 빌헬름을 도울 때 사용했던 뇌격계 마법 스킬 【라이트닝·뱅커】였다.

녹색 마크 주위를 스치듯 뻗어간 번개는 주위를 둘러싼 스컬페이스만을 집어삼켰다. 녹색 마크에게는 조금의 피해도 주지 않으며 적을 섬멸한 것이다.

그때 신은 새로 나타난 마크 색과 거기 표시된 이름에서 눈을 떼지 못했다.

마크의 색은 파랑─아군을 나타내는 색이었다.

그리고 표시된 이름은 【슈니 라이자】였다.

✝

푸른 마크—슈니는 녹색 마크를 향해 접근했다. 그리고 도망치라고 말했는지, 녹색 마크는 방향을 바꾸어 평원을 벗어났다.

그리고 슈니는 신 쪽을 향해 일직선으로 돌진해왔다.

신보다는 느리지만 달라붙는 스컬페이스는 거의 순식간에 죽어나갔다.

신도 다가오는 스컬페이스를 말없이 베어내며 슈니 쪽을 향해 달렸다. 하지만 그의 발걸음은 가볍다고 할 수 없었다.

티에라의 편지를 보면 자신을 기억하는 것 같긴 했지만 막상 만난다고 생각하니 괜히 긴장되었던 것이다.

게임 때의 슈니와는 프로그램된 것 이외의 대화를 해본 적이 없었다. 서포트 캐릭터에 설정된 호감도는 최대로 올려두었지만 그게 슈니의 인격에 어떤 영향을 끼쳤을지는 아무도 알 수 없었다.

생각해보면 가게를 내팽개쳐두고 500년이나 소식이 없었던 셈이다. 신을 어떻게 생각할지 전혀 상상이 가지 않았다. 오히려 화를 내거나 미워한다 해도 이상할 건 없었다.

그런 심정 따윈 상관없이 둘의 거리는 좁혀졌고, 검은 해골들이 우글거리는 가운데서 두 사람의 재회가 이루어졌다.

스컬페이스들은 무언가를 느꼈는지 움직임을 멈추었다.

다시 움직이려고 해도 보이지 않는 벽에 가로막힌 것처럼 앞으로 나아가지 못했다.

주위를 경계하던 신도 그것을 깨달았지만 무슨 행동을 하기도 전에 육구 펀치가 그의 이마를 툭 때렸다. 마음속으로 전해지는 생각을 통해 유즈하가 친 결계라는 걸 알 수 있었다.

그다지 오래 버티진 못할 것 같았지만 애초에 느긋하게 있을 만한 상황은 아니었다.

'고마워'라고 마음속으로 전하자 '괜찮아'라는 마음이 전해져왔다. 제법 센스 있는 여우였다.

그런 짧은 대화를 끝낸 뒤, 신은 다시금 슈니 쪽을 바라보았다.

슈니는 은발을 휘날리며 신을 똑바로 주시하고 있었다.

그걸 본 신이 느낀 건 변함없다는 흔해빠진 감상이었다. 반짝이는 은색 머리카락도, 파란색의 맑은 눈동자도, 몸에 걸친 옷까지도 마지막으로 헤어졌을 때와 무엇 하나 달라지지 않았다.

"……잘…… 지냈지?"

무슨 말을 해야 할지 이것저것 생각했지만, 결국 입에서 나온 건 그런 한마디였다.

스스로 생각해봐도 멋없는 말이었다. 신은 NPC인 그녀와는 게임이 끝난 뒤에 더 이상 만날 일이 없을 거라 생각하고 있었다.

어찌 보면 게임 속에서 가장 오랜 시간을 함께했고 가장 큰 애착이 담긴 캐릭터가 바로 그녀였다.

VR이기에 그냥 보고 있으면 플레이어와 다를 게 없었다. 그래서일까. SF 영화처럼 AI를 탑재해서 대화해보고 싶다는 생각도 했다.

"……."

슈니는 대답하지 않았다.

그녀는 촉촉한 눈동자로 무언가를 참아내는 듯이 입을 꾹 다물고 있었다. 필사적으로 울음을 참는 그녀를 보자 신은 당황하고 말았다.

"슈니……."

이름을 부른 순간 은색 섬광이 달려왔다.

"윽?!"

슈니가 끌어안자 신은 예상했던 것보다 훨씬 묵직한 충격을 받고 말았다. 가장 뛰어난 능력치를 가진 서포트 캐릭터다웠다.

신은 자신도 모르게 '어흑!' 하는 비명을 지를 뻔했지만 간신히 참아냈다.

"슈, 슈니?"

"제게 할 말이 있지 않나요?"

슈니가 끌어안자 신의 척추가 비명을 질렀다. 갑자기 그런 질문을 해봐야 적에게 둘러싸인 지금 무슨 말을 꺼내야 할지 알 수 없었다.

"으음…… 지금까지 가만 내버려 둬서 미안―아악?!"

"틀렸어요."

"가, 가게를 지켜줘서 고맙―으윽?!"

팔의 힘이 더욱 강해졌다.

"틀렸어요."

사죄도 감사도 아니라면 대체 뭐가 있을까. 무슨 말이 남은
걸까.

신은 필사적으로 머리를 굴렸다.

이쪽 세계에 온 뒤에 벌어진 일을 순서대로 떠올린 뒤에 마
지막으로 그녀가 지켜온 달의 사당, 예전에 모두가 함께했던
소중한 장소에 대해 생각했다.

'아아…… 그렇군.'

이걸 대체 왜 몰랐을까. 스스로가 한심해질 정도였다.

게임에서는 꺼낼 일이 없는 말이자, 지금 반드시 해야만 하
는 말이었다.

가게를 나와 모습을 감춘 뒤에 다시 돌아왔다.

먼저 해야 할 말은―이것밖에 없으리라.

"……다녀왔어."

"어서…… 와요."

†

다녀왔어.

슈니는 그 말을 듣고서야 신을 놓아주었다.

그녀는 더 이상 울먹이지 않았다. 신에게 익숙한 평소의 온화한 표정이었다.

"이제 돌아오지 않는 줄 알았어요."

"……그래. 나도 이제 만날 일이 없을 줄 알았어."

데스 게임을 클리어하면 데이터로만 존재하는 달의 사당과 서포트 캐릭터들도 게임과 함께 삭제된다. 그렇게 되면 슈니와는 두 번 다시 만날 방법이 없었다.

미리 프로그램된 말밖에 하지 못하는 NPC였지만 신에게는 슬픈 이별이었다.

그것이 어떤 감정인지를 정확히 표현하기는 어려웠다.

사랑도 아니고 우정도 아니었다.

데이터 이상, 인간 미만이라고 하면 좋을까. 너무 복잡해서 본인도 알 수 없었다.

"뀨우~."

가라앉은 분위기 속에서 유즈하가 힘없이 울었다. 신이 시선을 올리자 유즈하는 힘없이 늘어져 있었다.

아무래도 결계를 펼치는 능력이 한계에 달한 것 같았다. 결계가 무너지면서 스컬페이스들이 이쪽을 향해 몰려오고 있었다.

"하고 싶은 이야기가 서로 산더미 같을 테지만, 일단 이 사태부터 수습한 뒤에 하자."

"그래야겠네요. 오랜만의 재회라 잠시 깜빡하고 있었어요."

"쿠우~."

두 사람은 '뒤는 맡길게~'라고 말하는 듯한 유즈하의 울음소리에 쓴웃음을 지으며 스컬페이스 쪽으로 의식을 집중했다.

"일단은 큰 걸 한 방 먹이고 싶은데."

"그렇게 해요. 마침 좋은 게 있으니까요."

신과 슈니는 서로 싱긋 웃으며 하늘을 향해 손을 뻗었다.

"깨끗한 존재여, 현현하라."

"영원한 존재여, 현현하라."

두 사람이 발동한 것은 협력 전용 신성계 스킬이었다.

2명 이상의 플레이어나 서포트 캐릭터가 있어야만 사용할수 있는 기술이었다.

그 이름은 바로—.

"【생츄어리(빛나는 성역)】!!"

주문 영창이 어둠에 녹아들었다.

그와 동시에 스킬의 효과가 평원 전체에 나타났다.

밤하늘에 그려진 거대한 마법진.

신과 슈니—전투 능력으로는 이쪽 세계에서 누구에게도 밀리지 않는 두 사람의 협력기였다. 그 위력은 웬만한 마법사가 사용하는 스킬과는 비교조차 되지 않았다.

스컬페이스가 두 사람에게 접근하기도 전에 하늘에서 빛이 쏟아져 내렸다.

세상의 부정을 씻는 빛이 어둠을 찢고 대지를 비추며 평원에서 우글대는 언데드 몬스터들을 가차 없이 정화해나갔다. 그 빛은 밤의 장막마저 일시적으로 들추어내며 주위를 대낮처럼 밝혔다.

"AAaaaaa⋯⋯."

빛을 쐰 스컬페이스는 대부분 빛나는 마소로 변하며 사라졌다.

불쾌한 울음소리가 평원에 울려 퍼지는 걸 보면 로드까지는 해치울 수 없었던 모양이다. 하지만 그 소리에 반응하듯 새로 나타난 스컬페이스도 지면에서 나온 순간 정화의 빛을 받아 즉시 소멸했다.

둘의 마력을 쏟아부은 마법진은 게임 때처럼 몇 초 만에 사라지지 않고 강하면서도 따뜻한 빛을 대지에 계속 내리쬐고 있었다.

이런 상태에서 스컬페이스가 제대로 활동할 수는 없을 것이다.

신의 시야에 보이는 미니맵에서 붉은 마크가 사라지면서 원래의 아름다운 필드가 나타났다.

"자, 방해꾼들도 사라졌으니까 이제 원흉을 퇴치하러 가자."

"주인님은 이 현상의 원인을 알고 계신 건가요?"

"그래, 스컬페이스·로드라는 이름의 몬스터야. 난 오늘 처음 봤는데, 슈니는 뭐 아는 거 있어?"

"……아니요. 저도 처음 들어요."

이쪽 세계에서 오래 살아온 슈니라면 무언가를 알고 있을지도 모른다고 생각했지만, 슈니 역시 짐작 가는 바가 없는 듯했다.

스컬페이스 무리가 사라지면서 이제 앞길을 막는 존재는 없었다.

신은 재빨리 장비를 확인하고 목표를 향해 달려나갔다. 유즈하는 【생츄어리】의 회복 효과로 기운을 되찾아 신의 머리 위에서 주위를 경계하고 있었다.

신은 슈니에게 『창월』을 장비시키고 싶었지만 지금은 티에라가 갖고 있었다. 그래서 대신 로드를 상대할 수 있을 만큼 강력한 닌자도와 단도를 건네주었다.

슈니의 메인 잡은 닌자의 여성판인 【쿠노이치】였지만 직업에 따른 무기의 장비 제한은 없기에 닌자도나 단검 외에도 원하는 무기를 장비할 수 있었다.

일반 플레이어의 서포트 캐릭터라면 제대로 사용할 수 있는 건 2~3종류였다. 하지만 슈니는 신의 서포트 캐릭터였다.

숙련된 무기 종류는 수도 없이 많았다.

슈니는 닌자도를 오른손에, 단도를 왼손에 들고 신과 함께 질주했다.

"저기 보여."

주위를 압도하는 속도로 평원을 가로지른 두 사람은 로드 앞에 도착했다. 로드는 아직도 쏟아지는 빛 때문에 온몸에서 마소를 분출하며 한쪽 무릎을 꿇었고 온몸을 덮은 갑옷도 곳곳에 금이 간 게 보였다.

HP게이지는 절반 정도가 남아 있었다. 신과 슈니의 협력기인 강력한 스킬—그것도 약점인 신성계였다—로 이미 막대한 대미지를 입은 것이다.

"GGUUUuuuu……."

로드는 낮게 으르렁거리며 신과 슈니를 내려다보았다. 눈구멍에서 타오르는 도깨비불은 아직도 흉흉한 빛을 내뿜고 있었다.

역시 800이 넘는 레벨답게 방심할 수 없는 위압감이 느껴졌다.

"저 녀석한테 이것저것 묻고 싶은 게 많지만 이야기가 통할 것 같진 않군."

애초에 신도 제대로 된 대화가 가능할 거라고 기대했던 건 아니지만, 게임에서 존재하지 않던 몬스터인 만큼 무슨 단서가 있지 않나 겉모습을 관찰해보았다.

엉망진창으로 망가지긴 했지만 킹급 스컬페이스와 비슷하면서도 더욱 세련된 디자인의 장비를 착용하고 있었다. 【애널라이즈】를 통해 얻은 정보도 포함해서 알 수 있는 사실은 역시 스컬페이스의 상위종이라는 것뿐이었다.

"어찌 됐든 쓰러뜨려야만 하는 상대예요."

"그렇겠지……. 가자."

"네."

신은 슈니의 대답을 들으며 요격 자세를 취한 로드를 공격하기 시작했다.

로드는 손에 든 칠흑의 대검을 정면에서 다가오는 신과 슈니를 향해 휘둘렀다.

신은 앞으로 나서며 대기를 가르는 상대의 일격을 대태도로 받아치려 했다.

급격한 가속과 대태도의 중량, 그리고 신의 근력이 더해진 일격이 로드의 대검을 향해 뻗어나갔다. 그리고 쇠가 부딪치는 굉음과 함께 그것을 튕겨냈다.

로드는 솟구쳐 오르는 대검을 간신히 놓치지 않았지만 상반신이 크게 뒤로 젖혀지고 말았다.

그때 빈틈이 생긴 몸체를 향해 칼 두 자루를 든 슈니가 달려들었다. 그녀는 뛰어듦과 동시에 검술계 무예 스킬 【쇄인】을 발동했다.

참격에 내성이 있는 상대에게 높은 효과를 발휘하는 스킬이다. 방금 신이 슈니에게 건넨 신화급 닌자도『유리염瑠璃焰』
과『비염緋炎』—붉은색과 푸른색의 두 불꽃이 길게 이어지며
호를 그렸다. 공격을 가할 때마다 로드의 갑옷이 부서지고 내
부가 노출되었다.

부서진 갑옷 내부에는 타르 같은 검은 액체가 들어차 있었
다. 그것 자체가 독자적인 의사를 가진 것처럼 꿈틀거리더니
갑옷이 부서지자마자 슈니를 향해 솟구쳤다.

"……!"

위기감을 느낀 슈니는 추격을 포기했다. 그리고 자신을 향
해 뻗어오는 촉수를 양손의 검으로 쳐내며 사정거리에서 벗
어났다.

"젤 바이슨 같은 공격이로군."

신은 스컬페이스에게서 발생한 촉수를 보며 평원에 있던
젤 바이슨을 떠올렸다. 마소가 되어 구체에 흡수된 젤 바이슨
을 직접 목격했기 때문인지 바로 연상된 것이다.

'설마 흡수한 녀석들의 능력을 쓸 수 있는 건가?'

되도록 적중하지 않으면 하는 예상이었다.

언데드 몬스터는 특성이 비슷비슷했고 내구력을 앞세워 싸
우는 경우가 대부분이었다. 젤 바이슨처럼 특수한 종류는 많
지 않았다. 그러나 신은 흡수된 몬스터 중에 페커 할로우가
있었다는 게 왠지 신경 쓰였다.

"모든 힘을 쏟아부어야겠어."

신은 슈니가 물러난 것을 확인하고 마력을 왼손에 모았다.

다음 순간 그의 손에서 로드를 향해 홍련의 불꽃이 방출되었다. 화염계 마법 스킬【플레어·볼케이노】가 주문 영창도 없이 발동된 것이다.

로드의 키보다 높게 타오르는 업화가 순식간에 수십 메르를 가로지르며 제대로 움직일 수 없는 로드를 정통으로 휩쓸었다.

정화의 빛과 홍련의 불꽃에 동시에 휩싸인 로드는 단말마의 비명조차 지르지 못하고 소멸했다. 불이 지나간 자리에는 고온으로 인해 진흙처럼 녹은 흔적이 일직선으로 남아 있었다.

"해치운 건가?"

물론 단번에 쓰러뜨릴 생각으로 펼친 공격이었다. 그러나 너무 허무하게 끝나버리자 신은 강한 의심이 들었다.

슈니도 같은 생각이었는지 전투 자세를 풀지 않았다.

신은『하몬히루마키』를 어깨에 걸치고 탐지계 스킬을 최대한으로 발동했다. 전투의 영향인지 대기 중의 마소가 짙어졌고, 신은 지금까지 느끼지 못한 마소의 흐름에 의식을 집중했다.

그러자 주위의 마소가 부자연스럽다는 것을 깨달을 수 있었다. 쓰러진 스컬페이스의 마소가 공중에 흩어지지 않고 대지에 흡수된 것이다. 한두 마리가 아닌 거의 모든 스컬페이스에게서 그런 현상이 발견되었다.

"……아래쪽인가!"

신이 지하로 의식을 향하자 큰 진동이 두 사람을 덮쳤다.

동시에 신에게 보이는 미니맵에서 작은 붉은색 마크가 출현했다. 그건 대지가 흔들릴수록 더욱 커지더니 결국에는 방금 전 로드의 크기를 넘어서 버렸다.

"주인님."

"그래. 이쪽이 본체인 것 같군."

이윽고 검은 구체가 지면을 뚫고 나왔다. 검은 구체는 처음 봤을 때와는 달리 빨간 혈관 같은 것이 튀어나오고 심장처럼 고동치고 있었다.

"아까 그건 허수아비였던 건가."

그렇게 허무하게 쓰러졌던 이유도 이제는 납득이 갔다. 아무래도 본체는 미끼가 싸우는 사이 평원 전체의 마소를 수집한 것 같았다.

구체가 출현하면서 한층 큰 지진이 일어났다. 킹급 스컬페이스도 한 손으로 움켜쥘 수 있을 만큼 거대한 팔 6개가 차례차례로 나타나더니 대지를 꽉 붙잡으며 본체를 끄집어냈다.

일그러진 뿔을 가진 머리, 무수한 스컬페이스를 뭉쳐놓은 몸체, 하반신에는 갑각류를 연상시키는 다리 4쌍과 전갈 같은 꼬리 5개가 달려 있었다.

역시 페커 할로우의 능력을 가진 것 같았다. 많은 사체가 뭉쳐진 몸의 크기는 20메르를 넘었고 지금까지 봐온 스컬페이스와는 차원이 달랐다.

검은 구체는 그 몸체에 녹아들듯 흡수되었고 눈구멍에서 도깨비불이 타올랐다.

"GAAAAAAAAAAAAAAAAAAAA—!!!"

솟구치는 포효는 물리적인 충격을 동반하고 있었다. 신과 슈니가 아닌 평범한 모험가라면 온몸이 날아갈 만한 풍압이었다.

"이게 진짜 능력인 건가."

"그런 것 같네요."

"그러면 우리도 진짜 능력을 꺼내야겠군."

신은 미리 등록한 장비로 즉시 전환하는 숏컷 시스템을 활용해, 전에 【오리진】과 싸울 때 사용한 무기와 방어구를 선택했다.

팔다리를 감싼 진홍색 팔 덮개와 다리 갑옷, 펄럭이는 검은 롱코트와 번개 같은 붉은 선이 들어간 머플러까지.

칼집에 들어간 고대급 일본도 『진월眞月』은 멈춤쇠가 풀린 채 즉시 뽑을 수 있도록 준비되어 있었다.

장비를 전환하면서 신에게서 풍겨 나오는 기척도 달라졌다.

장비의 효과인지 마음가짐 때문인지는 모르겠지만 붉은색과 검은색의 무구를 걸친 모습에서는 엄청난 패기와 위압감이 느껴졌다.

두 사람을 내려다보던 로드의 도깨비불이 한순간 크게 일렁였다. 신에게서 뻗어 나오는 기운에 위축된 것처럼 뼈가 삐걱거리는 소리가 났다.

"······간다."

신은 칼자루를 잡으며 검을 살짝 뽑았다.

그리고 말없이 【축지】를 발동해 순식간에 로드와의 거리를 좁혔다.

그러자 신을 향해 4개의 팔이 뻗어왔다. 모든 손은 어둠을 굳혀 만든 듯한 칠흑의 대검을 쥐고 있었다.

엄청난 풍압이 밀려오는 것만 봐도 검에 막대한 질량이 담겨 있다는 걸 알 수 있을 정도였다.

대검이 먼저 신에게 날아들었다. 대검이 공격 범위에 들어온 순간, 신의 칼집에서 자루가 사라지며 붉은 궤적이 그려졌다.

4자루의 대검을 받아쳤음에도 한 번의 소리밖에 나지 않았다. 검의 일섬으로 자신을 공격해오는 모든 대검을 받아친 신은 로드를 향해 뛰어들었다.

남은 2개의 팔로 대응해야 하는 로드는 갑자기 흠칫하며 한쪽 팔을 머리 위로 들어 올렸다. 다음 순간, 금속끼리 부딪치는 소리가 울리며 불꽃이 크게 튀었다.

로드의 사각死角을 노리며 들어간 무기는 슈니의 『유리염』이었다. 어쌔신의 상위 직업인 닌자의 사각을 노린 공격을 피한다는 건 쉬운 일이 아니었다.

그러나 애초에 언데드 몬스터는 오감에 의존하지 않는다. 엄청나게 강화된 로드의 감지 능력 덕분에 반응할 수 있었던 것이다. 그 움직임만 봐도 로드가 스컬페이스라는 존재를 얼마나 초월했는지 알 수 있었다.

"역시 기존 몬스터와는 다르군요."

슈니는 부딪친 반동을 이용해 착지한 뒤 똑같이 사각에서 뻗어온 꼬리 공격을 피하며 상대의 능력을 분석했다.

슈니에 대한 공격이 매섭지 않은 건 로드에게 가까이 파고든 신 덕분이었다. 로드는 나머지 한 팔로 요격을 시도했지만 4개의 팔도 막아낸 신이 대검 한 자루에 당할 리는 없었다.

신이 【쇄인】으로 대검을 부수자 그 여파로 로드의 몸이 뒤로 몇 메르 밀려났다.

힘 조절을 하지 않은 신의 일격은 믿을 수 없을 만큼 압도적인 위력을 보여주었다.

신의 능력을 잘 아는 슈니조차도 깜짝 놀랄 정도였다.

"쉿!"

후퇴한 로드가 다시 자세를 잡기도 전에 신의 추격이 이어졌다. 무기를 잃은 로드는 즉시 팔을 교차해 방어하려 했다. 보호구로 덮인 곳에 검을 내리치자 불꽃을 튀기며 두 팔이 잘려나갔다.

"GURUAAAAAAA!!!"

더 공격하려는 신에게 포효와 함께 로드의 꼬리가 공격해 왔다. 톱날이 달린 4개의 꼬리가 사방에서 뻗어왔지만, 신은 그 끝이 닿기도 전에 로드를 향해 도약했다.

신은 자포자기하듯 내뻗은 상대의 팔을 이동계 무예 스킬 【비영飛影】을 이용한 2단 점프로 피하며 로드를 향해 뛰어들었다. 목표는 로드의 몸체, 사람으로 따지면 명치 부분이었다.

바로 앞까지 파고들었고 체격 차도 큰 덕분에 신은 가장 효과적으로 공격할 수 있는 위치에 있었다. 그리고 명치는 스컬페이스의 코어가 흡수된 부위였다. 로드도 필사적으로 거리를 벌리려 했지만 이미 공격 태세에 들어간 신 앞에서는 더 이상 의미가 없었다.

"—!!"

신은 날카로운 날숨과 함께 검을 내리쳤다.

검술계 무예 스킬 【파산破山】이었다.

발 디딜 곳이 없는 공중에서도 신의 일격은 충분한 위력을 발휘했다.

붉은색과 검은색이 뒤섞인 검기가 공중에서 로드의 왼쪽 어깨를 향해 들어갔고, 몸체를 뚫고 오른쪽 다리 하나를 날려보내며 지면까지 깊게 도려냈다.

"GIIIIIIAAAAAAAAAAA!!!!!!!"

엄청난 대미지를 받으며 로드가 절규했다. 몸체의 갑옷뿐만 아니라 검은 액체까지도 비스듬하게 절단된 게 보였다.

코어―검은 구체의 5분의 1 정도가 잘린 것이 신의 눈에 들어왔다.

"빗나간 건가."

코어는 금방 눈앞에서 사라졌다. 아무래도 몸속에서 자유롭게 움직일 수 있는 것 같았다. 신은 즉시 다음 대책을 생각하며 지면에 내려서서 상대를 가차 없이 몰아붙였다.

오른쪽 다리를 하나 잃고 자세가 무너진 로드를 향해 연속으로 칼을 내리친 것이다.

잔상이 남을 만한 속도로 내뻗는 참격의 폭풍. 그리고 신이 검을 휘두를 때마다 또 하나의 참격이 로드의 몸 위로 쏟아졌다.

검술계 무예 스킬【겹쳐 베기】였다.

원래의 참격과 똑같은 위력을 가진 공격이 랜덤으로 발생하는 이 스킬은 갑옷을 입은 로드의 몸속을 마구 헤집어놓았다.

복수의 적을 동시에 공격할 수 있으며, 사용자의 공격력이 높을수록 더욱 강한 위력을 발휘하는 스킬이었다. 통상 공격 자체가 치명상인 신의【겹쳐 베기】는 검에 의한 베기 공격임에도 엄청난 면적에 타격을 주었다.

게다가 신은 고대급의 강력한 무기를 사용하고 있었다. 설령【생츄어리】를 사용하지 않아 로드가 멀쩡한 상태였다 해도 베기 공격은 충분히 위력적이었을 것이다.

"GI······ A······ aa······."

베기 공격 하나하나에 담긴 파괴력이 로드의 몸속을 세차게 헤집었다. 【파산】에 맞아 이미 빈사 상태였던 로드에게 그걸 견뎌낼 힘은 없었다.

저항 가능성이 남아 있던 꼬리도 이미 슈니의 손에 전부 잘려나간 뒤였다.

내압이 높아지면서 로드의 몸이 부풀어 오르기 시작했다. 【겹쳐 베기】로 몸속에서도 추가 참격이 발생하자 위협을 느낀 코어의 에너지가 분출구를 찾고 있는 것이다.

코어의 모습은 보이지 않았지만 아직 놓친 건 아니었다. 참격 폭풍을 맞은 몸체에는 더 이상 안전한 부위가 없었다. 도망칠 만한 곳이라면 머리뿐이었다.

"끝이다!"

신은 땅을 박차며 도약했다.

로드의 머리 위로 뛰어올라 신이 높이 치켜든 『창월』에서 붉은 번개가 솟구쳤다.

검술 뇌격 복합 스킬【호월·뇌명섬】이었다.

먼저 번개로 형성된 붉은 검신이 머리를 내리쳤고, 다음으로 본체인 『진월』이 로드의 정수리를 쪼갰다. 그와 함께 검에 담긴 전기가 로드의 머릿속을 유린했다.

붉은 번개가 로드의 눈구멍에서 튀어 오르며 타오르던 도깨비불을 꺼뜨렸다. 머리를 완전히 파괴한 번개는 아직 부족하다는 듯이 목을 타고 온몸을 휩쓸었다.

"……! ……."

온몸이 타버리면서도 로드는 절규하지 않았다.

신의 일격은 머리 쪽으로 도망친 검은 구체—코어를 두개 골째로 양단했고, 코어는 이어진 추가 뇌격으로 완전히 소멸 되었다. 원래 코어를 잃은 스컬페이스는 소멸했다.

로드의 덩치가 워낙 크다 보니 바로 소멸하지는 않았지만 이미 시체나 다름없었다.

"……!"

하지만 몸이 무너지면서도 신을 향해 마지막 남은 팔을 내 뻗었다.

"주인님!"

신이 로드를 지켜보며 움직이지 않자 슈니가 외쳤다.

"기다려."

신은 달려오려던 슈니를 손으로 제지하며 로드를 똑바로 쳐다보았다.

그 모습에서는 방금 전 같은 적의와 살기, 위압감은 없었 다. 신을 향해 팔을 뻗은 로드는 마치 손이 닿지 않는 무언가 를 잡으려 하는 것 같았다.

"소…… 오…… 니……."

"……?!"

기묘하게 뒤틀린 음정이었지만 틀림없는 사람의 말이었다.

다음 순간, 로드도 다른 스컬페이스들처럼 마소가 되어 대기에 흩어졌다. 로드가 있던 곳에는 50세메르 정도의 거대한 보물상자만 남아 있었다.

"주인님! 괜찮으세요?!"

"그래, 괜찮아. 걱정할 것 없어."

신은 황급히 달려오는 슈니를 진정시키며 마음속으로 로드의 말을 반추해보았다.

'결국 거의 아무것도 알아내지 못한 건가. 분명 뭔가 단서가 나올 것 같은 상대였는데.'

신은 낙담한 표정을 드러내지 않기 위해 노력하며 남겨진 보물상자로 눈을 돌렸다. 틀림없이 최상급의 특급 보물상자였다. 신은 만약을 위해 회수해두기로 했다.

미니맵을 보자 스컬페이스 마크가 모두 사라진 걸 확인할 수 있었다. 정화의 빛에서 도망친 개체도 조금 있었지만 로드가 소멸하자 함께 사라진 것 같았다.

역시 로드야말로 이번 소동의 원인이었던 것이다.

신이 맵을 확인하는 사이 주위를 비추던 빛이 조금씩 약해졌다. 【생츄어리】의 효과가 사라지고 있는 듯했다. 잠시 뒤에는 달빛만이 남았다.

그리고 평원은 로드가 쓰러지면서 큰 변화를 맞이했다. 강한 정화의 빛 때문에 보이지 않았지만 평원 전체에서 빛나는 마소가 하늘을 향해 올라가고 있었던 것이다.

마치 밤하늘에 빛이 녹아드는 것 같은 광경이었다.

평원 전체에서 일어나는 이 현상은 멀리 떨어진 기사나 모험가들의 눈에도 들어왔다.

밤의 어둠을 몰아낸 성스러운 빛이 사라지면서 피어오르는 마법의 빛.

난생처음 보는 풍경에 경외심을 느끼는 사람도 적지 않았다.

"끝난 것 같은데."

"그런 것 같네요. 조금만 지나면 이곳도 원래 상태로 돌아갈 거예요."

"……돌아갈까."

"네."

슈니는 '어디로' 돌아가는지 굳이 묻지 않았다. 그리고 마소의 빛이 사라지는 걸 지켜본 두 사람은 걸어가기 시작했다.

전투 시에는 긴박감 때문인지 게임 때처럼 대화를 나누었지만, 긴장이 풀리자마자 두 사람 사이에서는 어색한 공기가 감돌았다.

떨어져 있던 시간은 신에게는 짧고 슈니에게는 길었다.

하지만 시간이 갈수록 차츰 말이 많아졌다. 흘러간 시간을 메우기 위해 많은 대화를 나눈 것이다.

그리고 기사단과 모험가들이 조사를 위해 몰려들기 전에 두 사람은 평원을 벗어났다.

신 일행은 발 빠르게 숲에 들어섰다.

그리고 평원 쪽으로 이동하는 모험가를 피하며 달의 사당으로 진로를 잡았다.

신은 중간에 텐트와 요격 아이템을 설치한 거점에 들러 물건들을 전부 회수했다. 빌헬름과 라시아는 이동을 우선시하느라 방치해둔 것 같았다. 그런 상황에서 아이템을 회수하는 어리석은 행동을 빌헬름이 할 리 없으니 당연하다면 당연한 일이었다.

아이템을 잃어버려도 신은 아쉬울 게 없었지만 이대로 두면 주인 없는 고정 포대로 변해 피해를 일으킬 수 있으니 철거해야만 했다.

실제로 스컬페이스 몇 마리가 희생되었는지 요격 마법이 발동한 흔적이 남아 있었다. 평원에서 그리 멀지 않다 보니 여기까지 흘러 들어온 것이리라.

"그러고 보니 의뢰 같은 걸 맡고 있었다면서? 그 일은 다 끝난 거야?"

아이템 회수가 끝나자 신은 슈니에게 물었다.

"완전히는 아니지만 저의 역할은 거의 끝났어요."

"역할이라니?"

"아이템을 보관하고 분배하는 일이에요. 이번 의뢰에서는 여러 나라가 연합 부대를 편성했기 때문에 아무도 얌체 짓을 할 수 없도록 제가 관리하기로 했거든요."

"……혹시 그게 이번 소동하고 관계가 있는 거야?"

"물론이에요."

"맙소사……."

의도적인 건 아니지만 또 대소동에 휘말렸다는 생각에 신은 한숨을 쉬었다. 여러 국가들이 직접 나설 만한 사태라는 걸 알았다면 이 정도로 마음껏 날뛰진 않았을 테지만, 이제 와서 후회해봐야 어쩔 수 없는 일이다.

신은 슈니에게서 자세한 상황을 전해 들으면서도, 혹시 평원에서 목격자가 있진 않았나 싶어 고개를 갸웃거렸다.

하지만 잠시 혼자 끙끙댄 끝에 적어도 신이 감지할 수 있는 범위 내에는 슈니를 제외하면 아무도 없었다는 결론을 내렸다.

자신이 엄호해준 상대—녹색 마크도 스컬페이스에 시야가 가려져 있었기에 화염 구슬이 날아온 방향 정도밖에 알아보지 못했을 것이다.

"뭐, 괜찮겠지. 그런데 슈니는 아이템을 분배하러 가야 하는 것 아냐? 역할이 끝났다면 본거지나 집합 장소에 가는 게 좋을 것 같은데."

"한동안은 괜찮아요. 분배는 모든 부대가 집결한 뒤에 하기로 되어 있어요. 부대의 전개 범위를 고려하면 집합까지 빨라야 일주일은 걸릴 테고, 그렇게까지 서두르지 않아도 돼요."

슈니가 제대로 달리면 다른 사람보다 훨씬 빨리 도착하므로 거기서 절약되는 시간을 신을 위해 쓰고 있는 것이리라.

신이든 슈니든 확인하고 싶은 일이 잔뜩 있었다. 그래서 달의 사당에 도착할 때까지 서로의 처지를 설명해주기로 했다.

"난 묻고 싶은 일이 상당히 많으니까 네가 먼저 물어봐 줘."

이곳에서 보낸 시간을 고려해 신이 먼저 질문을 받기로 했다. 신은 이쪽 세계에 온 지 한 달도 채 되지 않기에 대답할 수 있는 일도 많지 않았다.

"알았어요. 그러면 당장 궁금한 일을 몇 가지 물어볼게요."

"좋아."

슈니가 신에게 한 질문은 세 가지였다.

첫 번째, 지금까지 어디에 있었는가.

두 번째, 전투 능력이 올랐던데 어떻게 된 일인가.

세 번째, 이제부터 어떻게 할 것인가.

"그러면 첫 번째부터. 지금까지 어떻게 지냈냐 하면, 내 시점에서는 최종 던전을 클리어한 지 아직 한 달도 되지 않았어."

"그게 무슨 말인가요?"

"흠. 내가 모두의 배웅을 받으면서 【오리진】을 쓰러뜨리러 간 걸 기억해?"

"네."

"그 뒤에 나는 【오리진】을 쓰러뜨렸어. 그걸로 끝날 줄 알았는데 그 던전, 이계의 문·최하층의 보스 방에 큰 문이 있었거든. 【오리진】이 쓰러진 뒤에 그 문이 열린 거야."

신은 슈니에게 설명하면서 그 순간을 떠올렸다. 단순한 장식이라고 생각한 문이 중후한 소리를 내며 열리던 광경을.

"문…… 말인가요."

"그래. 난 거기서 의식을 잃었고, 정신을 차려보니 초원에 누워 있었어. 그 뒤에는 달의 사당에 가서 티에라를 만나 대충 이야기를 들었지. 500년 이상이 지났다는 말을 들었을 땐 많이 놀랐어. 그러니까 나는 500년 동안 다른 어딘가에 가 있었던 건 아냐."

"그랬…… 던 거군요."

슈니는 뭔가 납득하는 듯했다. 처음 재회했을 때와는 달리 가슴의 답답함이 씻겨 내려간 것처럼 안도하는 표정을 짓고 있었다.

"슈니?"

"후훗, 아무것도 아니에요."

"그럼 됐고."

기분이 좋아 보이는 슈니를 보며 신의 머리 위로 물음표가 난무했지만, 기뻐하는 그녀에게 찬물을 끼얹을 수는 없기에 깊이 추궁하진 않았다.

"자, 그러면 두 번째. 내 능력치가 올라간 건 오리진을 쓰러뜨릴 때 취득한 칭호 덕분이야."

"칭호 말인가요? 어떤 거죠?"

"전부 세 가지인데 【임계자】, 【도달자】, 【해방자】야. 능력치 상승과 관련된 건 앞의 두 가지고. 혹시 들어본 적 있어?"

"아니요. 전부 처음 듣는 칭호네요. 어떤 효과가 있나요?"

슈니의 질문에 신은 각각의 효과를 설명했다. 【해방자】는 능력치 상승과 직접적인 관계가 없었지만 뭔가 의미가 있을 것 같아 함께 언급했다.

"……엄청나네요."

"그렇지? 나도 처음 능력치를 봤을 때는 이게 무슨 장난인가 했어."

말문이 막힌 슈니의 기분도 이해가 갔다. 이런 칭호를 선정자가 취득한다면 세계의 파워 밸런스가 무너질 수밖에 없었다.

"하지만 그렇게까지 걱정할 필요는 없을 거예요."

"어째서?"

"취득 조건을 생각해보세요. 이 세계에 몬스터가 존재하긴 하지만 완전히 동일한 상태로 동일한 장소에 리젠되지는 않아요. 오리진은 아마 그 한 개체뿐일 테니 취득 조건을 충족할 수 있는 사람은 또 없을 거예요. 게다가 주인님이 갔던 던전은 이미 깨끗하게 소멸했고요."

"그렇게 된 거군. 안심해도 되겠는데."

슈니의 말에 따르면, 신이 이계의 문을 공략하기 위해 출발하고서 며칠이 지나도 돌아오지 않자 신의 서포트 캐릭터들이 힘께 던전에 가보았다. 하지만 그곳에는 던전의 흔적조차 남아 있지 않았다.

탐색을 끝내고 일단 달의 사당으로 돌아오자 다른 플레이어의 서포트 캐릭터들이 '주인이 사라졌다'며 난리를 쳤고, 그 말을 들은 슈니는 신이 던전을 클리어했다는 걸 확신했다고 한다.

다만 그들은 플레이어와 함께 사라졌어야 할 자신들이 아직도 존재한다는 것에 의문을 느끼고 각자 여러 곳을 조사해 보기로 했다. 자신들처럼 신도 아직 이 세계에 남아 있을지 모른다고 생각한 것이다.

하지만 그 뒤에 일어난 지각 변동으로 대륙 전체가 혼란에 빠졌다. 그래서 슈니는 달의 사당으로 돌아올 수밖에 없었다. 다른 서포트 캐릭터들도 신을 찾으러 나선 사람과 자신들의 종족을 지키기 위해 남는 사람으로 나뉘었다고 한다.

신은 누가 어떻게 행동했는지 대충 알 것 같았다.

"잠깐만. 그렇다면 내가 【오리진】을 쓰러뜨린 직후에 『영광의 낙일』이 일어난 게 아니라는 거야?"

"주인님, 전에 달의 사당이 있던 장소를 생각해보면 어느 정도 시간이 흐른 뒤에야 정보가 전해지는 게 당연하잖아요."

"……그렇겠지?"

슈니의 말처럼 달의 사당은 보스 몬스터의 구역 근처의 외진 곳에 위치했다. 서포트 캐릭터들은 채팅 기능을 사용할 수

없기 때문에 금방 정보를 공유할 수 없었을 것이다. 【오리진】
과의 결전으로부터 『영광의 낙일』까지는 적어도 며칠 동안의
틈이 있었던 셈이다.

"그러니 아마 주인님과 동일한 칭호를 가진 사람이 나타나
진 않을 거예요. 만약 나타나면 주인님이 처리해주세요."

"나한테 떠넘기는 거구나."

"당연하죠. 저희 수준으로 강한 자가 그런 칭호를 입수한다
면 대항할 수 있는 건 주인님 정도예요. 그러니 그 부분은 온
전히 떠넘기겠어요."

"뭐, 맞는 말이네."

능력치가 2배가 될 경우는 기존의 수치가 높을수록 강력해
진다. 【임계자】라면 모를까, 【도달자】의 칭호까지 얻은 선정자
라면 슈니조차 상대가 되지 않을 수도 있었다.

하지만 능력치가 상한을 넘어선 신이 쓰러뜨리지 못할 적
은 없을 것이다.

"그런데 슈니."

"네, 왜 그러세요?"

"저기, 주인님이라고 부르는 것 좀 어떻게 안 될까?"

신은 아까부터 이야기를 하는 와중에도 계속해서 신경이
쓰였다. 게임 때는 NPC라는 걸 알고 있기에 괜찮았지만, 일
상적인 대화에서 그런 호칭으로 불리는 건 매우 부끄러웠다.

"주인님을 주인님이라고 부르는 게 무슨 문제가 있나요?"

"아니, 문제는 없…… 지 않군. 슈니는 지금 상당한 유명인이잖아. 그런 녀석이 날 주인님이라고 부른다고 생각해봐. 분명히 난리가 날 거야."

현재의 달의 사당이 가지는 위상은 신도 잘 알고 있었다. 그리고 그걸 확고히 하는 건 다름 아닌 슈니였다.

"음, 확실히 그러네요."

"그치? 나는 쓸데없는 소동은 피하고 싶어. 그러니까 주인님이라고 부르는 건 사양할게."

"그러면 뭐라고 불러야 하나요?"

"어? 그냥 이름을 부르면 되지 않아?"

"……?! 그, 그건…….'

놀란 슈니는 고개를 숙이고 혼자 뭐라고 중얼거리더니 이내 결심한 듯 얼굴을 들고 신을 똑바로 바라보았다.

"그, 그러면…… 신."

슈니가 속삭이듯 말했다. 뺨은 핑크색으로 상기되었고 귀는 새빨갛게 달아올랐다.

"그, 그래."

신도 그런 수줍은 반응에 왠지 모를 낯간지러움을 느꼈다. 만화나 게임에서는 흔히 볼 수 있는 상황이지만 실제로 겪어보면 어떻게 대응해야 할지 난감한 법이다.

신은 모태 솔로는 아니지만 연애 경험이 풍부하다고 할 수도 없었다.

솔직히 말하면 게임에서는 표정 변화가 거의 없던 슈니가 부끄러운 듯이 올려다보며 자신을 부르는 모습이 몹시, 무척이나, 굉장히―귀여웠다.

"엄청난…… 파괴력이다……."

"어?"

"어, 아무것도 아니야. 응, 정말 아무것도 아니야. 그러니까 이제부터는 신이라고 불러줘."

"알겠어요. 그러면 이제부터는 시…… 신이라고 부를게요."

슈니는 평정심을 찾기 위해 노력했지만 빨갛게 달아오른 뺨과 귀가 그녀의 내심을 여실히 드러내고 있었다. 평소의 냉정한 모습을 잘 아는 신은 엄청난 반전 매력에 홀딱 반할 것만 같았다.

'이게 진정한 갭모에(역주: 게임이나 애니메이션에서 캐릭터가 평소에 보여주지 않은 모습이나 행동을 통해 사람의 마음을 사로잡아 끄는 힘)인 건가. 과연…… 길드에서 느낀 세리카 씨의 갭과는 비교도 안 되는군.'

그 뒤로는 잠시 아무 말 없이 걸었다. 신은 안절부절못하는 슈니의 귀가 원래 색으로 돌아온 걸 확인한 뒤에 대화를 재개했다.

"어~ 이야기가 딴 길로 샜는데 대답을 계속해도 될까?"

"네, 보기 흉한 꼴을 보여드렸네요. 이제 괜찮아요."

목소리가 약간 상기된 것 같았지만 그걸 지적했다간 이야기가 또 다른 길로 샐 것 같아 신은 그냥 넘어가기로 했다.

"으음, 능력에 대한 건 이미 이야기했지? 그러면 마지막 질문에 관해서 대답할게. 난 이제부터 일단 많은 곳을 돌아다니면서 정보를 수집하려고 해."

"정보 말인가요?"

"응. 무슨 일을 하든 먼저 이 세계에 대해 알아야 하잖아. 왕국의 도서관에서 조금 조사해봤는데, 『성지』에도 가봐야 할 것 같아. 슈니는 가본 적 있어?"

"네. 하지만 기본적인 내부 조사로 가본 거라 중심부가 어떻게 되어 있는지는 몰라요."

"그렇구나."

원래 세계로 돌아갈 열쇠는 과연 그곳에 있을까? 이것만큼은 직접 확인해야 할 것 같았다.

"저기…… 신."

"응?"

다음 행선지를 생각하던 신에게 슈니가 말을 걸었다. 그녀의 목소리는 방금 전과 달리 약간 경직되어 있었다.

"만약 방법을 찾으면…… 돌아가 버리는 건가요?"

"……응."

신은 잠시 침묵한 뒤에 대답했다. 어떻게 대답할지 망설였지만 어차피 결론은 똑같았다. 가능성이 존재하는 이상 절대로 포기할 생각은 없었다.

애매하게 대답해봐야 의미가 없지 않은가.

그래서 신은 거짓말을 하지 않기로 했다.

"……그런…… 건가요. 그렇겠죠."

"……미안."

"아니요. 이야기를 듣다 보니까 왠지 그러실 것 같았어요."

슈니는 어딘지 모르게 달관한 듯한 미소로 고개를 끄덕였다. 방금 전에 안도하던 표정과 살짝 비슷했지만 신은 희미한 위화감을 느꼈다.

"저기, 슈니. 넌 예전 일을, 그러니까 게임이었을 때의 일을 어디까지 기억하고 있어?"

그 위화감이 뭔지 확인하기 위해 신은 물어보았다.

"모든 것을요."

"모든 것……?"

"네. 당신과 함께 그 땅에 내려섰을 때부터―."

초심자용 필드를 달렸던 일을.

PVP에서 처참하게 패배하여 풀이 죽은 일을.

능력치 상승에 혈안이 되던 일을.

길드 동료들에 대한 일을.

크게 웃으며 플레이어 대군을 날려버린 기억을.

목숨을 걸고 던전을 공략하던 일을.

지키지 못한 목숨에 흘리던 눈물을.

날카로운 검을 휘두르던 일을.

어떤 인물과 나누었던 약속을.

마지막으로 본 그의 뒷모습을.

"—기억하고 있어요."

슈니는 가슴에 손을 얹으며 조용히 말했다.

"잊으라고 하셔도 절대 잊을 수 없어요."

"그런 말 안 해."

신은 자신을 향한 미소가 너무 눈부셔서 자기도 모르게 무뚝뚝한 대답이 나왔다. NPC라면 절대 짓지 못할 표정을 보자 그녀의 진짜 모습을 알게 된 것 같아 조금 기쁘기도 했다.

"그런데 말이야. 그렇다면 의식이 있는 상태에서 그렇게 정형화된 대답만 했다는 거야?"

"아니요. 자아나 의식이 분명하게 생겨난 건 여러분이 데스게임이라 부르는 상태가 된 뒤였어요. 그 이전까지는 동영상 같은 걸 보는 듯한 느낌이었죠. 자기 자신을 높은 곳에서 내려다보는 꿈처럼요. 아무래도 표현하기 어렵네요."

슈니는 자신의 기억이지만 타인의 기억처럼 느껴진다고 말했다. 신은 솔직히 이해가 잘 안 됐지만 좋은 기억은 아닌 것 같았기에 더 이상 물어보지는 않았다.

"그렇구나. 그러면 로그아웃을 한 뒤에 어떻게 되는지도 전부 알고 있었나 보네."

게임 때의 기억이 있다면 그것도 당연하다 할 수 있었다.

"네. 그때 목숨을 건 싸움이 시작된 뒤로 모험가 여러분이

자주 이야기했으니까요. 이 세계와는 다른 또 하나의 세계. 현실⋯⋯ 이라고 불렀던가요."

"맞아⋯⋯. 아아, 그래서 날 찾으러 가는 녀석들과 기다리는 녀석들로 나뉜 거구나."

"⋯⋯네."

슈니는 곤란하다는 듯 웃으며 대답했다.

데스 게임 최후의 싸움. 신이 싸워서 이기면 슈니 같은 서포트 캐릭터가 사라지고, 신이 패배할 경우 그들은 주인을 잃는다. 어느 쪽이든 해피엔딩은 없었다. 그렇기에 신이 이겼음에도 자신들이 사라지지 않는 불가사의한 상황 속에서 나름대로의 행동에 나선 것이다.

"미리 나하고 상의했어야지⋯⋯ 라는 말은 못 하겠군."

"그러면 신이 곤란해지잖아요. 그때는 그게 최선이었어요."

"그런 건가⋯⋯."

신은 그들의 속내도 모른 채 결판을 내겠다며 기세등등하던 자신이 왠지 한심하게 느껴졌다.

하지만 만약 알게 되었어도 그가 할 수 있는 일은 없었다.

"우린 당시에는 아직 완전히 자립된 행동을 할 수 없었어요. 약간의 자유가 부여된 정도이고, 지금처럼 대화를 나눌 수도 없었으니까요."

"그리고 보니까 데스 게임이 시작된 뒤로 NPC가 묘하게 사람 같아 보이긴 했어. 자아가 있었다는 말을 들으니까 별생각이 다 드네."

"여전히 번거로운 성격이네요, 신은."

"시끄러워……. 그냥 놔둬."

신은 쓴웃음을 짓는 슈니에게 투덜거렸다. 프로그램이라고 믿던 존재에게 자아가 있다는 말을 듣고 '내가 나쁘게 대한 적은 없었겠지?'라고 생각하는 걸 보면 슈니의 발언은 정곡을 찌르고 있었다.

"하지만 그걸 안다 해도 신은 싸우러 갔을 거예요."

"……뭐, 아마 그랬겠지."

수만 명에 달하는 사람의 목숨과, 데이터에 지나지 않는 서포트 캐릭터. 데이터에 약간의 자의식이 생겼다 해도 비교의 대상이 아니었다.

"게다가 중요한 약속이 있었잖아요."

"……그래."

조금이라도 많은 사람을 현실로 귀환시키는 것—그것이 그가 어떤 사람과 나눈 약속이었다.

그걸 알았기에 슈니나 다른 서포트 캐릭터들도 그에게 아무 말도 하지 않은 것이다.

"자, 침울한 이야기는 이쯤 해요. 모처럼 다시 만났잖아요."

"……맞아. 무슨 말을 한들 이미 늦었으니까 그냥 그만 생각할래! 생각 안 해!"

슈니는 어두워지려는 분위기를 전환하려는 듯이 손뼉을 크게 치며 밝게 행동했고 신도 거기에 따르기로 했다.

"일단 달의 사당에 돌아가서 재회 기념으로 파티라도 하자. 식재료라면 아이템 박스에 잔뜩 들어 있거든."

"그렇게 해요. 저도 오랫동안 갈고닦은 요리 스킬을 보여드 릴게요."

"몇 레벨인데?"

"한 달 전쯤에 Ⅸ이 됐어요."

"정말?!"

슈니의 요리 스킬이 고레벨 몬스터를 조리할 수 있는 단계까지 성장했다는 것에 신은 매우 놀랐다. 이런 레벨에 도달하면 최하급의 간단한 수프조차 일품 요리로 탈바꿈한다.

대형 길드에서도 요리사는 대장장이와 함께 귀한 대접을 받았다. 희귀한 식재료를 사용한 요리를 먹으면 엄청난 보너스 능력치를 얻기 때문이다. 같은 레벨에 같은 직업, 기량도 비슷한 두 플레이어가 싸운다면 요리를 먹은 쪽이 안 먹은 쪽을 압도적으로 이길 수 있을 정도였다.

한때 신이 소속된 육천이 다른 이들을 압도할 수 있었던 것도 능력치나 스킬뿐만 아니라 레벨 Ⅹ의 요리사가 있기 때문이었다. 게다가 요리에 의한 보너스는 능력치의 상한선을 일시적으로 뛰어넘을 수 있게 해주었다.

덧붙이자면 그 정보를 알고 있는 건 능력치가 상한선에 도달한 신과 육천 멤버뿐이었다. 요리를 먹자 대미지가 올라간다는 걸 우연히 알게 된 것이다. 이 정보가 널리 알려지지 않았던 건 혜택을 받을 수 있는 플레이어가 어차피 육천 멤버뿐이기 때문이었다.

"쿳쿠 님 정도는 아니지만 기대하셔도 좋을 거예요."

"좋아! 식재료는 내게 맡겨!"

신은 기쁘게 웃으며 아이템 박스에 든 식재료를 확인했다. 게임 때부터 들어 있었지만 먹어도 문제가 없다는 건 이미 직접 확인한 뒤였다.

"그런데 신. 방금 했던 질문과는 별도로 한 가지 더 물어보고 싶은데요."

"응? 뭔데?"

슈니는 신의 머리 위를 보며 질문했다.

"거기 있는 분은 뭔가요?"

"거기 있는 분? ……아."

신은 그제야 알아들었다. 유즈하가 자신의 머리 위에서 숙면 중이라는 것을.

"이름하고 레벨밖에 안 보이는데 테이밍한 건가요?"

"그래, 조금 사정이 있어서 파트너 계약을 맺었어. 이름은 유즈하. 슈니니까 말해주는 건데, 종족은 엘레멘트 테일이야."

"……꼬리를 봤을 때부터 단순한 요호妖狐족은 아닌 것 같았는데……. 그렇군요. 엘레멘트 테일이었나요."

슈니는 잠시 골똘히 생각하더니 신이라면 충분히 그럴 법하다는 표정을 지었다.

"그런데 꼬리를 보고 알았다고?"

신은 슈니를 보며 고개를 갸웃거렸다. 유즈하의 꼬리가 그렇게 특징적이진 않았기 때문이다.

"신, 설마 모르고 계셨나요? 꼬리가 3개 있다면 단순한 요호족이 아니라는 건 다들 알 거예요."

"꼬리가 3개?"

그러고 보니 아까부터 귀나 뒤통수에 꼬리가 자주 닿는 것 같기도 했다.

신은 먼저 오른손으로 꼬리를 잡았다. 복슬복슬했다.

"흐음."

다음으로는 왼손으로 꼬리를 잡았다. 이것 역시 복슬복슬했다.

"······흐음."

마지막으로 뒤통수에 신경을 집중했다. 희미하게 복슬복슬했다.

"······흐으으음."

신은 일단 꼬리에서 손을 떼고 머리 위의 유즈하를 잡아 얼굴 앞으로 내렸다.

"쿠우?"

머리 위에서 벗어나자 잠에서 깼는지 3개로 늘어난 유즈하의 꼬리가 천천히 움직였다.

"확실히 3개가 됐네."

레벨을 확인하자 믿기지 않게도 400이 넘었다.

"……아니, 너무 많이 올랐잖아."

원래 레벨이 200을 넘었다는 걸 감안해도 너무 급격히 올라
간 게 사실이었다.

라시아의 레벨업을 위해 쓰러뜨린 몬스터의 경험치로는 턱
없이 부족했다. 스컬페이스·로드를 쓰러뜨린 걸로도 200에
가까운 레벨이 오를 수는 없었다.

"무슨 일이 벌어졌다고 생각할 수밖에 없겠군."

신은 육천 멤버인 캐시미어에게서 파트너 몬스터의 성장
과정에 대해 들은 적이 있었다. 그에 따르면 짧은 시간 동안
이 정도로 급격한 성장은 불가능했다.

먼저 생각해볼 수 있는 건 조건을 충족했을 때 발생하는 숨
겨진 퀘스트였다. 신도 게임에서 몇 번 체험한 적이 있었다.

그의 기억이 정확하다면 파트너 몬스터와 관련된 퀘스트도
존재했다.

"슈니, 지금 숨겨진 퀘스트는 어떤 식으로 이루어지지?"

"제가 아는 한 퀘스트가 발생했다는 이야기는 들어본 적이
없어요. 전에 들려오던 세계의 목소리도 신이 사라진 뒤로는
한 번도 못 들었고요."

슈니가 말하는 '세계의 목소리'란 아마 게임 안내 음성을 가

리키는 것 같았다.

길드에서 받을 수 있는 퀘스트와 달리 발생 조건을 만족시키면 안내 음성과 함께 숨겨진 퀘스트가 고지되는 것이다.

이번에는 그런 안내 음성도 없었기에 유즈하의 레벨업을 전혀 눈치챌 수 없었다. 게다가 슈니가 하는 말을 들어보면 안내 음성이라는 시스템 자체가 사라졌을 가능성이 높았다.

"그건 그렇고 꼬리가 늘어난 건 역시 레벨이 올라서 그런 건가?"

신은 유즈하와 마주 보며 말했다.

게임 때는 어린 엘레멘트 테일이 없었기에 어떤 식으로 성장하는지는 아무도 몰랐다.

"쿠아~ 안녕, 주인님."

유즈하는 그런 신의 마음도 모르고 크게 하품을 하더니…… 당연한 듯이 인사를 했다.

"뭐? 잠깐, 유즈하. 말을 할 수 있게 된 거야?"

"쿠우? 까만 게 사라지니까 머리가 맑아졌는걸."

"까만 거?"

신은 까만 거라는 말을 듣자 방금 전에 두 동강 낸 로드의 코어를 떠올렸다.

생각해보면 유즈하를 발견한 신사를 포위했던 것도 바로 스컬페이스였다. 그리고 이번에 출현한 로드는 그 우두머리인 셈이다.

"뼛속에 있던 까맣고 동그란 거. 주인님이 없애줬어."

"로드의 코어를 말하는 거 맞지?"

유즈하와 스컬페이스·로드는 뭔가 연관이 있는지도 몰랐다.

로드에게 힘의 일부를 흡수당하거나 봉인당하기라도 한 것일까. 물론 이미 쓰러뜨린 지금은 확인할 방법이 없었다.

"어쨌든 사람들 앞에서 말하는 건 금지야. 평범한 요호족은 말을 못하니까."

"어~."

"우리끼리 있을 때는 괜찮아. 다른 사람이 있으면 안 돼."

"음~ 그러면 머릿속에서 말하면 돼?"

"염화 말이야? 그거라면 괜찮아."

염화가 있기에 말을 하지 않아도 의사소통은 할 수 있었다. 그건 유즈하도 본능적으로 아는지 순순히 고개를 끄덕였다.

"하지만 신. 꼬리가 여러 개라 이제 리틀 폭스라고 해도 안 믿을 텐데요."

"그렇겠지⋯⋯."

같은 요호족이라도 종류는 여러 가지였고 당연히 여러 개의 꼬리를 가진 경우도 많았다. 하지만 꼬리가 3개 있는 요호족은 프람·테일이나 테일·리더처럼 레벨이 최소 250은 넘는다. 이쪽 세계에서 아무렇지 않게 데리고 다닐 수 있는 몬스터는 아니었다.

"성체가 되기 전까지는 입국을 인정받을 수도 있겠지만요."

"뭐, 언젠가 어른이 되면 못 데리고 다니는 거잖아. 흐음…… 저기, 유즈하. 너 변신 같은 건 못 해?"

"쿠우? 할 수 있는 것하고 못 하는 게 있어."

"꼬리를 하나로 줄일 수 있어?"

"쉽지~."

유즈하가 그렇게 말하자마자 펑 하는 소리와 함께 3개이던 꼬리가 하나로 줄어들었다.

"오오!"

"역시 대단하네요."

신과 슈니는 눈을 크게 떴다.

환영으로 속이는 게 아니라 정말 하나로 줄어든 것 같았다. 손에 닿는 감촉도 자연스러웠다.

"이거면 돼?"

"오케이. 변신 중에 힘들진 않아?"

"괜찮아!"

"그러면 이제부터 남들 앞에서는 꼬리가 하나인 척해줘. 그렇게 해줘야 여러모로 편하거든."

"응, 좋아~."

유즈하는 순순히 고개를 끄덕였다. 모습을 숨기는 것에 대한 거부감은 없는 듯했다.

"……너무 쉽게 해결됐는데."

"그러네요. 이 정도면 정체를 간단히 들킬 일도 없겠어요."

슈니도 확신을 갖고 말해주었다.

일단은 안심해도 될 것 같았다.

"유즈하 잘했어?"

"그래, 잘했어, 잘했어."

"쿠우~~."

신은 유즈하를 품에 안고 칭찬해주듯 머리를 쓰다듬었다.
유즈하는 가만히 있었다.

"……귀여워."

"응?"

"앗! 아, 아무것도 아니에요."

"……쓰다듬어볼래?"

"꼭요!"

능력이 아무리 강하다 해도 슈니 역시 귀여운 걸 좋아하는
여성이었다.

슈니의 손길을 받은 유즈하도 기분이 좋아 보였다.

"그건 그렇고 신은 여전히 저를 놀라게 하네요."

"응?"

"엘레멘트 테일을 테이밍한다는 이야기는 한 번도 들어본
적이 없는걸요."

슈니는 쓰다듬던 손을 멈추고 어이가 없다는 듯이 말했다.

게임 때는 엘레멘트 테일의 테이밍이 설정상 불가능했기에
놀라는 것도 무리는 아니었다.

"그런 것치고는 침착한 것 같은데?"

"뭐, 놀랍긴 하지만 신이라면 불가능한 일 같지도 않아서요. 전에 싸웠던 고레벨 개체도 아니고요."

"그야 그렇지. 그런 녀석을 힘 조절하면서 무력화하는 건 육천 멤버들이 모여도 쉽지 않을걸."

모든 속성의 마법과 이빨, 발톱을 이용한 강력한 물리 공격을 구사하고 거대한 체구에 어울리지 않는 민첩성까지 가졌다. 능력치가 상한선에 도달한 플레이어조차 방심할 수 없는 몬스터. 그것이 엘레멘트 테일의 진정한 모습이었다.

물론 신에게 안겨 몸을 둥글게 만 유즈하에게서는 조금의 위협도 느껴지지 않았다.

"쿠우?"

"좋아. 그러면 이제 슬슬 본격적으로 달려보자. 실은 먼저 도망 보낸 일행이 있거든. 도시에 도착해서 사람들에게 알렸다면 소동이 벌어졌을지도 몰라."

"그렇다면 서두르는 게 좋겠네요. 시간적으로 보면 아직 따라잡을 수 있을지도 몰라요."

두 사람의 이동 속도라면 상대가 말을 타고 달리지 않는 이상 쉽게 따라잡을 수 있었다.

그러나 빌헬름은 신의 마법 스킬로 능력이 향상되었다. 게다가 긴박한 상황인 만큼 무리해서 달려가느라 상당한 거리를 이동했을 수도 있었다.

왕국에 도착한 빌헬름과 라시아가 이 사태를 길드에 알리면 신은 무척 곤란한 상황에 빠지게 된다.

"최대 속도로 가자. 길드에서 더 이상 주목받고 싶진 않아."

"미리 말해줬으면 이야기는 나중으로 미뤄도 괜찮았을 텐데요."

"그건 그거고 이건 이거야."

신은 그런 애절한 표정을 보면서 어떻게 뒤로 미루겠냐고 슈니에게 말하고 싶었다.

"좋아, 출발하자!"

신은 유즈하를 다시 머리 위에 올리고 슈니와 함께 달려나갔다.

두 사람이 빌헬름 일행을 따라잡기까지는 그리 오랜 시간이 걸리진 않았다.

달리기 시작한 지 반나절이 지나 지평선에서 태양이 고개를 내밀 무렵에 그들의 모습을 발견한 것이다.

"자, 이게 대체 어떻게 된 일인지 어디 한번 털어놓아 보시지."

"왜 보자마자 시비야……."

낮잠 자는 라시아를 보호하며 주위를 경계하던 빌헬름은 신이 무사히 합류하자마자 죽일 듯이 달려들었다.

라시아는 상당히 피곤했는지 그런 소란에도 깨지 않았다.

"그래, 쉽게 설명하면 슈니가 로드를 쓰러뜨려줬어."

"흥."

빌헬름은 콧방귀를 뀌며 마창을 내찔렀다. 살기가 담기진 않았어도 상당한 속도였다.

"잠깐! 위험하잖아?!"

"그렇게나 엄청난 마력을 내쏘는 녀석이 시치미를 떼면 누가 믿을 것 같아? 어차피 또 네가 다 해치웠겠지!"

"어떻게 알았지?!"

"당연한 거 아냐! 아니, 엄청난 기술로 사람을 배웅해주질 않나, 지금도 이렇게 금방 따라잡질 않나, 대체 어쩌자는 거야? 여유 부리냐? 그 정도는 아주 여유만만하다 이거지? 필사적으로 도망쳐온 사람을 이렇게 바보 만들어야 속이 시원하겠냐?!"

"잠깐, 잠깐, 진정 좀 해! 농담한 건 미안하지만 『베놈』으로 그러는 건 너무하잖아?!"

빌헬름이 마창을 연속으로 내뻗었지만 신은 한 대도 맞지 않았다.

"칫."

"왜 노골적으로 혀를 차고 그래?! 그냥 농담이었잖아."

"자기는 아주 결백하다는 얼굴이었으면서 농담은 무슨. 헛소리 그만하고 제대로 설명해봐."

아무래도 장난이 지나쳤던 것 같았다. 빌헬름은 진지한 표정으로 신을 노려보았다.

"신, 이제 슬슬 본론으로 넘어가요."

둘의 대화를 가만히 지켜보던 슈니가 슬며시 앞으로 나섰다.

"당신인가. 설마 뒤로 물러나 있을 줄이야."

빌헬름은 의미심장한 말을 했다.

"오랜만이네요. 그게 무슨 뜻인지 알고 있다면 설명할 필요는 없겠죠?"

아무래도 두 사람은 짧은 대화만으로 서로의 뜻을 이해한 듯했다.

"저기, 나도 알아들을 수 있게 설명해주면 안 될까?"

신은 빌헬름이 무엇을 납득한 건지 전혀 알 수 없었다.

"넌 모르는 거냐? 슈니 라이자는 누구에게도 굴하지 않고 복종하지 않고 무릎 꿇지 않는 걸로 유명하다고. 상대가 왕족이든 교황이든 말이지."

무척 강직한 모습이긴 했지만—.

"그건 불경죄 아냐?"

"신 이외의 누군가를 따를 수는 없어요."

왕족을 상대로 그런 소릴 했다간 위험하지 않나 싶었지만, 슈니의 입장에서는 절대로 양보할 수 없는 일인 것 같았다.

"뭐, 애초에 이 녀석을 상대로 싸움을 걸 만큼 멍청한 녀석은 없지만 말이지."

"그래서 불경죄가 용서되는 거구나."

처벌하고 싶어도 그녀를 당할 자가 거의 없기에 어쩔 방법이 없는 것이다.

게다가 이야기를 들어보니 그것 때문만은 아닌 듯했다. 말투와 태도는 정중하고, 강력한 몬스터가 나타나면 힘을 빌려준다. 어느 조직에 속하지도 않고 중립을 지키다 보니 굳이 싸움을 걸 필요가 없는 것이다.

만약 해를 입히려는 자가 있어도 주위에서 먼저 응징해준다고 한다. 500년 동안 그녀가 쌓아온 명성을 무시할 수 있는 사람은 아무도 없었다.

강력한 힘을 가진 그녀를 비밀리에 끌어들이려는 세력도 많았지만 성공한 경우는 전혀 없었다.

"아군으로 삼고 싶은 마음도 이해가 가."

신은 자기도 모르게 고개를 끄덕거렸다.

"그래. 그런 녀석이 얌전히 따른다면 뭐겠어."

"아~ 이제 알겠네……."

슈니와 빌헬름이 얼마나 가까운 사이인지는 모르지만 이미 알아챈 것 같았다.

"하이 휴먼인 거지."

"저의 주인이기도 해요."

빌헬름이 말하자 슈니가 덧붙였다.

"뭐, 일단은."

"시끄러워. 하지만 그렇다면 납득이 가. 그 마력은 엄청난 레벨이었으니까."

"미안. 그건 그나마 약하게 힘 조절한 거야."

"그런 거냐……. 슈니 라이자의 주인님. 이건 예상을 뛰어넘는 정도가 아니라……. 잠깐. 그렇다면 하이 휴먼인 네가 머리에 올려놓은 그 녀석도 단순한 여우가 아니로군?"

빌헬름은 어깨를 으쓱거리며 유즈하를 바라보았다. 그의 목소리에서 놀라움을 넘어 경악이 담기기 시작했다. 공포심을 느끼지 않는 건 선입견 없이 친해진 사이이기 때문일까.

"쿠우?"

"리틀 폭스는 아니야. 방금 전 싸움에서 레벨도 400이 넘었고."

"……이제는 놀랍지도 않아."

빌헬름은 신에게 냉담한 눈빛을 보냈다. 지금까지 밝혀진 내용이 너무 충격적이었던 탓에 이 정도는 별것 아니라고 느낀 것 같았다.

"그래서 선정자냐고 물었을 때 애매하게 대답한 거로군."

"맞아. 난 선정자보다 강력한 힘을 가졌지만 처음부터 강했던 건 아니야. 이 세계에 그런 녀석은 좀처럼 없잖아? 그래서 선정자라고 해두기로 한 거지."

"납득이 가는군. 뭐, 이제부터 너희 둘이 함께 행동한다면 들키는 것도 시간문제일 테지만."

빌헬름의 말이 맞았다. 달의 사당은 엄청나게 유명했다. 그곳에 슈니와 친해 보이는 남자가 나타난다면 눈치 빠른 자들은 재빨리 정보를 수집하려 할 것이다.

"위험하다 싶으면 마법 스킬로 벗어나야겠지. 환영 마법을 사용하면 시간 정도는 벌 수 있을 테니."

"너희가 말하는 환영 마법이 내가 아는 환영 마법과 똑같은 것 같지가 않군……. 몬스터로 변신한다 해도 안 놀랄 것 같아."

"사람을 뭘로 보는 거야……."

신은 쓴웃음을 지을 수밖에 없었다.

"넌 그냥 걸어 다니는 천재지변이야. 마음만 먹으면 나라를 멸망시킬 수 있는 녀석이 이렇게 돌아다니고 있잖아. 내가 영주였으면 불안해서 잠도 못 잤을걸."

'뭐, 의미 없이 난동을 부리진 않겠지만'이라고 덧붙이며 빌헬름은 바닥에 앉았다. 그는 라시아가 덮은 이불을 정돈해주며 신과 슈니에게도 앉으라고 권했다.

라시아는 새근새근 잘 자고 있었다. 빌헬름의 말에 따르면, 주위에 높은 랭크의 모험가가 있다는 걸 알려주고 나서야 간신히 진정했다.

라시아가 신에 대해서 걱정하자 빌헬름은 그 정도로 강력한 마법 스킬을 사용할 수 있다면 괜찮을 거라고 안심시킨 모양이다.

"그러고 보니 우리(하이 휴먼)에 관한 기록이 지금도 남아 있는 거야?"

신이 전에 도서관에 갔을 때는 거기까지 찾아보지 못했고, 사라진 플레이어들이 어떻게 전해 내려오는지에 대해서는 티에라에게서 들은 내용이 전부였다. 지금 생각해보면 무의식 중에 피했는지도 모른다. 자신의 흑역사를 굳이 들춰내려는 사람은 없다.

"어느 정도는 말이지. 뭐, 내가 알고 있는 건 말도 안 되게 강하다는 것과, 각자의 특기 분야에서 엄청난 실력을 가졌다는 것 정도야. 지금도 신격화하는 사람이 많아."

슈니도 맞장구를 쳤다.

"다른 분들도 여러 가지 일화를 남겼으니까 말이죠."

"으윽, 내 정체를 절대로 들키면 안 될 것 같군. 뭐, 우리 육천은 원래 생산 길드니까 특기 분야에서는 확실히 누구에게도 뒤지지 않을 거야."

"뭐? 압도적으로 강해진 뒤에 심심풀이로 물건을 만들어본 게 아니었어? 슈니처럼."

"빌헬름, 저는 심심풀이로 요리를 하는 게 아니거든요."

육천 멤버들은 말도 안 되는 능력치를 가졌지만 처음 모였을 때는 아이템 생산이 주목적이었다.

육천이 유명해진 건 전투력뿐만 아니라 아이템 생산 능력 때문이기도 했다.

"그렇지 않아. 휴먼은 레벨이 똑같아도 다른 종족보다 약하다고. 내 경우에는 그걸 보완하기 위해 대장일에 손을 댄 거야. 병행해서 레벨을 올리는 건 정말 힘들었지만."

슈니는 공감하듯 고개를 끄덕거렸다. 처음 플레이할 때의 신은 지금의 모습을 통해 상상하기 힘들 만큼 약했다.

"그건 보통 불가능하잖아."

"그걸 해내는 게 하이 플레이어야."

"폐인이라고도 부르죠."

"하이프…… 뭐라고?"

인터넷 용어가 빌헬름에게 통할 리 없었다.

"일단 대장장이 레벨을 올려서 좋은 무기를 만드는 거지. 그걸 장비하고 더 강한 적을 쓰러뜨려 레벨을 올리고, 적에게서 얻은 재료로 더욱 강한 무기를 만들어. 그걸 무한정 반복하는 거야."

상급 무기를 아무나 쉽게 만들 수 있을 만큼 대장장이 세계는 만만하지 않았다.

대장장이로 대표되는 생산계 스킬의 숙련도는 전투계 스킬보다는 조금 빨리 오르지만, 쉽게 상한에 도달할 수 있을 만큼 【THE NEW GATE】는 만만한 게임이 아니었다.

그렇기에 전투계 길드와 생산계 길드로 나뉘는 것이다. 한쪽을 파고드는 것도 힘든 상황에서 양쪽을 모두 해내려는 플레이어는 어중간하게 고생하다가 결국 포기하는 경우가 많았다. 성공하는 사람은 거의 없는 거나 마찬가지였다.

시스템상으로는 전투직 플레이어도 포션·X(10급 회복약) 같은 하급 회복 아이템 정도는 만들 수 있었고 생산직 플레이어도 어느 정도 싸울 수 있었다. 그러나 어디까지나 부가적인 기능일 뿐이었다.

"어처구니가 없군. 너 같은 녀석을 진짜 바보라고 하는 거야."

"실례잖아."

"그게 얼마나 무모한 일인 줄 아는 거야? 보통 사람들은 전투와 생산을 양립한다는 생각 자체를 안 한다고."

"그런 생각을 할 만한 건 엘프나 픽시 같은 장수 종족이겠죠. 물론 실행하진 않겠지만요."

픽시나 엘프 같은 장수 종족이라면 그럴 만도 했지만 그들은 애초에 대장일에 적합하지 않다.

즉, 두 가지를 양립하는 건 이쪽 세계 사람들에겐 미친 짓이었고, 신이 그걸 해낸 건 게임이기 때문이었다. 사용하기만 해도 숙련도에 보너스가 붙는 아이템이나, 스킬을 배울 수 있는 『비전서』를 써서 능력 강화에만 시간을 투자했기에 지금의 그가 존재할 수 있었다.

하지만 게임에서조차 엄청난 시간이 소모되었다. 매일의 생활이 있는 이쪽 세계에서 똑같은 짓을 하는 건 불가능했다.

"나도 알아. 육천 멤버들은 여러 가지로 특이한 녀석들이었으니까. 나도 대장일 외에는 당해낼 수 없을 때가 많았어. 카인은 하루 만에 성을 건설할 수 있고, 쿳쿠는 드래곤을 손질해서 요리를 만들 수 있고, 캐시미어는 어느샌가 마물 목장 같은 걸 운영했고, 헤카테는 엘릭서나 현자의 돌을 하급 포션 만들듯이 생산해냈거든. 레드가 만든 인형은 신수神獸하고 치고받더라고."

"신도 성검, 마검 종류를 몇 자루나 만들어냈잖아요. 마음에 안 든다며 고대급 검을 다시 녹여버릴 때마다 필마가 비명을 질렀죠."

슈니는 당시를 떠올렸는지 쓴웃음을 지었다. 신은 실제로 전설급이든 신화급이든 마음에 안 들면 바로 녹여버리고 다시 만들곤 했다.

덧붙이자면 필마는 신의 두 번째 서포트 캐릭터로 대검을 사용했다. 그러고 보니 갑자기 낙담하는 표정을 지을 때가 많았던 것 같기도 했다.

"괴물들뿐이군. 그런데 넌 대장일이 전문이냐?"

"그래. 필요하면 『베놈』이라도 개조해줄까?"

"꺼져."

큭큭큭 하고 음흉하게 웃는 신의 제안을 빌헬름은 단칼에 거절했다. 아무래도 불길한 예감을 느낀 것 같았다.

"무기의 한계를 느끼면 언제든 말해. 빌헬름이라면 내가 싼 가격에 해준다니까."

"누가 보면 악덕 상인인 줄 알겠군."

"아니, 대장장이로서의 피가 끓어오른다고 해야 하려나?"

"……그래, 확실히 네 본업은 장인이야. 생각해보면 지금 네 얼굴은 도박장에서 본 드워프 아저씨들과 똑같은 느낌이 들어."

어느 세계든 비슷한 직종에 속한 인간은 말과 행동이 비슷해지는 것 같았다.

"그렇다고 대장간에 가서 기술을 과시하진 마. 너라면 또 비전이나 사라진 비술을 이용해서 이상한 무기를 만들 거잖아."

"누가 그런 눈에 띄는 짓을 하겠냐! 달의 사당에서 오랜만에 망치 좀 잡아볼까 생각한 것뿐이야."

"글쎄. 내가 주로 이용하는 장인의 말로는 육천의 대장장이가 만든 일반급 롱소드가 전설급 롱소드와 호각이라던데?"

원래 일반급 무기와 전설급 무기는 성능 면에서 엄청난 차이가 있다. 물론 빌헬름도 그런 이야기를 믿을 만큼 순진하진 않을 것이다.

"아무래도 그 정도까지는……. 아니, 잠깐만. 그러고 보니 일반급 무기를 얼마나 강화할 수 있는지 시험해본 적이 있었던 것 같아."

"이봐…… 농담이 아니었어?"

빌헬름이 자기도 모르게 되묻자 슈니도 입을 열었다.

"레드 님과 헤카테 님이 제안해서 실험했던 것 아닌가요?"

"맞아, 그건 적당히 준비한 철에 최대한의 인챈트(마법 부여)를 걸고, 그때 기준으로 최고의 설비를 사용해 만들어낸 녀석이었어. 실수로 가게 앞에 진열해놓은 덕분에 구입한 사람이 깜짝 놀라 가게에 문의하러 왔었지."

"……바보냐."

덧붙이자면 그 검의 구매자는 게임을 처음 시작한 초심자에게 선물하기 위해 샀다고 한다. 그리고 무기를 건네받은 플레이어가 자신보다 훨씬 강한 몬스터를 단칼에 해치우는 걸 보고 이상하다는 걸 알아챈 것이다.

선물받은 플레이어는 몬스터가 너무 약한 것인 줄 알았다고 한다. 구입자도 평범한 롱소드라고 생각해 무기 능력치를 확인하지 않았기에 눈치채지 못한 것이다.

"그때는 엄청난 게 완성됐다고 놀랐거든. 하지만 원료가 철이니까 내구력이 떨어질 수밖에 없었어. 몇 자루를 만들었는데 시험 삼아 서로 부딪혀봤더니 10~20번 만에 부러지더라고."

"그러면 그때 미리 이상하다는 걸 깨달았어야지."

빌헬름은 상식이 통하지 않는다는 듯이 한 손으로 자신의 머리를 감싸 쥐었다. 무기의 등급은 대장장이의 실력으로 바뀌지 않는다는 상식이 눈앞에서 뒤집힌 것이다.

"그래, 잘 알겠어. 넌 분명히 하이 휴먼이야. 이쪽 세계의 상식이 아까부터 계속 붕괴되고 있다고."

"제 주인님이니까 지금의 상식 따윈 통하지 않아요."

"쿠우쿠우."

"칭찬하는 거 아니라고."

자랑스러워하는 슈니와 고개를 끄덕거리는 유즈하를 보며 빌헬름은 어처구니가 없었다. 그는 아직도 조금 혼란스러운 것 같았다. 그래서인지 유즈하가 마치 이야기를 알아들은 것처럼 반응해도 의문을 품지 않았다.

슈니가 자랑스러워하는 건 신의 옛날 이야기이기 때문인 것 같았다.

"음…… 으음?"

빌헬름이 한숨을 쉬자 옆에서 자던 라시아가 눈을 떴다. 역시 너무 떠든 것 같았다. 계속 자기에는 시끄러웠던 것이리라.

"어라…… 신…… 씨?"

"안녕."

"어, 안녕하…… 아니, 어떻게 여기에?!"

비몽사몽하던 라시아는 눈앞에 있는 게 누구인지를 분명히 확인하고는 깜짝 놀라고 말았다.

자신들을 위해 몬스터 소굴에 남았던 남자가 그곳에 있었다. 머리 위에 유즈하를 올려놓은 걸 보면 틀림없었다.

"어떻게든 해치웠다더라."

"어……?"

라시아는 무슨 소리냐는 듯이 빌헬름을 바라보았다. 아무래도 그럴 리 없다는 눈빛이었다.

빌헬름은 그녀의 시선을 읽어냈다.

"우연히 길을 지나던 누군가가 도와주었대."

빌헬름은 신과 슈니를 보며 말했다. 그의 눈빛은 신에게 아무것도 말하지 말라는 뜻을 전하고 있었다.

신도 라시아에게는 하이 휴먼이라는 걸 숨길 생각이었기에 살짝 고개를 끄덕였다.

조금은 슈니와 인연이 있었던 빌헬름이라면 모를까, 일반인인 라시아라면 슈니의 태도만 보고 신의 정체를 추측할 수는 없었다. 알면 안 될 이유도 없었지만 귀중한 정보는 알고 있는 것만으로도 위험할 수 있었다. 최악의 경우 라시아가 불행해질 수도 있다.

그래서 라시아에게는 신과 슈니가 우연히 길을 가다 만났다는 식으로 설명하기로 했다.

빌헬름의 경우는 슈니가 소개장을 건네준 사람이기에 신도 별로 걱정하지 않았다.

"처음 뵙겠습니다. 슈니 라이자라고 해요. 달의 사당의 점장 대리를 맡고 있어요."

"안녕하세요. 라시아 루젤이라고 합…… 저기, 방금 뭐라고 하셨죠?"

라시아는 믿기지 않는 말을 들었다는 듯이 슈니에게 되물었다.

물론 제대로 들렸으면서도 믿을 수 없었던 것이리라.

"슈니 라이자라잖아. 너도 알 거 아냐. 그 슈니 라이자야."

"……그?"

"그래, 그."

슈니는 눈썹을 살짝 찡그렸다.

"아무래도 안 좋은 뜻으로 들리는데요."

자꾸 그런 식으로 지칭하면 당연히 좋지 않은 의미로 들리는 법이다. 물론 지금은 좋은 의미로 하는 말이었다.

"사소한 건 신경 쓰지 마. 자, 라시아도 굳어 있지 말고 제대로 인사하라고."

"어, 어, 저기, 라시아라고 합니다! 만나 뵙게 되어 영광입니답! ……으으."

"네, 앞으로 잘 부탁해요."

슈니는 라시아가 혀를 깨물었다는 걸 굳이 언급하지 않았다. 역시 어른스러웠다.

"슈니가 도와준 덕분에 몬스터를 전부 해치울 수 있었어. 이제 안심해도 돼."

"그 몬스터를 전부 쓰러뜨렸다고요?! 여, 역시 『성녀』님."

신은 슈니의 공적이라는 걸 강조하다가 낯선 단어를 발견했다.

"성녀님?"

"아, 죄송해요. 슈니 님은 인정하지 않는 건데, 저도 모르게."

"인정하지 않는다니?"

신은 자기도 모르게 슈니의 얼굴을 바라보았다.

"전에 교회 본부에서 성녀로 인정한다는 연락이 왔거든요. 사양했지만요."

"받아들이면 뭔가 문제가 있었던 거야?"

"네. 저는 하이 휴먼을 섬기는 몸이라 다른 세력에 속할 생각이 없어요. 성녀라는 호칭이 생기면 자연스레 교회 세력이라고 인식될 수 있으니까 받아들이지 않았죠. 벌써 100년도 넘은 일이라 다들 잊은 줄 알았는데 아직도 포기하지 않았을 줄은 몰랐네요."

슈니는 피곤하다는 듯이 한숨을 쉬었다.

교회가 성녀로 인정해도 본인이 받아들이지 않으면 의미가 없었다.

현재 교회 내의 분규에 끼어들고 있어서 그런 걸까. 신은 교회의 의도가 의심스러웠다.

그런 생각을 하는 사이 슈니가 라시아에게 웃어 보였다.

"슈니라고 불러도 괜찮아요."

"마, 말도 안 돼요! 어떻게 제가 감히……."

"너 지금 너무 긴장했어."

"빌이 너무 안 하는 거야!"

약간 호들갑스럽긴 해도 라시아의 반응이 당연하다는 생각

Chapter 2 긴 밤을 지나서   213

도 들었다.

신은 슈니와 오랫동안 알고 지냈고, 빌헬름은 웬만해선 사양하지 않는 성격이었다. 그래서 편하게 대화할 수 있는 것이다. 그러나 티에라도 말한 것처럼 슈니의 이름은 세 살 먹은 어린아이도 알 만큼 유명했다.

그런 사람을 눈앞에서 만나면 대부분 이런 반응을 보일 것이다.

"자, 멍하니 있지 말고 슬슬 출발하자고. 여기서 느긋하게 있을 필요는 없잖아."

신과 슈니는 별로 쉬지 못했지만 문제없이 출발할 수 있었다.

"그렇군. 가자."

신과 슈니도 그렇게 말하며 자리에서 일어났다. 고아원도 걱정되므로 서둘러서 나쁠 건 없었다.

라시아도 황급히 자신의 침구를 정리했다. 라시아는 어떻게 된 건지 정확히 이해한 건 아니지만, 슈니가 해결했다는 설명에 일단 납득한 것 같았다.

몬스터에게 둘러싸였을 때 느낀 공포를 잊어버린 건 아니었다. 다만 그녀라면 불가능하지 않다고 믿고 있는 것이리라.

라시아 같은 일반인의 눈에 비친 슈니 라이자는 살아 있는 전설이었다. 그리고 500년 넘는 세월 동안 이 땅을 수호해온 영웅이자 성인이었다.

신앙에 가까운 신뢰라고 할 수 있었다.

"이거야 원, 예상보다 복잡해질 것 같군."

라시아가 슈니에게 보내는 신뢰의 표정을 보며 신은 혼자서 중얼거렸다. 슈니와 함께 다니면 엄청난 일이 벌어질 거라는 건 상상하기 어렵지 않았다. 거리에만 나가도 난리가 날 것이다.

신은 한숨을 쉬며 그녀의 변장에 심혈을 기울이겠다고 마음먹었다.

†

빌헬름이 라시아를 안아 든 채 달렸고 신과 슈니는 그의 속도에 맞춰서 질주했다. 아무리 레벨이 올랐다지만 전력으로 달리면 라시아에게 상당한 부담이 될 거라는 판단 때문이었다.

그럼에도 말과는 비교도 안 될 만큼 빠른 속도였다. 4명과 1마리는 중간에 휴식을 취하면서도 날이 저물기도 전에 왕도가 보이는 위치까지 도착했다.

사람들의 시선을 조심해야 했기에 그곳부터는 걸었다.

"토, 토할 것 같아……."

"자, 업어줄 테니까 조금만 참아."

남에게 안긴 상태에서 고속으로 이동해본 적이 없는 라시아는 멀미라도 하는 것처럼 안색이 창백했다. 아무래도 그대로 걷게 할 수는 없어서 빌헬름이 업어주었다.

"괜찮나요?"

슈니가 상냥하게 물어보았다.

"걱정 끼쳐드려서. 죄송합니다……."

"중병이로군."

신은 살짝 한숨을 쉬었다.

멀미에는 포션도 듣지 않기에 라시아에게는 힘들면 말하라고 해두고 다 함께 길을 나아갔다.

슈니는 이미 마법 스킬을 사용해 모습을 바꾼 상태였다. 푸른 눈동자는 붉게, 은색 머리카락은 금색으로 바꾸고 머리도 포니테일로 묶었다. 그 외에도 몇 가지 스킬을 걸어놓았다.

신이 직접 마법을 걸었기에 어지간해선 들킬 일이 없었다. 원래 여성들은 머리 모양 하나로도 인상이 크게 바뀌는 법이다. 머리카락과 눈동자 색을 바꾸면 슈니를 잘 아는 사람이라도 금방 알아보진 못할 것이다.

"정말 성문 앞에서 헤어져도 괜찮겠어?"

"상관없어. 의뢰 내용도 원래 스킬을 배우는 것까지였잖아. 굳이 교회까지 바래다줄 필요는 없어. 만약 교회에 무슨 일이 생기면 우리들이 알아서 할 테니까."

빌헬름이 그렇게 말하자 슈니가 쓴웃음을 지었다.

"말투에 어울리지 않게 착실한 건 여전하네요."

"냅둬."

한편 신은 이미 고아원까지 감지 영역을 확대해서 모두가 무사하다는 걸 확인했다. 물론 불청객의 반응도 없었다.

"그러면 우리는 여기서 돌아갈게. 일단 이걸 줄 테니까 무슨 일이 있으면 바로 연락해."

문에 도착하자 신은 메시지 카드와 편지지를 내밀었다.

하지만 그걸 본 빌헬름은 받으려 하지 않았다.

"전언을 보내는 아이템인 건가. 이걸 사용할 만한 사태가 발생하면 난 정말 수단 방법을 가리지 않을 생각이야. 그때는 너희도 휘말리게 될 텐데 괜찮겠어?"

빌헬름의 눈빛은 끼어들어 봐야 좋을 게 없다고 말하는 듯했다.

똑같이 달의 사당의 초대장을 갖고 있는 선정자라 해도 외부자를 끌어들이고 싶지 않은 것 같았다. 신이 의뢰를 받아들인 것만으로도 교회의 눈에 띄었을 가능성이 충분한데 메시지 카드를 건네주며 협력한다면 경계만으로 끝나지 않을 것이다. 거기까지 내다본 발언이었다.

순순히 신의 말을 받아들인다면 보다 빠르고 피해 없이 사태를 해결할 수 있었다. 그럼에도 그는 도움을 사양하고 있었다.

라시아도 등에 업힌 채로 아무 말도 하지 않았다.

돈과 권력을 가진 강적을 자신들끼리 상대하려 하는 것이다.

슈니 라이자와 그 주인처럼 이쪽 세계에서 비할 데 없는 힘과 명성을 가진 상대라면 도움을 요청해도 부끄러울 게 없었다. 하지만 그들은 어디까지나 자신들이 풀어야 할 문제라고 생각하는 듯했다.

【정화】를 얻기 위해 신에게 의뢰하긴 했지만 그것도 이젠 끝났다. 그렇다면 나머지는 자신들끼리 해결할 것이다. 그런 신념이 벽이 되어 신과 빌헬름 사이를 가로막았다.

"괜찮아. 해보자고."

신은 메시지 카드를 빌헬름에게 억지로 떠넘겼다. 그런 벽은 처음부터 보이지 않았다는 듯이.

"이제 와서 모른 척하면 꿈자리가 사나울 거야."

"하지만—."

"그리고!"

아직도 반박하려는 빌헬름을 가로막으며 신이 말했다.

"여기 와서 처음 생긴 친구하고 그 녀석이 지키려는 꼬마들을 어떻게 모른 체하냐? 그러니까 위험하다 싶으면 마음껏 끌어들여. 힘이 되어줄 테니까."

"너…… 무슨……."

"신경 쓰지 말고 연락하란 얘기야. 빨리 받아! 조금 낯 뜨거워졌다고!"

신은 생전 처음 낯간지러운 말을 하느라 몹시 부끄러웠다. 나중에 잠자리에서 떠올리면 이불을 걷어찰 것이 분명했다.

하지만 적어도 후회하진 않을 것이다.

설령 이곳이 신에게는 이세계라 해도 올바른 선택이었다. 신은 그렇게 믿으며 아이템을 건넸다.

"그러면 사양 안 한다?"

"그래, 내게 맡겨."

빌헬름은 히죽 웃으며 그제야 메시지 카드를 받아 들었다.

"신도 여전하네요."

"그래?"

빌헬름과 라시아가 문으로 들어가는 걸 눈으로 배웅하며 슈니가 말했다.

전에도 비슷한 일이 있었기 때문이다.

신은 기억하지 못하는 듯했지만 슈니는 지금처럼 처음 보는 사람들을 돕는 신의 모습을 선명히 기억했다.

그건 서럽게 우는 소녀이기도 했고, 멍하니 서 있는 소년이기도 했고, 자신의 몸을 희생하려는 노인이기도 했고, 필사적으로 앞으로 나아가려는 청년이기도 했다. 아무도 차별하지 않았다.

―내가 모든 사람을 구할 수는 없어. 할 수 있는 일을 할 수밖에.

신이 그렇게 말했던 게 언제였을까.

자신의 능력을 과신하지도 않고 약자를 계속 지켜나가는 모습을 슈니는 지금도 선명히 떠올릴 수 있었다.

"슈니, 왜 그래? 놓고 간다."

"죄송해요. 잠깐 생각하느라. 지금 갈게요."

신의 뒷모습을 보며 슈니는 걸어갔다.

잠시 나아가다가 이윽고 신의 옆에 섰다.

신은 그런 슈니를 힐끔 쳐다보며 고개를 갸웃거렸지만 굳이 지적하지 않고 달의 사당을 향해 걸어가기 시작했다.

신의 눈에 비친 슈니의 옆얼굴은 무척 온화하고 따뜻한 표정을 하고 있었다.

잠깐의 휴식 | Chapter 3

잠시 걸어가자 익숙한 광경이 신과 슈니 앞에 나타났다.

다름 아닌 달의 사당이었다.

문패가 『점주 가출 중』으로 되어 있는 걸 보면 이미 가게를 닫은 것 같았다. 당연히 문이 잠겼지만 신은 점주, 슈니는 종업원으로 등록되어 있었다. 그래서 신이 문에 손을 갖다 대자 자동으로 문이 열렸다.

가게 안은 전에 신이 왔을 때와 다를 게 없었고 희미하게 저녁밥 냄새가 났다.

"이런, 배가 꼬르륵거리네."

"배고파~."

신이 자신의 배를 어루만졌고 쭉 얌전히 있던 유즈하도 한마디 했다. 빌헬름 일행과 함께 있는 동안은 눈치를 보며 울음소리도 거의 내지 않았기에 심심했던 모양이다. 지금은 신의 품에 안겨 있었다.

"시간도 됐으니까 먼저 저녁부터 먹어요."

신이 변장을 푼 슈니의 제안에 고개를 끄덕이며 카운터 안쪽에 있는 안채로 들어가려 했을 때, 건너편에서 사람이 달려오는 발소리가 들렸다.

"스승님!"

가게를 혼자 지키던 티에라의 목소리였다. 입구를 들어설 때 울린 방울 소리를 듣고 온 것이리라.

요리를 하는 도중이었는지 부엌칼을 들고 숨을 헐떡이는 모습은 약간 섬뜩해 보이기도 했다.

"진정해요. 너무 흥분했네요."

"죄, 죄송해요. 하지만 메시지 카드에 썼던 것처럼 스승님과 아는 사이라는 사람이 나타나서 굉장한 물건을 놓고 갔다고요!"

그 당사자가 눈앞에 서 있었지만 아직 흥분이 가라앉지 않아 눈에 들어오지 않는 듯했다.

"그게 이분 아닌가요?"

"어! 화, 확실히 그렇긴 한데……. 어라? 어째서 스승님과 신이 함께 온 거죠?"

슈니가 옆으로 몸을 비키자 티에라도 신의 모습을 발견했다.

몬스터 토벌에 나가 있던 슈니와 망령평원에 갔던 신이 함께 있는 이유를 티에라는 짐작조차 하지 못하는 것 같았다. 이쪽 세계의 상식으로 생각해보면 슈니는 몰라도 신은 아직 평원에 있어야 했다.

"조금 사정이 있어서. 자세한 이야기는 밥을 먹고 나서 하지 않을래?"

"어제는 약간 복잡한 일이 있었으니까 이야기하려면 길어

질 거예요."

"네, 알겠습니다……. 그런데 신도 같이 먹으려고?"

당연한 듯이 말한 신을 보며 사정을 모르는 티에라는 의아해했다.

"당연하죠."

"네? 당연…… 한 건가요?"

"그러고 보니 티에라에게는 아직 말하지 않았군요. 이미 만났을 테지만 이분이 바로 달의 사당의 점장인 신이에요."

슈니가 아무렇지 않게 폭탄을 투하했다.

"점…… 장? ……아아, 점장이…… 점자아아아앙?!"

티에라의 머릿속에서 『점장』이라는 말이 이해될 때까지 약간 시간이 걸린 것 같았다. 간신히 의미를 이해한 티에라는 눈을 동그랗게 뜨고 입은 벌린 채 갖고 있던 부엌칼을 놓칠 뻔했다.

"너무 놀라는 거 아냐?"

"세상에선 이제 존재하지 않는다고 여겨지니까 놀라는 것도 무리는 아니에요."

"놀라지 않는 게 이상하잖아요?! 점장이라면, 점장이라면…… 그 전설의……?!"

"어? 뭐가? 내가 전설의 점장으로 불리는 건가?"

"아니야! 하이 휴먼 말이야!"

"하지만 처음 만났을 때 말하지 않았던가?"

"누가 그걸 진지하게 받아들이겠어……."

혼자 당황하는 티에라가 이상해 보이는 상황이지만, 신은 이게 오히려 당연한 반응 같기도 했다.

티에라의 말처럼 원래는 자신이 하이 휴먼이라고 말해봐야 아무도 상대해주지 않는다. 하지만 지금 이곳에는 슈니 라이 자라는 최고의 증인이 있었다.

자신이 오랫동안 섬기던 인물을 잘못 알아볼 리는 없으므로 그녀의 증언은 신이 진짜 하이 휴먼이라는 확고한 증거라고 할 수 있었다.

그러는 사이 갑자기 티에라의 얼굴에서 핏기가 싹 가셨다.

"저, 점장님인지도 모르고, 매우 실례가 많았습니다!"

"네?"

"쿠우!"

티에라는 경악에서 벗어나자마자 기세 좋게 머리를 숙였다.

이번에는 반대로 신이 놀랄 차례였다.

유즈하가 티에라의 숙인 머리 위로 앞발을 뻗으려 했기에 신은 즉시 제지했다.

'아…… 그런 상황인 건가. 반말로 대하던 상대가 사실은 상사였을 때의 심정. 나도 심장이 철렁하는 기분이었지.'

단순하게 비교할 수는 없겠지만 신도 아르바이트를 하면서 친해진 사람이 실은 점장이었던 경우가 있었기에 티에라의 기분을 잘 알았다. 편하게 대하던 상대가 알고 보니 높은 사람인 경우의 당황과 혼란은 착실한 성격일수록 큰 법이다.

신은 티에라의 당황하는 모습을 보며 왠지 안쓰럽다는 생각이 들었다.

"신경 쓰지 마. 네 기분은 잘 아니까."

신은 고개를 끄덕거리며 티에라의 어깨에 손을 얹었다.

"어? 아, 네."

물론 그런 신의 마음을 알 리 없는 티에라는 전부 이해한다는 표정을 보고 더욱 큰 혼란에 빠졌다.

"아니, 정말로 신경 안 써도 돼. 이제 와서 딱딱하게 대하면 오히려 불편하잖아."

"그, 그래? 나가라고 하지 않는 거야?"

"그럴 리가 있어?!"

'내가 그렇게 나쁜 놈 같냐?'라는 말이 절로 나왔다.

그리고 잠시 이야기한 끝에 지금까지 해온 대로 지내자는 결론이 났다.

신이 슈니의 주인이라는 것과 유즈하가 말을 할 수 있다는 것을 소개할 때도 티에라는 큰 충격을 받았지만, 그때마다 똑같은 반응을 보였기에 생략하기로 한다.

"자, 그럼 먹죠."

이야기가 끝난 뒤에 세 사람과 1마리는 나란히 식탁에 앉아 있었다. 물론 뒤집어쓴 흙먼지를 씻어내기 위해 먼저 목욕을 끝낸 뒤였다.

먹기 전에 하는 말은 '잘 먹겠습니다'로 통일된 것 같았다. 엘프에게 그런 습관이 있는 것 같지는 않았지만 슈니가 하는 걸 보고 티에라도 따라 했다고 한다.

물론 슈니는 신의 행동을 흉내 낸 것뿐이었다.

"하지만 역시 슈니야. 전부 맛있어 보여."

신이 칭찬하는 것도 당연했다. 테이블에 올라온 요리는 신도 자주 볼 수 없는 것들이었다.

아무리 육천에 쿳쿠라는 최고봉 요리사가 있었다지만 매일 요리를 만들어주었던 건 아니다. 게다가 스킬 레벨 X의 최고급 요리만이 아니라 실험적으로 만들어낸 엽기 요리를 먹은 경우도 많았다.

하지만 지금 신의 눈앞에 놓인 음식은 쿳쿠에게도 뒤지지 않는 고급 요리였다. 스킬의 보정으로 인해 맛이 엄청나게 향상된 이 세계에서도 최고의 요리들이 테이블 위에 놓인 것이다.

왕족조차 먹지 못할 식사 앞에서 침이 꿀꺽 넘어가는 것도 당연했다.

"쿠우~ 잘 먹을게, 잘 먹을게!"

"전부 오늘 처음 보는 요리들……. 스승님, 오늘 진짜 실력 발휘를 하셨네요."

"당연하죠."

유즈하는 요리를 보자마자 흥분했다.

오랫동안 함께 생활한 티에라도 슈니가 이 정도로 의욕이 충만한 모습은 처음이었다.

"이 정도로 엄청난 요리가 완성된 걸 보니까 식재료를 제공한 보람이 있는데."

"저기, 대체 뭘 제공한 거야? 요리에서 이상한 아우라가 풍겨 나오잖아."

"어?"

"쿠우?"

요리에서 아우라가 풍겨 나온다는 말에 신의 몸이 굳어졌다. 유즈하도 고개를 갸웃거렸다.

신의 눈에는 아무것도 보이지 않았지만, 엘프인 티에라가 그렇게 말한다면 식재료를 의심해볼 만했다.

"그, 글쎄. 고기는 주로 서멀·레오, 오크 킹, 엘모라의 각 부위. 야채는 블러드 라디슈하고 카리마 어니언, 바오챠 포테이토 정도야. 과일은 이데아의 열매와 토파즈 피어. 그 외에는 뭐, 적당히. 나머지는 집에 있던 재료로 만든 거잖아?"

"네. 특별한 날인 만큼 조금 비싼 재료를 썼어요. 하지만 정성을 기울이기에는 시간이 조금 부족했네요."

이건 아직 진짜 실력을 발휘한 것도 아니라는 뜻 같았다.

하지만 무슨 식재료인지 전해 들은 티에라는 머리를 감싸 쥐며 말했다.

"뭐, 뭐, 뭐야, 그게?! 전부 좀처럼 얻기 힘든 고급 식재료 잖아! 몇 가지는 처음 듣는 것도 있고. 게다가 이데아의 열매 는 100년에 1번만 맺힌다는 환상의 과일이야. 어디에도 남아 있지 않다고 들었는데……."

서멀·레오와 오크 킹은 재해로 취급되는 몬스터이고, 발견 되자마자 길드에서 모험가들을 긴급 소집할 만큼 위험했다. 티에라는 엘모라는 이름은 들어본 적이 없지만 앞의 두 가 지와 나란히 언급될 정도면 비슷한 종류라는 걸 상상할 수 있 었다.

블러드 라디슈는 공기 중의 마소를 흡수하며 성장하는 식 물의 열매였고, 바오챠 포테이토는 일정 이상의 충격을 주면 폭발하는 지뢰 같은 식물의 덩이줄기였다.

토파즈 피어는 표면이 보석처럼 빛나는 배이고, 이데아의 열매는 설명할 필요도 없이 유명했다.

전부 너무 귀하다 보니 요리에 쓸 만한 식재료는 아니었다.

"저기, 슈니. 티에라가 말하는 아우라라는 게 뭐야?"

"식재료가 가진 마력이나 생명력의 잔재 같은 거예요. 저희 엘프나 픽시는 다른 종족과는 다른 감각을 갖고 있어서 그런 걸 감지할 수 있거든요. 강력한 몬스터와 진귀한 식물에게서 도 흔히 보이죠."

"그렇구나."

엘프와 픽시는 원래 감수성이 예민한 종족이기에 신은 설명을 듣자 납득할 수 있었다.

"티에라도 진정해요. 그보다 빨리 먹죠. 모처럼 만든 요리가 식어버리잖아요."

슈니가 재촉하자 신이 고개를 끄덕였다.

"맞는 말이야. 그러면 잘 먹겠습니다."

"잘 먹겠습니다."

"쿠우? 잘 먹겠습니~."

신은 양손을 맞댄 뒤에 나이프와 포크를 들었다.

테이블에 놓인 요리는 햄버그와 감자 샐러드, 수프, 취향에 따라 따로 준비한 밥과 빵이었다. 음료는 축하하는 자리인 만큼 슈니가 가진 비장의 『월광주』였다.

메뉴만 보면 패밀리 레스토랑에서 흔히 볼 수 있는 음식들이었다. 하지만 흔한 음식일수록 요리사의 실력이 쉽게 드러나는 법이다.

나이프를 대자마자 흘러넘치는 육즙과 철판 위에서 익은 소스 냄새가 먹기 전부터 입에 침을 고이게 했다.

입에 넣고 씹자 더욱 풍부한 육즙과 소스가 어우러지고 부드러운 고기의 식감까지, 그저 맛있다는 단어밖에 떠오르지 않았다.

그리고 그걸 입안에 남긴 채 흰밥을 먹으면 더 이상 말이 필요 없었다.

입꼬리가 슬며시 올라갔다. 미소가 번지는 걸 참을 수 없었다. 정말로 맛있는 음식을 먹었을 때 사람은 웃음만 나오는 법이다. 유리잔을 기울이자 월광주의 깊은 향과 맛이 식욕을 한층 돋웠다.

"……."

"……."

신과 티에라는 말없이 요리를 비워갔다. 유즈하도 일심불란하다는 말을 온몸으로 표현하며 음식을 먹는 것에만 집중했다.

슈니는 그런 두 사람과 1마리를 흐뭇하게 지켜보며 천천히 식사를 계속했다.

"앗, 나도 모르게 말도 없이 다 먹어버렸네?!"

신은 빈 접시 앞에서 망연자실한 표정을 지었다.

"음식은 아직 많이 남아 있어요. 더 드실래요?"

"부탁할게!"

그런 식으로 티에라, 유즈하도 몇 번씩 음식을 더 부탁했다.

많이 먹을 것을 예측하고 넉넉하게 만들어놓은 걸 보면 슈니도 빈틈이 없었다.

중간부터는 먹는 속도가 떨어졌기에 슈니와 티에라가 지금까지 어떻게 지냈는지를 이야기하며 단란한 시간을 보냈다.

"―그건 그렇고, 그 녀석들도 꽤나 자유롭게 사나 보네."

다른 서포트 캐릭터들의 소식을 들은 신이 중얼거린 말이었다. 왕이 되기도 하고, 각지를 전전하기도 하고, 행방불명이 된 녀석까지 있다고 한다.

주인의 행방을 찾는 건 어디까지나 부가적인 일이었다. 신은 자신이 이 세계에 남아 있을지도 모른다는 이유로 인생을 낭비하길 바라진 않았기에 조금 안심이 되었다.

성격을 생각해보면 납득이 갔다. 슈니가 이 정도로 헌신적인 건 오히려 특수하다고 할 수 있었다.

"신이 어딘가에 살아 있을 거라는 건 어디까지나 희망적인 관측일 뿐이었으니까요. 다들 집착해선 안 된다는 걸 잘 알았던 거예요."

"내 입장에선 잘된 일이야. 존재하지도 않는 사람을 계속 찾아다니는 모습을 보고 싶진 않거든."

"만약 그런 경우가 있었다 해도 그건 그 사람이 선택한 길이에요. 신이 신경 쓸 건 없어요."

"그런가."

하지만 알게 되면 신경이 쓰이는 게 인지상정이라는 생각이 들었다. 물론 본인들이 괜찮다는 걸 신이 혼자 고민해봐야 의미는 없었다.

"주인님, 슬퍼?"

"괜찮아, 괜찮아."

신은 자신을 걱정스럽게 바라보는 유즈하에게 웃어 보였다.

"정말이지, 신은 뭐든 간에 러무 신경을 써서 물제러니가 ~."

"……이봐, 티에라. 너 취했어."

혀는 꼬이고 말투도 늘어졌다. 흑발 때문에 돋보이는 하얀 피부가 희미한 핑크색으로 물들어 있었다. 원래 하얗던 걸 생각하면 상당히 빨간 상태였다.

신은 그제야 지금까지 비운 술병 수를 떠올렸다. 이렇게 맛있는 술은 처음이었기에 자신도 모르게 많이 마신 것 같았다.

"저기, 슈니. 월광주를 몇 병이나 비운 거야?"

"5병 정도일까요."

"그러면 알코올 도수는?"

"35도 정도예요."

"높잖아!"

목 넘김이나 입에 닿는 느낌 때문에 와인과 비슷한 줄 알았지만 판타지 세계의 술은 상식이 통하지 않는 것 같았다.

"어, 스승님이 두 명 있네~."

"위험한 거 같은데. 티에라는 원래 술을 못 마셔?"

"전에는 이 정도로 취하지 않았지만 워낙 많이 마셨으니까요."

"난 별로 취한 것 같지 않은데."

신은 알코올에 대한 내성이라도 생겼는지 약간 취기만 도는 정도였다. 아직 비틀거리거나 혀가 꼬이진 않았다.

그 정도 도수라면 현실에서는 틀림없이 정신을 잃었을 테지만 술에 취해 추태를 부리지 않는 건 좋은 일이다. 술을 잘

마셔서 나쁠 건 없었다.

슈니가 티에라를 방에 데려갔기에 그사이 신이 식기를 정리했다.

"지금 이건 1년을 함께한 몸이지만, 내 진짜 몸은 지금쯤 어떻게 되었으려나……. 뭐, 지금은 그런 생각을 할 때가 아니겠지."

신은 설거지를 하며 문득 그런 생각이 들었다. 돌아갈 수 있을지 없을지도 모르는데 아무리 생각해봐야 의미가 없었다.

정리가 끝날 무렵 슈니가 돌아왔다.

"빨리 하셨네요."

"살다 보니까 익숙해졌거든."

현실에선 혼자 자취했기에 설거지도 자기 몫이었다. 게임에서는 물론 하지 않았지만 해보니까 의외로 익숙했다.

"유즈하 졸려……."

테이블 위에서 유즈하가 꾸벅꾸벅 졸고 있었다.

"그래. 우리도 슬슬 자자."

"그렇게 해요. 신의 방은 그대로 놔뒀으니까 바로 사용해도 될 거예요."

"고마워."

주방을 나선 신은 유즈하를 안고 자기 방으로 돌아왔다. 달의 사당에는 신과 서포트 캐릭터의 방, 그리고 손님용 방이 있었다. 객실이 필요할 일은 없었지만 달의 사당을 만든 카인과 신의 쓸데없는 고집 때문이었다.

고집하는 부분은 끝까지 고집하는 일본인의 피가 끓어오른 것이다.

"정말 변함없군."

신은 자기 방에 들어가 안을 둘러보았다. 8평 정도 넓이의 방에는 침대와 책상, 이벤트로 입수한 트로피나 아이템을 넣어둔 장식장이 있었다. 물건은 그렇게 많지 않았다. 깔끔한 방이었다. 정기적으로 청소를 해두었는지 쌓인 먼지도 없었다.

원래는 창문을 통해 달빛이 들어오지만 오늘 밤은 흐렸기에 빛이 아주 약했다. 신은 어둠 속을 볼 수 있는【암시暗視】스킬을 가졌기에 불을 켜지 않고 옷을 갈아입은 뒤에 침대에 누웠다.

잠옷 같은 건 없었기에 특별 장비인 체육복을 입고 있었다.

유즈하는 방에 들어온 순간 침대로 뛰어들어 이미 베개 옆에서 몸을 둥글게 말고 있었다.

"뭐니 뭐니 해도 여기가 제일 마음 편하군."

게임 때도 여기서 살았기 때문일까. 그리고 매우 강력한 안전장치가 완비되어 직접 결계를 펼칠 필요가 없다는 점에서도 긴장이 풀렸다.

데스 게임 때처럼 잘 때 습격해오는 적이 있을 리도 없기에, 이쪽 세계에 오고 나서 처음으로 마음을 푹 놓을 수 있었다.

물론 습격자가 있어도 무사히 돌아가진 못할 것이다.

"유즈하는…… 잠들었군. 할 일도 없으니까 나도 자야겠어."

알코올도 들어갔으니 기분 좋을 때 자야겠다고 생각하며 신은 침대에 누웠다.

눈을 감고 의식이 점점 흐릿해지는 사이 갑자기 뭔가 부드러운 것이 그의 오른팔을 휘감았다. 원래라면 바로 뿌리치고 몸을 일으켜야 했다. 하지만 신의 몸과 정신은 조금의 위험도 느끼지 못했다.

"……?"

휘감았다기보다 끌어안았다고 해야 할까. 그런 일을 할 수 있는 건 달의 사당에 두 사람밖에 없었고, 한 명은 이미 정신을 잃은 상태였다.

항상 발동하도록 해둔 기습 대비 스킬도 반응이 없었다. 신의 직감도 적이라고 알려주지 않았다.

한동안 가만히 있었지만 특별한 움직임도 없었기에 신은 고개를 돌려 오른팔 쪽을 바라보았다.

그곳에서는 슈니가 신의 팔을 끌어안은 채 이미 잠든 뒤였다. 오른팔은 슈니의 가슴에 끼어 있었다. 처음 느낀 부드러움의 정체는 이것이었다.

'뭐야…… 이런 전개가 정말로 발생하다니?'

요리를 먹기 전과는 다른 느낌으로 침이 꿀꺽 넘어갔다.

신도 남자였다. NPC라면 몰라도 이쪽 세계의 슈니는 틀림없는 진짜였다. 당연히 아무것도 느끼지 않을 리가 없다.

솔직히 말하면 신의 취향을 집대성해서 만들어진 게 슈니였다.

단지 옆에 누워만 있었다면 다른 방으로 데려가서 침대에 눕히는 신사적인 행동을 할 수 있었으리라. 그러나 오른팔에서 전해지는 슈니의 체온과 부드러운 감촉이 제동을 걸었다. 머릿속으로는 그래선 안 된다는 걸 알지만 왼손이 자꾸만 슈니 쪽으로 뻗으려 했다.

'이건…… 위험해.'

알코올 탓을 하고 싶진 않았지만 그녀의 무방비한 얼굴에서 눈을 뗄 수 없었다.

신은 알고 있었다. 안 된다는 걸 당연히 알고 있는 것이다.

뜨거워진 머리를 필사적으로 식히려 하지만 이성이 제대로 작동하지 않았다.

그녀의 얼굴은 너무나 무방비하고 순수하며 어딘지 모르게 슬퍼 보였다.

신은 조금만 더 이렇게 지켜보자고 스스로를 설득했다.

그럴 때였다. 구름에 숨었던 달이 얼굴을 드러낸 것은.

가려졌던 달빛이 방 안을 따뜻하게 비추었다. 그 빛은 침대 구석, 바로 슈니가 누워 있는 곳까지 뻗어왔다.

"……?!"

달빛을 받은 슈니의 몸이 옅게 빛났다. 침대에 퍼진 은발이 달빛을 반사하며 신비스러운 분위기를 자아냈다. 그리고 그녀의 감긴 눈에서 빛나는 무언가가 떨어졌다.

"슈니……."

흘러내리는 반짝임은 눈물이었다.

그것이 한 줄기로 이어지며 신의 옷을 적셨다.

"……."

그걸 본 순간, 신의 의식에 자욱하던 안개가 걷혔다.

식히려고 안간힘을 쓰던 열기가 순식간에 사라져버렸다.

그녀의 슬픈 얼굴을 보고 말았기 때문이다.

무슨 생각을 하며 우는 건지 신은 알 수 없었다.

재회의 기쁨일까. 아니면 언젠가 다가올 이별에 대한 슬픔일까.

신은 눈물을 닦아주며 부드럽게 머리를 쓰다듬었다.

"우…… 이…… 이……."

제대로 들리지 않았지만 희미하게 흘러나온 말은 '주인님' 같았다. 아직도 '신'이라고 부르는 게 익숙하지 않은 것이리라.

'나는…….'

신은 잠든 슈니를 오른팔로 느끼며 천장을 올려다본 채로 생각했다.

의식이 어둠에 잠길 때까지 해답은 나오지 않았다.

✝

　시간을 반나절 전으로 되돌려보자.

　신과 슈니가 빌헬름 일행과 합류하기 위해 질주하고 있을 무렵이었다.

　지금은 평범한 넓은 초원으로 바뀐 망령평원에는 전투가 끝났다는 걸 깨달은 모험가와 기사들이 모여 조사를 진행하고 있었다.

　방금 전까지 하늘을 향해 올라가던 마력의 빛은 사라졌기에 마법사들이 열심히 불을 밝혀주었다. 날이 새기를 기다렸다가 작업을 시작할 수도 있었지만 워낙 중요한 사태인 만큼 신속한 조사가 필요하다는 판단을 내린 것이다.

　전투에 참가했던 슈니 라이자가 떠난 걸 보면 적어도 위험하진 않을 거란 계산도 있었다.

　"저건 대체 뭐였던 거지?"

　기사와 모험가들이 바쁘게 움직이는 가운데, 전투의 흔적이 깊게 남은 평원을 바라보며 한 여성이 중얼거렸다.

　금실 같은 머리카락을 바람에 나부끼는 여성의 이름은 리온 슈트라일 베일리히트.

　베일리히트 왕국의 둘째 공주였다.

　몇 시간 전, 숲 속에서 기사들과 함께 스컬페이스와 교전한 뒤에 벌어진 일이었다.

갑자기 밤하늘에 비명 같기도 하고 통곡 같기도 한 목소리가 울려 퍼졌다.

그와 동시에 지금까지 상대해본 적이 없는 강력한 스컬페이스 무리가 출현했다.

땅속에서 차례차례로 기어 올라온 새로운 적들은 그때까지 싸워온 스컬페이스와는 비교도 안 될 만큼 강했다.

처음 느낀 것은 공포였다.

죽을지도 모른다는 공포는 아니었다. 상대의 강함을 보고 앞으로 일어날지도 모르는 참극을 상상하자 강한 공포심을 느낀 것이다.

적들을 평원에서 해방시켜선 안 된다. 머릿속에 드는 생각은 그것뿐이었다. 리온은 부하들의 제지를 뿌리치고 스컬페이스와 검을 맞부딪쳤다.

상급 기사 못지않은 몸놀림을 통해 검을 쥔 손으로 전해지는 일격은 묵직했다. 선정자 중에서도 상위에 속하는 자신과 호각으로 싸울 수 있다는 게 믿기지 않았다.

하지만 장비는 평범한 스컬페이스와 똑같았고 리온은 자신의 강력한 무기 덕분에 이길 수 있었다.

그건 바로 며칠 전에 갑자기 자신의 방 외벽으로 날아와 꽂힌 하얀 대검이었다. 언데드의 약점인 빛 속성이 부여된 대검은 스컬페이스를 조금씩 무력화했다.

하지만 여전히 수가 너무 많았다. 다른 기사들은 단 한 명을 제외하면 상대조차 되지 않았다.

그래서 리온은 본국으로 전령을 보내는 것과 동시에 앞으로 치고 나왔다. 조금이라도 상대의 주의를 끌어 시간을 벌고 괴물들을 이곳에 잡아두기 위해서였다.

그녀는 단 한 명의 부하를 데리고 전장 한가운데로 돌진했다.

눈앞에는 방금 전 싸운 스컬페이스의 상위 개체가 나타났다. 아마 처음 상대가 잭급이었고 지금 눈앞에 있는 건 퀸이나 킹 급일 것이다.

말도 안 된다. 있어서는 안 되는 일이었다.

예전에 발생했던 스컬페이스 · 킹에 의한 재해는 아직도 사람들의 기억 속에 선명했다. 그런 상대가 평원을 가득 채울 기세로 출현하고 있었다. 미증유의 대재앙이 벌어질 것은 분명했다.

리온은 죽음이 자신들을 둘러싸는 걸 실감했다. 사신의 숨결이 피부로 느껴지는 듯했다.

떨리는 몸을 채찍질하며 검을 고쳐 쥐었을 때 공중에서 붉은 포탄이 날아들었다.

그 공격은 전부 스컬페이스에게 명중되며 온몸을 벌집으로 만들어버렸다. 방패와 검, 갑옷, 팔, 다리, 코어까지도.

얼핏 보기엔 화염계 마법 아츠 【파이어볼】과 비슷했다. 하지만 그건 눈앞의 화염탄 같은 유도성과 위력이 없었다. 애초

에 화염 마법이면서 폭발하지 않는다는 것도 이상했다. 명중할 때 발생하는 빛은 그 부분만을 갉아먹는 것처럼 대상을 소멸시켰다.

자신에게는 맞지 않는 게 신기할 따름이었지만 누군가가 엄호해주고 있다는 건 확실했다.

리온이 화염탄을 발사해준 상대에게 감사해하면서, 주위를 둘러싼 스컬페이스를 상대하기 위해 검을 치켜들었을 때였다. 이번에는 눈앞을 푸른 번개가 통과해 지나갔다.

많은 국가를 구한 인물의 특기인 뇌격계 마법 스킬이었다. 아츠와는 차원이 다른 스킬 중에서도 높은 위력을 자랑하는 강력한 기술이었다.

번개가 사라지면서 리온이 예상한 인물이 나타났다. 은발을 바람에 나부끼는 달의 사당 점장 대리, 슈니 라이자였다.

전에 봤을 때와 다름없는 모습과 침착한 목소리를 들으며 리온은 죽음이 멀어지는 것을 느꼈다.

푸른 번개가 사신마저 함께 날려버린 것만 같았다.

"여기는 제가 맡을게요. 숲으로 흘러든 개체들을 부탁합니다."

리온은 그 말에 고개를 끄덕이며 발걸음을 돌렸다. 시야 끝에서 스컬페이스가 산산조각 나는 게 보였다.

그 뒤로 숲에 흩어진 스컬페이스를 쓰러뜨리고 있자 갑자기 주위가 대낮처럼 밝아지면서 상대하던 스컬페이스가 순식간에 재로 변했다.

그 뒤에 조우한 스컬페이스의 움직임은 둔했고 검의 일격으로도 산산조각이 났다. 리온과 호각으로 싸울 수 있는 상대가 평범한 기사들도 쓰러뜨릴 만큼 약해진 것이다.

그 원인은 평원에 내리쬐는 빛 같았다. 부드럽고 따뜻한 빛이었다. 지금까지 받은 대미지가 회복되는 게 느껴졌다.

이런 일을 할 수 있는 건 역시 슈니뿐일 것이다.

잠시 지나자 모든 스컬페이스가 일제히 마소로 변하며 녹아버렸다. 리온은 그걸 보고 이번 사태가 종결되었다는 걸 알았다.

지금 리온은 슈니가 싸운 전투의 흔적을 바라보고 있었다.

대지에는 깊은 상흔이 남았다. 깊이 파인 지면이 수백 미터에 걸쳐 이어졌고 대지가 녹아내린 것 같은 곳도 있었다. 적과 격돌한 장소에서는 엄청나게 깊은 칼자국과 고압 전기가 탄 흔적이 보였다.

대체 어느 정도의 힘이 맞부딪쳤는지 상상조차 할 수 없었다.

언니인 첫째 공주의 마법이라면 비슷한 위력을 낼 수 있을지도 모르지만 스컬페이스 대군 사이에 뛰어들어 접근전을 펼치는 건 불가능했다.

"이게 바로 하이 휴먼에게 인정받은 자의 힘인 건가."

리온은 그녀의 힘을 다시 한 번 실감하게 되었다. 격이 다르다는 건 바로 이런 경우를 가리키는 것이리라.

리온도 혼자서 100명 이상의 전력이 된다는 말을 자주 들었지만 슈니와 비교한다면 평범한 기사와 다를 바가 없었다.

"심각한 중에 죄송하지만 잠깐 이걸 봐주시겠습니까?"

주변을 조사하러 다녀온 부하가 그녀에게 말을 걸어왔다.

다른 기사들보다 한 단계 큰 체구를 붉은 갑옷으로 감싼 남자였다. 이름은 가들라스 쟈르였다.

베일리히트 왕국의 기사단장이자 왕국 최강의 기사단【붉은 늑대】의 대장이었다.

그가 동행한 건 리온이 폭주하는 것을 막고 전투를 보좌하기 위해서였지만 이번에는 그런 역할을 거의 하지 못했다. 가들라스 역시 스컬페이스를 정면으로 상대해야 했기 때문이었다.

기사단에서 유일하게 리온과 근접전을 벌일 수 있는 선정자이자 감시역이기도 한 가들라스도 이번만큼은 싸우는 것만으로 벅찼다. 갑옷에 새겨진 수많은 흠집이 그 증거였다.

그런 가들라스가 한 자루의 검을 들고 있었다. 낡은 손잡이는 곳곳이 검게 변했고 검신은 금이 갔으며 이도 많이 빠졌다. 검으로서는 이미 죽었다고 할 수 있는 상태였다.

"이게 뭐지?"

"저쪽에 땅이 파인 곳에 있던 물건입니다. 균열이 끝나는 지점에 꽂혀 있던 걸 회수했습니다."

검이 꽂힌 방향과 지면이 파인 방향이 정확히 일치했다고
한다.

"제 감으로는 지면을 도려낸 게 이 검 같습니다. 어떤 스킬
을 사용한 건지는 모르지만요."

"흐음, 가능성은 있군."

전장에 있던 건 슈니 라이자와 또 한 명의 누군가였다. 적
어도 슈니라면 그 정도는 할 수 있을 것이다.

"그런데 말입니다. 이 칼의 여기. 뭐가 보이십니까?"

"……무슨 새 같은데?"

"네, 새에 대해 잘 아는 녀석이 하는 말로는 매라고 합니
다."

"그게 어쨌다는 건가?"

"다름이 아니고, 그 문양을 검에 새긴 대장장이가 누구인지
알 것 같아서 말입니다. 물론 가능성에 지나지 않습니다만."

"알 것 같다고? 매를 새겨 넣는 대장장이가 한둘인가? 왜
그렇게 호들갑을 떠는 거지?"

갑자기 그런 말을 꺼내는 가들라스를 보며 리온은 고개를
갸웃거렸다. 별것도 아닌 일로 호들갑을 떤다고 느낀 것이다.

"이걸 보면 아실 겁니다."

가들라스는 그렇게 말하며 낡은 칼자루를 쥐고 검을 위로
치켜들었다. 그리고 땅을 향해 똑바로 내리쳤다.

"……과연, 이제 알겠군."

리온은 납득하는 표정을 지었다.

땅이 깊게 파여 있었다. 아무리 가들라스가 선정자라 해도 부러지기 직전인 검으로 이 정도의 위력을 낼 수는 없었다.

게다가 그 검은 가들라스의 힘으로 휘둘렀음에도 아직 부러지지 않고 아까와 같은 형태를 유지하고 있었다.

"원래는 부러지거나 박살이 나야 정상인데, 이 정도의 위력을 내고도 멀쩡하단 말이죠. 누가 봐도 평범한 대장장이가 만든 무기가 아닙니다."

"확실히 그렇군…… 완전한 상태였다면 어느 정도의 위력이었을지 궁금한데."

"그래서 말입니다. 이 문장을 무기에 새겨 넣은 대장장이 중에 이 정도의 검을 만들 수 있는 인물은 제가 아는 범위 내에선 단 한 사람뿐입니다."

"흐음. 누구지?"

리온은 냉정해지려고 노력했다. 가들라스의 목소리가 더욱 들뜨기 시작했기 때문이다.

"하이 휴먼. 그중에서도 대장일에서 궁극의 경지에 이르렀다고 전해지는 【검은 대장장이】입니다."

"그렇군. 하이 휴먼, 특히 대장일에 정통한 자라면 이런 검을 만들 법해. 하지만 이미 이 세상 사람이 아니야. 직속 부하인 슈니 공이라면 그런 무기를 갖고 있어도 이상할 게 없지만 말이지. 게다가 우리를 엄호한 스킬이나 그 빛을 생각하면

【붉은 연금술사】일 가능성도 있어."

리온이 말한 연금술사는 물론 육천의 마법사 겸 연금술사인 헤타케였다.

육천은 생산 능력으로 유명했기에 그와 관련된 이름으로 불릴 때가 많았다. 직업명 앞에 붙은 색은 각자가 즐겨 입던 옷의 색깔이었다.

"뭐, 확증은 없지만 말입니다……. 아무튼 하이 휴먼이 만든 무기가 이런 곳에 굴러다닌다는 것만으로도 엄청난 일입니다. 그리고 슈니 공이 주인의 무기를 이런 상태로 만들 리 없습니다. 하물며 방치해둔 채로 사라진다는 건 더더욱 말이 안 되겠죠. 그렇다면 이런 무기를 한 번 쓰고 버릴 수 있을 만큼 엄청난 인물이 있었던 게 아닌가 싶은데요."

"하지만 이번 싸움은 지금까지 경험하지 못했던 규모였어. 가들라스도 밤을 환하게 밝히던 그 빛을 봤으니 알 테지? 그 정도의 격전이라면 슈니 공조차 무기가 소모되는 걸 생각할 여유가 없었을지도 몰라……. 하지만 그곳에 슈니 공 외에도 누군가가 있었다는 건 사실이야. 그게 대체 누구일까?"

"슈니 공이 궁지에 몰린다는 건 상상하기 힘들군요."

리온은 가들라스의 말을 들으며 생각했다. 실제로 스컬페이스를 가볍게 해치우는 슈니의 모습을 봤기에 리온도 자신의 말에 설득력이 없다는 걸 알고 있었다.

그녀의 머리를 스치는 건 자신을 엄호해준 마법 스킬의 주인공이었다. 위력과 규모를 보면 하이 휴먼이 아니더라도 선정자라는 건 확실했다.

자신들이 숲으로 간 뒤에 슈니 라이자와 함께 싸운 것일까. 그 정도의 실력자라면 대체 누구일까.

"……설마 정말로?"

그 자리에 하이 휴먼이 있었던 것일까?

가들라스가 든 검은 완전한 상태라면 리온이 가진 성검보다 훨씬 상급일 것이다. 그런 무기를 일회용으로 쓸 수 있는 존재는 그리 많지 않았다.

"아니, 말도 안 돼."

리온은 고개를 저으며 자신의 생각을 부정했다. 하이 휴먼은 『영광의 낙일』 때 많은 자들과 마찬가지로 모습을 감추었다. 지금도 수수께끼로 남은 이변에서 귀환한 사람은 아무도 없었다.

하지만. 하지만 말이다.

영웅이나 용자로 불리는 자들을 한꺼번에 쓰러뜨렸다는 설화까지 전해지는 존재가 하이 휴먼이었다.

돌아왔다 해도 이상할 건 없었다.

"……그만두자. 생각해봐야 알 수 있을 리 없으니."

그 자리에 있던 게 누구인지는 모르지만 슈니 라이자와 관련이 있다면 위험인물은 아닐 것이다.

달의 사당을 감시하기 위해 약간의 인원을 배치해야 할 테지만, 리온은 별문제 없을 거라고 생각했다.

"조사가 끝나는 대로 본국으로 돌아가자. 가능하다면 슈니 공과 이야기를 하고 싶은데……."

"어려울 테죠."

가들라스의 말에 리온도 알고 있다는 듯이 고개를 끄덕거렸다.

슈니 라이자는 의뢰가 끝난 자리에 오래 머물지 않았다. 여기저기서 쇄도하는 제안을 거절하는 게 힘들어서였지만 이번만큼은 그게 아쉬웠다.

"가들라스. 【검은 대장장이】는 달의 사당의 점주였지?"

"그렇습니다."

"흐음, 그러면 돌아가는 대로 달의 사당을 방문해봐야겠군."

"공주님도 정말 하이 휴먼이 돌아왔다고 생각하십니까?"

"그 전장에 다른 한 명이 있었다는 건 틀림없어. 그게 누구인지 꼭 확인해야만 해. 만약 정말로 돌아왔다면 꼭 한번 겨뤄보고 싶군. 결혼 상대로도 더할 나위 없겠지."

"또, 또 갑자기 무슨 소릴 하십니까?"

리온이 엉뚱한 말을 꺼내자 가들라스는 당황했다.

냉정히 생각해보면 공주 한 명이 헌신해서 하이 휴먼을 아군으로 끌어들일 수 있다면 국가적으로는 엄청난 이득이었다. 가들라스도 그 정도는 알고 있었다.

문제는 이 공주의 머릿속 일부가 근육으로 된 게 아니냐는 말이 나온다는 점이었다.

사실은 아니었지만 '나와 결혼하고 싶으면 힘으로 쓰러뜨려 봐'라고 말했다는 소문도 돌았다. 그녀 때문에 왕과 대신들이 얼마나 고민했는지 모른다.

공주라는 신분이 가지는 의미를 잘 자각하고 있었고 백성들을 생각하는 마음도 강했다. 언젠가 원치 않는 결혼을 해야 한다는 것도 이해하는 것 같았다.

이번에도 스컬페이스가 망령평원에서 대량 발생하는 사태가 벌어지지 않았다면 그녀의 행동은 문제가 없었다. 공주를 나라 밖에, 그것도 전장에 보내는 건 리온과 가들라스가 실력이 뛰어난 선정자이기에 큰 문제는 아니었다.

이번 조사 겸 토벌 작전에 참가한 것은 유사시에 협력을 아끼지 않겠다는 자세를 타국에 보여줌과 동시에 힘과 미모로 기사들의 사기를 향상시킨다는 명목이었다.

후자의 역할은 슈니에게 빼앗겼지만 주어진 임무 자체는 훌륭히 완수해냈다.

1점. 괴짜라는 1점의 감점만 아니었어도 완벽했다.

머릿속 전체가 아니라 일부만 근육으로 되어 있다는 말은 이 때문이었다.

"혹시나 해서 하는 말이지만, 실력을 본다면서 갑자기 공격하는 짓은 절대 하면 안 됩니다. 하이 휴먼이 적으로 돌아서는 날에는 나라가 사라진다고요."

"그 정도로 상식이 없진 않아."

"공주님이 하실 말씀은 아니죠. 뭐, 정말 하이 휴먼이라면 상대조차 되지 않겠지만요."

머리는 총명한데도 한 번씩 엉뚱한 소리를 하는 리온을 볼 때마다 가들라스는 피곤함을 느꼈다.

수수께끼의 검을 처음 발견했을 때 느낀 흥분은 온데간데 없었다.

✝

달의 사당에서 맞이하는 다음 날 아침.

"……눈부셔."

눈을 뜬 신이 먼저 든 생각은 바로 그것이었다.

커튼을 치지 않았기에 아침 햇살이 침대 위를 비추고 있었다. 그것도 정확히 신의 얼굴을 간지럽혔다.

"지금 몇 시지……."

알람을 설정하지 않고 자버렸기에 시간을 알 수 없었다. 메뉴 화면을 불러내자 6시 반을 가리키고 있었다.

"슈니는…… 없군."

그의 오른팔을 끌어안았던 슈니의 모습은 어디에도 없었다. 아마 이미 일어난 것이리라. 희미하게 풍겨오는 아침밥 냄새가 신의 확신을 뒷받침해주었다.

거기까지 생각했을 때 왼팔에 위화감이 느껴졌다. 신은 설마 하면서 그쪽을 돌아보자 침대 위로 은색 머리카락이 퍼져 있었다. 그것만 보면 슈니 같기도 했지만 아무래도 체격이 너무 달랐다.

실오라기 하나 걸치지 않고 새근새근 잠들어 있는 건 10세 정도의 소녀였다.

그녀의 정체는—.

"유즈하인가……."

【애널라이즈】가 소녀의 이름을 표시해주었다. 아마도 어제의 싸움 뒤에 머리가 맑아졌다고 한 건 일종의 봉인이 풀렸기 때문일 것이다. 이상한 레벨업도, 갑자기 말을 할 수 있게 된 것도, 그리고 이런 모습이 된 것도 그거라면 설명이 가능했다.

엘레멘트 테일은 게임에서 레벨 1000의 최상급 몬스터 중 하나였고 말을 하거나 사람으로 변신하는 일도 기본적으로 가능했다. 오히려 유즈하는 여우의 모습을 부자연스럽게 느꼈을 것이다.

여우 귀나 꼬리가 남아 있어서 이런 캐릭터를 좋아하는 사람이 본다면 열광할 만한 모습이었다.

"그건 그렇고, 이건 꽤나 위험한 상황인데."

흔한 패턴이지만 하필이면 이럴 때 누군가가 깨우러 오는 법이다. 그리고 오해를 하며 다짜고짜 한 대 때리기까지 한다.

지금은 아직 문 밖에 사람의 기척이 느껴지지 않지만 방심할 수 없었다.

"저기, 일어나 봐, 유즈하. 아침이야."

신은 유즈하의 어깨를 붙잡아 깨웠다. 방문 밖으로 주의를 기울이면서 조금 강하게 흔든 것이다.

"으음…… 뭐야~?"

"다시 한 번 말하지만 아침이라고."

"졸린걸……."

아무래도 정신 연령도 겉모습과 똑같은 것 같았다. 신이 기억하는 엘레멘트 테일은 고풍스러운 말투로 이야기했지만 지금은 어린아이 같은, 아니 어린아이의 말투였다.

"자, 빨리 일어나."

"음~? 어, 신이다~. 좋은 아침~."

"그래, 좋은 아침. 일어났으면 빨리 옷부터 입어줘."

유즈하는 아직 비몽사몽인 것 같았지만 깨운 사람이 신인 걸 알아보고 방긋 웃어 보였다. 귀여운 걸 좋아하는 사람이라면 마음이 녹아내렸을 것이다.

물론 신은 그런 취향이 아니었기에 가볍게 무시하며 옷을 입으라고 재촉했다.

"신 따듯해~."

"왜 끌어안고 그래. 여자애가 그러는 거 아냐."

신은 유즈하를 떼어내며 타일렀다.

"어~."

발가벗은 어린 여자애가 끌어안고 있는 걸 누군가 보면 모든 게 끝장이었다.

신은 어린 여동생을 달래는 기분으로 유즈하와의 거리를 벌렸다.

"여자애는 안 돼?"

유즈하는 무슨 이유인지 여자애라는 부분을 강조하며 물었다.

"안 돼."

"그러면 이렇게 할게!"

갑자기 유즈하의 몸이 희미한 빛에 휩싸이더니 희미하게 봉긋하던 가슴이 납작해지고 머리카락도 짧아졌다. 그리고 다리 사이에 여자애에게는 없어야 할 것이 생겨났다.

눈앞에서 벌어진 현상이 너무 충격적이라 신의 사고가 잠시 정지되었다.

"……이봐…… 왜 그렇게 된 건데?"

"여자애가 안 되면 남자애는 돼!"

벌거벗은 미소년이 가슴을 당당히 펴며 할 만한 대사는 아니었다.

신의 눈앞에 있는 건 로리콘이 열광할 만한 미소녀가 아니라 쇼타콘이 열광하는 미소년이었다. 엘레멘트 테일에게 확정된 성별은 없었다. 그걸 생생하게 실감하게 되는 순간이었다.

"여자애든 남자애든 발가벗고 끌어안는 건 안 된다니까."

"신은 남자아이 싫어?"

"왜 이러지? 남자아이라는 게 다른 의미로 들리네."

신은 문득 위화감을 느꼈다. 왠지 유즈하가 그 말을 다른 의미로 사용하는 것처럼 들렸기 때문이다.

"유즈하? 질문이 하나 있는데, 네가 말하는 남자아이라는 건 남자를 말하는 거지?"

"쿠우? 여자아이처럼 귀여운 남자아이라는 뜻 아냐? 하지만 이상해. 남자는 멋있어야 하는데."

"……."

다행히 유즈하의 사고방식이 정상적이긴 했지만 신은 소름이 돋았다.

"신?"

"뭐…… 네 말이 맞아."

신은 적당히 얼버무렸다.

"그건 그렇고 어디서 그런 소릴 들은 거야?"

"신사에 온 사람이 말해줬어. 그리고 비엘이라는 게 재밌대."

"누구야?! 엘레멘트 테일 같은 보스 앞에서 그런 멍청한 소리를 한 녀석이~~!!"

신은 누군지 모를 플레이어에게 저주를 퍼부으며 유즈하에게 여자아이로 돌아가라고 지시했다. 로리콘이라면 모를까, 쇼타콘이라는 오해를 받는다면 정신적인 타격이 너무 컸다.

"자, 어쨌든 이걸 입어."

"앗. 뭐~야?"

"전에 재미로 만들어본 옷이야. 원래 항상 그거랑 비슷한 옷을 입고 있었잖아?"

신이 유즈하에게 건넨 것은 흰옷에 빨간 바지, 즉 무녀복이었다. 물론 신이 제작한 아이템답게 단순한 천으로 만들어진 옷은 아니었다.

유즈하를 신사에서 만났기 때문이기도 했지만, 게임에서 엘레멘트 테일이 사람 형태일 때는 이런 옷을 입고 있었다.

"오오~."

"색이 다른 거 같으니까 바꾸고 싶으면 말해. 확실히 군청색이었던가?"

"이거도 좋아~!"

유즈하는 기뻐하며 무녀복을 입기 시작했다. 사이즈 조절 기능이 있기에 체형이 작아도 문제는 없었다.

다만 옷을 입을 때의 기억이 애매한 건지 몇 분 만에 옷의 여기저기가 구겨져 있었다.

"신……."

유즈하는 힘없이 신을 불렀다.

"모르겠으면 처음부터 말했어야지."

신은 그렇게 말하며 유즈하의 옷매무새를 고쳐주었다.

무녀복 입는 방법은 설명란에 그림과 함께 실려 있었기 때문에 알았다. 의상 아이템 중 일부가 그랬다. 이유는 모르지만 말이다.

유즈하는 신이 추가로 꺼낸 버선을 신고 신이 나서 침대 위를 빙글빙글 돌았다.

"쿠우~."

"너무 움직이지 마. 옷이 또 흐트러진다고."

"그러면 신이 고쳐주면 돼~."

"그만해라."

유즈하는 뭐가 그렇게 기쁜지 바지에서 나온 꼬리도 몸과 함께 빙글빙글 돌고 있었다. 왠지 모르게 허리가 꼿꼿해 보이는 건 무녀복의 효과일 것이다.

무도복을 입었을 때 기합이 들어가는 것과 비슷했다. 저런 옷은 입기만 해도 바른 자세로 보이는 것이다.

"이봐, 그만 돌고 가자고. 이제 곧 아침밥 먹을 때야."

"아침밥!"

"유즈하도 배고프지?"

"응!"

"그러면 가자. 응? 누가 오고 있네. 이 반응은 티에라인가……. 앗?!"

티에라에게는 아직 유즈하에 대해 자세히 설명하지 않았다.

"신, 일어났어? 이제 곧 아침 먹을 시간이거든!"

"그, 그래. 금방―."

티에라는 문을 노크하며 용건을 전했다.

역시 소설이나 만화처럼 다짜고짜 문을 벌컥 열지는 않았다. 하지만 마음이 급해진 유즈하가 문을 힘껏 열어젖혔다.

"밥~!!"

"―잠깐?! 유즈하, 멈춰!"

"어?"

티에라가 놀라는 것과 동시에 문과 부딪히며 둔탁한 소리를 냈다.

"아파라……."

"저기, 그게, 아으……."

신이 문 옆에서 고개를 내밀자 빨개진 코를 움켜쥔 티에라와, 그녀의 모습을 보고 어찌할 줄 모르는 유즈하가 보였다. 티에라는 엉덩방아를 찧었는지 주저앉은 상태였다.

"괜찮아?"

"으~ 이 아이는?"

"유즈하야. 실은 변신 능력을 갖고 있거든. 자, 티에라에게 사과해야지."

"미, 미안해요……."

"그런 거구나. 응, 괜찮아, 유즈하. 그렇게 세게 부딪친 것도 아니니까. 하지만 문을 열 때는 조심하렴. 그리고 좋은 아침이야."

티에라는 유즈하를 안심시키려는 듯이 웃어 보였다. 지금의 유즈하는 사고나 행동이 나이에 맞는 수준이었기에 어린아이가 들떠서 실수했다고 생각한 것 같았다.

"알았어. 으음, 좋은 아침입니다."

신은 두 사람이 대화하는 모습을 보며 생각했다. 유즈하의 상태를 보건대 현재로서는 이것이 성장 한계일 것이다. 그때 이후로 레벨업도 하지 않았고 정신적으로도 아직 완전히 돌아오지 않았다는 걸 알 수 있었다.

어째서 유즈하의 힘이 봉인되었는지를 본인에게서 얼마나 알아낼 수 있는지는 모르지만 일단 확인해보는 게 좋을 것 같았다. 신이 모르는 무슨 일이 벌어지고 있다는 건 명백했다.

"자, 화해했으면 가자. 아침밥 먹어야지?"

"응, 이제 담기만 하면 돼. 스승님도 지금 거실에 계셔."

"밥, 밥."

"원래는 새끼 여우였지? 유즈하, 유부 좋아하니?"

"좋아!"

"그러면 점심은 유부 초밥 먹을까?"

"정말?!"

유부 초밥이라는 말을 듣고 기뻐하는 유즈하. 두 사람의 모습은 사이좋은 자매 같았다.

"좋은 아침이에요. 어머, 유즈하는 사람으로도 변할 수 있나 보네요."

세 사람이 거실에 도착하자 음식을 담던 슈니가 인사를 했다. 유즈하가 엘레멘트 테일이라는 건 알았기에 많이 놀라진 않은 것 같았다.

신은 어젯밤에 있었던 일에 대해 언급하지 않기로 마음먹었다.

"조, 좋은 아침이에요."

티에라처럼 갑자기 마주친 게 아니라서 그런지 유즈하는 조금 긴장하며 인사했다.

"네, 좋은 아침이에요. 그러면 1인분을 더 준비해야겠네요."

슈니가 부드럽게 웃으며 인사를 받아주고 나서야 유즈하는 꽉 붙잡고 있던 신의 바지 자락을 놓아주었다.

테이블은 네 사람이 앉아도 충분히 여유가 있었다. 슈니가 유즈하가 먹을 음식을 준비하는 사이, 신은 남는 의자를 유즈하를 위해 가져왔다.

"그러면 먹도록 하죠."

"잘 먹겠습니다!"

식단은 흰쌀밥, 미역과 두부와 유부를 넣은 된장국, 전갱이 (와 비슷한 생선) 구이였다. 엘프에게 일식은 어울리지 않을 거라 생각했지만 나무젓가락으로 생선을 바르는 모습은 의외로 위화감이 없었다.

유즈하는 잘 못 쓰는 젓가락 대신 숟가락으로 먹고 있었다.

"맛있어!"

"역시 스승님이시네요."

"대단한데, 이거."

모두에게서 감탄의 목소리가 흘러나왔다. 호화롭진 않지만 현실에서도 먹어본 적 없을 만큼 맛있었다.

"스킬 덕분이기도 하니까요. 그렇게 자랑할 만한 건 아니에요."

"스킬이 그렇게 대단한 거야?"

"적어도 2단계는 맛이 향상되었을 거예요."

"그래도 원래 맛이 없으면 보정도 소용이 없으니까 역시 대단한 거야."

"맞아요. 그렇게나 열심히 연습하셨잖아요."

겸손하게 이야기하는 슈니가 얼마나 노력했는지 티에라가 알려주었다.

요리 스킬은 확실히 여러 가지로 보정이 붙지만 맛이 나쁜 음식이 좋아지는 경우는 없다. 맛없는 건 아무리 해도 맛없는 것이다.

스킬의 보정이 있다 해도 요리 실력이 좋다는 건 변함없었다.

"잘 먹었습니다."

"네, 다들 고마워요."

아침 식사가 끝나자 슈니와 티에라가 뒷정리를 담당했고 신은 달의 사당 안쪽에 있는 대장간으로 향했다. 유즈하는 흥미가 있는지 그를 따라왔다.

"이쪽에는 뭐가 있어?"

"창고하고 대장간이야. 창고 안은 조금 특수하게 만들어졌거든. 보기보다 상당히 넓어."

달의 사당의 창고에는 길드 하우스만큼은 아니지만 상당한 아이템이 보관되어 있었다. 신의 개인적인 창고이기에 대부분 무기와 방어구였다.

신은 안을 보고 싶다는 유즈하의 의견에 따라 잠깐 들렀다 가기로 했다.

창고의 입구는 자물쇠가 달린 평범한 문이었다. 하지만 신이 때려도 부서지지 않을 만큼 튼튼해서 물리적으로는 파괴할 수 없었다.

"이렇게 마력을 좀 불어넣으면……."

딸각 하는 경쾌한 소리를 내며 자물쇠가 풀렸다. 마력 인식으로 열쇠가 열리는 타입인 것이다. 열쇠 구멍을 아무리 건드려봐야 문은 열리지 않았다. 완벽한 속임수였다.

문을 밀고 안에 들어가자 그곳에는 무기와 방어구가 빽빽하게 들어차 있었다.

검, 일본도, 창, 활, 단검, 큰 망치, 할버드, 프레일 같은 온

갖 종류의 무기가 있었다.

　다른 곳에는 전신 갑주와 무사 갑옷, 특수 제작한 팔 보호구와 방패가 보관되어 있었다. 물론 전부 귀중한 물건이고 유니크급부터 전설급, 신화급, 심지어 고대급까지 다양했다.

　마력에 민감한 사람이 아니더라도 이 방에 들어온 순간 엄청난 압력을 느낄 것이다. 모든 아이템에서 이쪽 세계의 주민이라면 충분히 위협적으로 느낄 만한 압도적인 마력이 흘러나오고 있었다.

　하나만 세상에 내놓아도 각국에서 자존심을 걸고 쟁취하려 들 만한 장비들. 그런 물건들이 대량으로 수납된 창고는 이미 마굴魔窟이나 다름없었다.

　"굉장해~! 하지만 왠지 찌릿찌릿해~."

　"마력이 담겨 있거든. 힘들다면 들어가지 않는 게 좋겠어."

　"유즈하, 이 정도는 괜찮아!"

　어리긴 해도 역시 최강종인 엘레멘트 테일이었다.

　아직 레벨이 낮아 가볍게 무시할 정도는 아닌 것 같았지만 유즈하는 무기에서 나오는 마력에 겁을 먹기는커녕 오히려 창고 안을 흥미롭게 구경하고 있었다. 꼬리털이 잔뜩 곤두서긴 했지만, 굳이 지적하지 않는 게 예의일 것이다.

　"보는 건 괜찮지만 마음대로 만지면 안 된다. 저주받은 무기도 있으니까."

　"위험해?"

"그래, 다치는 걸로 끝나지 않는 것도 있으니까 말이지. 수납장에 봉인 기능이 있긴 하지만 네가 망가뜨릴 만한 게 많거든."

"음~ 유즈하는 안 망가뜨리는걸."

신은 뺨을 부풀리는 유즈하에게 사과하면서 대장간으로 향했다. 여기도 예전과 다를 것 없이 완벽한 상태로 주인의 귀환을 기다리고 있었다.

"전부 문제없군. 당장이라도 쓸 수 있겠어."

"뭐 하는 덴데?"

"여기서 검이나 갑옷을 만드는 거야. 하지만 오늘은 그 전에 유즈하에게 꼭 물어볼 게 있어."

"물어볼 거?"

"여러 가지로 말이지. 자, 일단 거실로 돌아가자. 거기서 물어볼게. 검을 만드는 건 그다음이야."

"그러면 빨리 가자. 신이 검 만드는 거 보고 싶어!"

유즈하는 눈을 반짝이며 기다리지 못하겠다는 듯이 거실을 향해 달려갔다. 뭘 그렇게 기대하는지는 모르겠지만 신도 가볍게 도구를 체크한 뒤에 유즈하의 뒤를 따랐다.

슈니와 티에라의 식사 뒷정리도 이제 슬슬 끝날 무렵이었다.

거실로 돌아오자 이미 세 사람이 테이블에 앉아 있었다. 신은 빨리 오라며 재촉하는 유즈하 때문에 쓴웃음을 지으며 자리에 앉았다.

"신이 물어보고 싶다는 게 뭐야?"

"첫 번째는 왜 그런 신사에서 죽어가고 있었냐는 거야. 그리고 500년 전쯤에 많은 사람들이 사라진 적이 있었잖아? 그일에 관해 뭔가 알고 있으면 알려줘."

신의 질문을 듣자 유즈하는 팔짱을 끼고 생각에 잠긴 것처럼 눈을 감았다. 그리고 몇 초 정도 지난 뒤에 천천히 입을 열었다.

"어어, 유즈하가 거기 있던 건 그 안이 가장 안 아팠기 때문이야. 밖으로 나오면 너무 힘들어서 쓰러져버리니까."

"그렇구나. 그 바닥에 그려진 문양에 대해선 뭐 아는 거 없어?"

"음~ 모르겠어."

신은 증상을 늦추거나 완화하는 기능이 있다고 생각했지만 유즈하는 기억하지 못하는 것 같았다.

"사람들이 사라진 것에 대해서는?"

"모르겠어. 사람들이 원래 잘 안 왔는걸."

"그러고 보니 사람의 접근을 막는 결계 같은 게 펼쳐져 있었지……."

신사 주변에 펼쳐진, 정신적으로 작용하는 결계―그것 때문에 사람들이 들어오지 못했던 것이리라.

"유즈하는 거기서 뭘 하고 있었어?"

"으음, 햇볕을 쬐고 있는데 갑자기 땅이 쿵 하고 바람이 획획 불어서 산이 콰쾅 했어. 유즈하는 깜짝 놀라서 일어났어. 그 뒤엔 땅이 엉망진창이 되지 않도록 열심히 막고 있었어."

"……천재지변이 일어나서 그걸 억누르려고 한 거야?"

"아마도 그런 것 같네요."

슈니가 맞장구를 치자 티에라는 눈을 동그랗게 떴다.

"어, 그게 정말이야?"

어떤 방법인지는 몰라도 엘레멘트 테일은 모든 속성에 대응할 수 있는 몬스터였다. 뭔가 특수한 방법으로 천재지변에 간섭했을 가능성이 높았다.

"열심히 노력했더니 힘이 빠져서 신사에서 쉬고 있었어. 몸에 힘이 안 들어가서 이제 죽겠다 싶을 때 신이 와줬어."

"상당히 아슬아슬했구나."

"기분 나쁜 바람이 불어와서 무서웠는걸."

기분 나쁜 바람이라는 말을 듣고 신은 신사 주위에 퍼졌던 마기를 떠올렸다. 아마 그때의 【커스(저주)】와 【포이즌(독)】이 마기이기 때문일 것이다.

게임에서는 마기가 많은 지역일수록 몬스터 수가 늘어나고 레벨도 높아졌다. 그런데다 플레이어에게는 일정한 시간마다 상태 이상이 부여되었다.

하지만 상태 이상 자체는 정기적으로 일정 랭크 이상의 포션을 마시면 회복되므로 상급 플레이어에게는 큰 상관이 없었다.

"유즈하를 구할 수 있었던 건 미리 덕분이야. 미리의 조언이 없었다면 난 움직이지 않았을 테니까."

"미이짱한테 또 고맙다고 말하러 갈래."

"그래. 뭔가 선물이라도 사 가자."

신은 점성술사에 대한 것을 들키지 않도록 조심해서 이야기했다. 유즈하도 알고 있는 건지 신의 의도에 맞춰주었다.

"저기, 미리가 누구야?"

티에라가 고개를 갸웃거렸다.

"왕국의 고아원에서 사는 아이야. 우연히 알게 됐지. 빌헬름이라는 녀석이 지켜주는 고아야. 혹시 알고 있어?"

"아아, 그 사람."

"빌헬름하고는 아는 사이야?"

"가끔씩 스승님을 만나러 오거든. 거의 못 만나고 돌아가지만 말이지. 온 김에 과자 같은 걸 사 가길래 왜 그러나 했는데, 고아원에 주려고 했던 거구나."

빌헬름은 티에라가 만든 과자를 자주 사 간다고 한다.

"티에라가 만든 과자는 맛있으니까요."

"아니요, 가격이 저렴해서 그렇죠. 스승님이 만드신 과자가 훨씬 맛있어요. 임금님의 심부름꾼이 와서 사 간 적도 있잖아요. 제 과자는 엘프 마을 식으로 만든 거라 희귀할 뿐이고요."

서로 칭찬하는 걸 보면 양쪽 다 맛있는 것 같았다.

"엘프 마을 식이 어떤 건데?"

"으음, 캐팔이라는 구운 과자인데, 들어본 적 있어?"

"아니, 없는 것 같아."

애초에 엘프가 잘 만드는 과자 같은 건 들어본 기억이 없었다. 게다가 신은 요리에 문외한이라 레시피가 있어도 만들지 못하는 요리가 많았다.

"가장 비슷한 건 피낭시에(역주: 금괴 모양으로 작게 만든 프랑스 빵)일까요. 한입 크기의 과자라 아이들에게 주기 딱 좋은 거겠죠."

"시험 삼아 팔아본 건데 지금은 인기 품목의 1, 2위를 다투고 있어. 원래 숲 속에서 생활했으니까 벌꿀을 사용한 과자는 자신이 있거든."

"그렇구나. 그런데 잠깐만. 우리 가게가 식품을 주로 파는 곳은 아닌데, 다른 물건들은 어때?"

"신이 없다 보니 팔 물건이 많지 않았어요. 저는 대장일에는 문외한이고, 상품을 보충하고 싶어도 장비를 보관한 창고는 신만 열 수 있으니까요."

다른 곳에서 물건을 잘못 들이면 권리를 둘러싼 분쟁이 생길 수도 있기에 상품 보충이 어려웠다고 한다. 만드는 사람이 사라지면 재고가 부족해지는 게 당연했다.

"뭐랄까, 미안해. 슈니도 열 수 있게 해놨어야 했는데."

"열 수 있었다 해도 내놓을 만한 물건은 별로 없었을 테지만요."

"……확실히 그러네. 열었어도 해결이 안 되는구나."

게임 때도 소규모로 영업했던 것이다. 당연한 일이었다.

"시간이 날 때만이라도 상품을 보충해주시면 고맙겠네요."

"알았어. 아, 이야기가 또 본론에서 벗어났군. 유즈하, 계속해도 될까?"

"응. 하지만 계속 신사에만 있었으니까 더 이상 아는 건 없어."

천재지변에 대한 간섭은 엘레멘트 테일에게도 지극히 어려운 일이었던 것 같았다. 세계의 정세에 대해서는 아무것도 모른다지만 『영광의 낙일』 이후 천재지변의 피해를 줄이기 위해 혼자 노력해온 유즈하를 탓할 수는 없었다.

"그렇구나. 나중에 생각나는 게 있으면 알려줘."

"응, 알았어. 저기, 티에라 언니. 아까 말한 캐팔이라는 과자, 지금 있어?"

이야기가 일단락되자 유즈하는 티에라에게 그 과자가 있는지 물었다. 어지간히 궁금했는지, 대장일을 보여달라는 약속도 잊고 티에라에게 매달렸다. 꼬리가 부드럽게 흔들리는 게 보였다.

이런 모습을 보면 영락없는 어린애였다.

"죄송하지만 마지막으로 한 가지. 신에게 할 말이 있어요."

"……뭔데?"

방금 전까지와는 달리 진지한 표정의 슈니가 해산하려는 분위기에 제동을 걸었다.

말을 꺼낼 타이밍을 기다리고 있었던 모양이다.

"실은 급히 만나주셨으면 하는 사람이 있어요. 조사할 일이 많다는 건 잘 알지만 이번만큼은 이쪽을 우선해주셨으면 해요."

"저기, 만나달라는 사람이 누군데?"

신은 슈니의 말투에서 왠지 모를 초조함을 느꼈다. 이제 남은 시간이 얼마 되지 않는다는 듯이 다급해하고 있었다.

신은 몸가짐을 바로 하며 슈니의 대답을 기다렸다.

"재회하자마자 말을 꺼낼 순 없어서 오늘에야 이야기하는 거지만, 지라트를 만나주셨으면 해요."

"지라트라…… 아니, 잠깐. 정말 지라트라고?"

지라트는 신의 세 번째 서포트 캐릭터인 하이 비스트였다. 하지만 『영광의 낙일』로부터 500년 넘게 흐른 지금 지라트와 만나는 건 불가능했다.

"……살아 있었던 건가."

그렇다. 아무리 하이 비스트라 해도 수명을 이길 수는 없었다. 휴먼, 비스트, 드워프는 100년 정도면 장수한 편이었으니까.

엘프와 픽시, 드래그닐, 로드 같은 종족이 장수종이라 불리는 것에 비해 이 세 종족은 단명종으로 불린다. 하이 비스트와 하이 드워프는 상위 종족이지만 그래봐야 기껏 150년 늘어난다.

비스트는 모델이 된 동물에 따라 수명 차이가 크지만 지라트의 모델은 선택지 가운데서 비교적 흔한 늑대였다. 특별히 오래 사는 동물은 아니었다.

지라트가 왕이 되었다는 소식은 들은 적이 있었다. 하지만 상당히 옛날 이야기였기에 아직도 지라트가 살아 있을 거라고는 생각하지 못한 것이다.

수인의 각 부족을 통합해 만들어진 것이 파르닛드 수獸연합이었다. 지라트가 세계를 휩쓴 혼란 속에서 만들어낸 조직이었다.

초대 수왕이자 신의 세 번째 서포트 캐릭터인 하이 비스트. 지라트 아스트레아.

신이 기억하는 모습은 짧게 자른 짙은 갈색 머리와 덥수룩한 수염이 특징적인 40대 남성이었다. 미남미녀만 만드는 것도 밋밋했고 와일드한 아저씨도 좋겠다 싶어 그런 모습이 되었다. 완전 무장했을 때의 지라트는 그야말로 역전의 용사다웠고, 신은 자신의 선택이 잘못되지 않았다고 자부하곤 했다.

전투 시에는 늑대인간이 되어 사냥감을 거침없이 해치우곤 했다.

근접전에 특화된 네 번째 서포트 캐릭터인 하이 드래그닐 슈바이드와 함께 파티의 전위를 담당했다. 마법 공격력은 낮지만 그것을 보완하는 기동력이 장점으로, 맨손계 무예 스킬을 총망라해 특정한 조건에서 싸운다면 슈니와도 호각으로 싸울 수 있었다.

포효와 함께 적에게 주먹을 날리던 모습을 신은 선명히 기억했다.

"다만…… 요 며칠 사이에 잘못될 일은 없겠지만 이제 오래 살진 못할 거예요."

슈니 본인도 지라트가 어떻게 이 정도로 오래 살았는지는 모르는 것 같았다.

하지만 한 가지 사실은 분명했다.

"지라트도 신을 기다리고 있었어요."

슈니가 그랬던 것처럼 지라트도 신을 기다린 것이다.

"본인도 어떻게 살아 있는 건지 모르겠다고 했어요. 지금까지 살아 있는 걸 보면 무슨 의미가 있는 것 같다고도 했고요."

다가오는 죽음에 대한 공포도 별로 느끼지 않는다고 한다.

"실제로 지라트 없이도 연합은 잘 돌아가고 있어요. 지금의 수왕은 8대째지만 무력뿐만 아니라 통치 능력도 상당하거든요."

"그 말을 들으니 안 가볼 수가 없겠군. 지라트는 어디에 있어?"

"어제 갔던 망령평원을 지나 더욱 북상한 곳에 있어요. 평원과 삼림 지대에 걸친 연합 중에서도 왕이 있는 집락이 수도

예요. 수도에 가까워질수록 큰 집락이 4개 있고 현재 지라트가 있는 곳은 지금의 수왕이 있는 견족犬族 집락이에요."

"그렇구나. 혹시나 해서 묻는 건데, 가는 도중에 죽거나 하진 않겠지?"

"네. 적어도 몇 년 동안은 괜찮을 거예요. 지라트도 그 정도로 약해진 건 아니니까요."

"그러면 무리해서 서두를 필요는 없겠군."

정말로 긴박하다면 비장의 장거리 이동 수단을 사용하려 했지만 아무래도 괜찮은 것 같았다.

"그러면 몇 가지 확인하고 싶은 게 있으니까 그게 끝나면 출발하자. 준비도 필요할 테니까. 두 사람은 내일 출발해도 괜찮겠어?"

신은 가만히 이야기를 듣던 유즈하와 티에라에게 물었다.

"언제든 좋아."

"난 언제나처럼 가게를 지키면 되는 거야?"

티에라는 기본적으로 슈니가 없는 가게를 지켜왔기에 이번에도 혼자 남을 거라 생각한 것 같았다.

"티에라, 이번에는 당신도 가야 해요."

"어, 저도요?"

티에라는 자신도 간다는 말에 놀라고 말았다.

"신이 돌아왔으니까 이곳에 집착할 필요가 없어졌어요."

"개인 점포의 장점이지."

"저기, 하지만 이 가게를 비워둬도 괜찮을까요?"

티에라의 질문에 슈니가 쓴웃음을 지었다.

"괜찮아요. 가져가면 되니까요."

"가져간…… 다고요?"

티에라는 무슨 말인지 모르겠다는 표정이었다. 가게를 가져간다는 표현을 바로 이해하는 사람은 당연히 많지 않을 것이다.

"가지고 다닐 수 있거든요. 이 가게는."

"……저기, 그게 무슨 뜻이야?"

아무리 그래도 간단히 옮길 수는 없을 거라 생각하는지도 몰랐다.

"지금은 희귀한가 보네. 갖고 다닐 수 있는 가게나 집 같은 게."

"아예 없는 건 아니지만 그쪽의 전문가가 아니라면 모를 거예요. 제가 아는 범위 내에선 작은 오두막이라도 상당한 가격이었어요."

게임 때는 당연히 존재하는 기술이었지만 지금은 역시 특수 기술처럼 취급된다는 걸 알 수 있었다.

"그렇구나. 그러면 티에라가 모르는 것도 당연해. 지금은 스킬보다 아츠가 주류잖아. 생산 쪽도 그런가?"

"네. 생산 쪽도 아츠와 스킬로 나뉘어요. 아츠는 『영광의 낙일』 이후로 사람들이 스킬을 복원하려는 시행착오 끝에 생겨났거든요. 스킬보다 효과가 낮은 건 전투 쪽과 마찬가지예요."

게임식으로 말하면 시스템의 도움 없이 스킬을 재현했다고 해야 할까.

원래는 아무 일도 일어나지 않아야 하지만 이곳은 이세계였다. 아마 스킬의 편린 같은 효과가 나타나서 그걸 아츠라고 부른 것이리라.

다만 대장일은 아츠로 따라 할 수 없었다. 단순한 물리적 작업으로는 절대로 재현할 수 없는 기술도 있기 때문이다.

"나 같은 신세대는 아츠를 기준으로 생각하니까 신과 스승님의 생각은 따라가기 힘들어. 『영광의 낙일』 전까지는 스승님처럼 강한 사람이 흔했잖아. 어떤 세계인지 상상도 안 돼."

"나름대로 있긴 했지만 흔하진 않았다고."

"그래도 양 손가락으로 셀 수 없을 만큼은 있었을 거 아냐. 그렇게 생각하면 두려운 걸 초월해서 어이가 없어져. 그런 사람들이 여기저기서 싸웠다는 말은 들었지만, 그런 상태로 사회가 어떻게 유지될 수 있었던 걸까?"

"그거야 뭐, 관리가 제대로 이뤄지기도 했고, 지나친 녀석들은 배척을 받기도 했거든."

악질적인 플레이어는 GM에게 신고하면 계정 삭제당한다고 말할 수는 없었기에 신은 비슷한 말로 얼버무렸다.

실제로 그런 세계였다면 이미 옛날에 멸망했을 것이다.

"관리가 제대로 되었다고?"

"그야 다양한 녀석들이 협력해서 일을 열심히 했으니까 가능했겠지. 그보다 아까 티에라가 말한 신세대라는 건 무슨 뜻이야?"

"아아, 그거? 간단해. 『영광의 낙일』이후에 태어난 사람을 신세대, 그보다 전에 태어나서 아직도 살아 있는 사람을 구세대라고 불러. 『영광의 낙일』뒤에 처음 세워진 나라의 누군가가 처음 한 말이라는데, 지금은 다들 쓰고 있어. 너랑 스승님을 보고 있으면 신세대 쪽이 명백하게 떨어진다는 생각이 들지만 말이야."

티에라의 말처럼 능력만 보면 구세대 쪽이 틀림없이 뛰어났다.

신과 슈니가 좋은 예였다. 하지만 스킬을 제외하면 구세대라도 능력이 높은 사람만 있는 게 아니었다.

"세대가 똑같아도 능력에 차이가 있다는 건 똑같으니까 난 신구 차이를 별로 의식해본 적이 없었어. 하지만 신과 스승님 상대로는 역시 세대 차가 느껴지거든."

"세대 차라."

솔직히 신은 조금도 실감할 수 없었다.

"그런 것도 있다는 정도로만 인식해둬도 돼."

모두에게 정착된 말이라지만 뭔가 해가 있는 건 아닐 것이다. 일부의 예외를 제외하면 말이다.

"어쨌든 다시 본론으로 돌아갈게. 방금 전에도 말했지만 달의 사당은 이동 가능한 점포야. 그래서 함께 움직일 생각이야. 티에라도 이제 모처럼 밖에 나갈 수 있게 됐으니까 여행을 하는 것도 좋을 것 같아. 아, 물론 원한다면 남아도 돼."

결코 억지로 데려가려는 건 아니었다.

"그러면 함께 갈게. 그 뒤로 몇 번 밖에 나가보긴 했는데 왕국에 들어가는 건 아직 조금 무서웠거든. 모두와 함께라면 괜찮을 것 같아."

"결정됐군."

"모두와 함께!"

유즈하의 말에 모두가 고개를 끄덕였다.

티에라, 슈니와 함께 향하는 곳은 옛 동료가 기다리는 파르닛드 수연합.

신은 재회와 이별이 기다리는 땅으로 출발했다.

하지만 그곳에서 무엇이 기다리는지는 아직 아무도 알지 못했다.

레피카 | Side Story

슈니는 가슴에 닿은 체온과 아침 햇살을 느끼며 눈을 떴다.

'여기는…….'

그녀는 멍한 머리로 어제 있었던 일을 떠올렸다.

신이 돌아왔다.

사실을 알게 된 빌헬름이 놀랐다.

달의 사당에서 식탁에 함께 앉아 밥을 먹었다.

"나는 분명 티에라를 눕히고 내 방에…… 앗?!"

슈니는 거기까지 중얼거리다 말고 자신의 옆에 다른 누군가가 있다는 걸 깨달았다. 그리고 자신이 누군가의 팔을 끌어안고 있다는 것도.

"어? 시, 신?!"

큰 소리가 나올 뻔한 것을 필사적으로 참아내며 슈니는 자신이 끌어안은 팔의 주인을 확인했다.

곱슬거리는 검은 머리카락. 닫힌 눈꺼풀 안쪽의 눈동자가 깊은 검은색이라는 걸 그녀는 잘 알고 있었다.

바로 달의 사당의 주인인 신이었다.

"……?!"

너무나 밀착된 살의 감촉에 슈니의 얼굴이 붉게 달아올랐다. 귀까지 새빨개졌다는 걸 스스로도 알 수 있을 정도였다.

어젯밤에 자신이 취했다는 것은 자각하고 있었다. 하지만 술김에 신의 침대에 숨어들었다는 걸 믿고 싶지는 않았다.

"이, 이런 실수를······."

슈니는 얼굴이 새빨개지면서도 신의 팔을 놓으려 하지 않는 자신이 원망스러웠다.

슈니는 신을 깨우지 않도록 조심하며 침대에서 벗어난 뒤에 작게 한숨을 쉬었다. 언제 신이 눈을 뜰지 몰랐다. 만약 그가 지금 일어난다면 뭐라고 변명해야 좋을까.

그녀는 신의 자는 얼굴을 계속 보고 싶은 욕구를 간신히 억누르며 방을 나왔다.

자기 방에 돌아와 옷을 갈아입고 세수를 해서 정신을 깨웠다. 찬물이 닿아서 그런지, 거울에 비친 얼굴은 아까처럼 붉지 않았다.

"······일단은 아침 식사를 준비해야겠네요."

시각은 아직 5시 반 정도였다. 항상 7시 전에 뒷정리까지 끝내왔기에 이쯤 만들기 시작하는 게 보통이었다.

부엌에 가서 냉장고 안을 확인하며 메뉴를 정했을 때 티에라가 나타났다.

"어, 스승님. 좋은 아침이에요."

"좋은 아침이네요. 어제는 많이 취했던데, 몸은 좀 괜찮아요?"

"으…… 어제는 정말 죄송했어요. 어쨌든 숙취 같은 건 없네요."

티에라는 어젯밤 일을 전부 기억하는지 어깨를 축 늘어뜨리며 사과했다. 하지만 술 때문에 실수했다는 점에서는 슈니도 마찬가지였다.

"그러면 아침밥 준비하는 걸 도와주세요. 아마 4인분이 필요할 테니까요."

"네…… 어라? 4인분이오?"

"뭐, 혹시 모르니까요."

"네, 알겠습니다."

티에라는 4명이라는 말에 의문을 느꼈지만 순순히 앞치마를 두르고 준비를 돕기 시작했다.

슈니도 애용하는 앞치마를 두르고 있었다. 슈니는 엷은 파란색, 티에라는 엷은 녹색이었다.

"오늘 아침 메뉴는 뭘로 할 건가요?"

"일식으로 가죠. 된장국 재료도 있고 오늘은 비장의 생선을 쓸 거예요."

"……?! 스승님, 설마 그걸?"

슈니의 선언에 티에라는 놀라움을 감추지 못했다. 그건 금액으로 따지면 쥬르 백금화가 필요할 만큼 최고급 식재료였다.

그 식재료의 이름은 『금강 전갱이』였다. 그 배를 가르고 말린 것이 바로 오늘 사용할 비장의 생선이었다.

즉, 오늘 달의 사당에서 먹는 아침 식사는 갈라서 말린 전 갱이와 된장국이라는 전형적인 일본 가정식이었다.

『금강 전갱이』는 비늘이 다이아몬드처럼 빛나는 전갱이 비 슷한 몬스터였다. 하지만 겉보기와는 달리 레벨이 450~600으 로 버그가 아닌가 싶을 만큼 강했다.

한 마리만으로도 위협적인데 놈들은 무리를 이루는 습성이 있었다. 먹이가 없을 때는 레벨 500이 넘는 상어형 몬스터나 레벨이 낮은 크라켄을 잡아먹는 괴물이었다.

이따금씩 무리에서 홀로 떨어져 약해진 한두 마리가 사람 에게 낚여 시장에 나오는 정도였다. 바다에서 얻을 수 있는 식재료 중에서도 엄청난 가격이 붙는 고급 상품이었다.

그런 금강 전갱이를 슈니의 요리 스킬로 가공하면 어떻게 될까. 더는 말할 것도 없었다.

"겉모양은 그냥 말린 전갱이인데, 왠지 반짝거리는 것 같네 요……."

엘프가 가진 예민한 감각이 음식에 숨겨진 생명력을 감지 한 것 같았다.

"자, 그러면 먼저 된장국을 준비할까요. 티에라는 밥을 지 어주세요."

"아, 네."

다이아몬드처럼 빛나는 물고기를 일단 접시 위에 놓고, 슈 니는 된장국 재료를 냉장고에서 꺼냈다. 재료는 두부, 미역,

유부의 세 종류였다. 게다가 가츠오부시와 다시마로 본격적인 맛을 낼 생각이었다.

"스승님, 쌀은 준비됐어요."

재빨리 준비를 끝낸 티에라가 슈니를 불렀다. 혼자 있을 때는 직접 만들어서 먹어야 했기에 티에라도 슈니에게서 배운 요리가 많았다. 밥 짓는 준비 따윈 금방이었다. 마력 버너에 불을 붙이자 모든 준비가 끝났다.

잠시 지나자 밥 짓는 냄새와 된장국 냄새가 실내를 채우기 시작했다. 슈니에게는 어느새 익숙해진 냄새였다.

시간은 이미 6시가 넘었다. 이제 곧 아침 식사 시간이었다.

티에라가 문득 입을 열었다.

"스승님, 잠깐 밖에 다녀와도 될까요?"

"이제 곧 생선도 구울 테니까 빨리— 열심히 다녀오세요."

"네…… 10분 뒤에는 돌아올게요."

티에라는 슈니에게 양해를 구한 뒤 가게 출입구로 향했다. 슈니는 티에라가 무엇을 하러 가는 건지 알고 있었기에 그저 격려해주는 것밖에 할 수 없었다.

마지막 허들은 자신의 힘으로 뛰어넘어야만 하기 때문이었다.

티에라는 문을 열고 밖으로 나왔다. 그러자 아침 햇살이 티에라를 부드럽게 감싸주었다.

"아직은 조금 쌀쌀하네."

새벽이라 그런지 얇은 옷으로는 춥다고 느껴지는 공기 속에서 티에라는 달의 사당 주변에 펼쳐진 결계의 경계선을 향해 천천히 걸어갔다.

"괜찮아…… 괜찮아……."

경계에 가까워질수록 티에라는 심장 박동이 빨라지는 것을 느꼈다. 처음에는 신이 함께 있었다. 두 번째는 혼자서 나갈 수 있었다.

그럼에도 100년 동안이나 계속된 공포는 그리 쉽게 사라지지 않았다.

밖으로 나오면 또 몬스터의 습격을 받지 않을까. 그 탓에 또 누군가가 희생되는 게 아닐까. 그런 일종의 강박관념이 그녀를 사로잡고 있었다.

슈니도 그걸 알았기에 격려만 해주었을 것이다.

티에라는 숨을 고르며 한 걸음 한 걸음 신중하게 나아갔다. 아무것도 없다는 건 알고 있었다. 이미 한 번 경험해보았기에 티에라는 앞으로 나아갈 수 있었다.

그녀가 떠올린 건 신이 내밀어준 손이었다. 티에라는 그 손을 붙잡으려는 듯이 경계 밖으로 발을 내디뎠다.

"……."

티에라는 1분 정도 그곳에 머무른 뒤에 주위에 변화가 없다는 걸 확인했다.

경계 밖으로 나왔다고 갑자기 무언가가 달라지진 않았다. 하지만 자신을 둘러싼 공기가 왠지 바뀐 것 같은 느낌이 들었다.

"……휴우. 역시 아직 긴장돼."

티에라는 일부러 소리 내어 말하며 몸에 잔뜩 들어간 힘을 뺐다. 이제는 이 당연함에 익숙해지기만 하면 된다.

"자, 빨리 하고 돌아가야지."

티에라는 달의 사당을 둘러싼 나무들을 향해 걸어 나갔다. 그리고 그녀의 허리 높이까지 잎이 무성한 풀 앞에 도착하자 살짝 옆으로 돌아 들어갔다.

티에라의 눈앞에는 코스모스와 비슷한 모양의 꽃이 피어 있었다. 하지만 형태만 비슷할 뿐이고 꽃잎의 색은 빨강과 파랑, 녹색과 보라색 등 다양했다.

꽃의 이름은 『레피카』였다. 엘프들 사이에서는 감사와 성의의 의미를 가진 꽃이었다.

티에라는 매년 이맘때쯤에 이곳에 꽃이 핀다는 걸 알고 있었다. 괜히 100년 동안 종업원을 해온 게 아니었다. 별생각 없이 내다본 창밖으로 레피카가 피어 있는 모습을 봤던 것이다.

보기만 할 뿐 절대 만질 수 없었지만 지금은 그렇지 않았다. 티에라는 식탁을 장식하기 위해 몇 송이를 꺾어 가게로 돌아왔다.

"꽃병, 꽃병이……."

"조금은 익숙해졌나요?"

적당한 크기의 꽃병을 찾는 티에라에게 슈니가 말을 건넸다.

"조금씩이지만 어떻게든 익숙해지고 있어요."

따뜻하게 미소 짓는 슈니에게 티에라도 온화한 표정을 지어 보였다. 티에라의 말투에서 무리하는 기색은 느껴지지 않았다.

"……이제 곧 준비가 끝나요. 신을 깨워주세요."

"알겠습니다."

슈니는 더욱 밝게 웃으며 티에라를 보냈다.

티에라의 모습이 통로 안쪽으로 사라지자 잠시 뒤에 무언가가 쓰러지는 소리가 났다. 그 뒤에 곧 신과 티에라, 그리고 은색 머리카락에 여우 귀를 가진 어린 소녀가 거실로 나왔다.

슈니는 어젯밤에 신과 한 침대에서 잤던 것을 떠올리자 얼굴에서 불이 날 것처럼 부끄러웠지만 간신히 평정심을 유지했다. 신이 아무 말도 하지 않기를 바랄 뿐이었다.

조금 떠들썩해진 테이블 끝에서 레피카 꽃이 그 광경을 지켜보고 있었다.

스테이터스 소개 | s t a t u s

THE NEW GATE

이름 : **슈니 라이자**

성별 : 여성

종족 : 하이 엘프

메인 직업 : **쿠노이치**

서브 직업 : 정령술사

모험가 랭크 : 없음

소속 길드 : 육천

●능력치

LV: 255

HP: 8767

MP: 9223

STR: 807

VIT: 801

DEX: 855

AGI: 858

INT: 803

LUC: 89

●전투용 장비

머리 월광은(月光銀)의 머리핀

【INT 보너스(특), 감각 방해 무효】

몸 월광은의 메이드복: 달의 사당 사양

【VIT 보너스(특), 은폐 보너스(특)】

팔 월광은의 팔 보호구

【STR 보너스(특), 마법 대미지 경감(특)】

발 월광은의 롱부츠

【AGI 보너스(특), 구속 무효, 디버프 무효】

액세서리 신화의 귀걸이

무기 창월【닌자도로 무기 파괴 공격 무효, 투과 능력 무
효, 마법 무효(검신 부분만), 공격 속도 상승, 사용자
제한】

●칭호

●검술의 정점

●암기(暗技)의 정점

●체술의 정점

●마검의 주인

●정령의 축복

　기타

●스킬

●쇄인

●심안

●생츄어리(빛나는 성역)

●라이트닝 뱅커

●와이드 힐

　기타

기타

●달의 사당 점장 대리

●신의 서포트 캐릭터 No.1

※ 보너스 상승치 미〈약〈중〈강〈특

이름 : 유즈하
성별 : ―
종족 : 엘레멘트 테일

메인 직업 : 연금술사
서브 직업 : 없음
모험가 랭크 : 없음

●능력치

LV: 411
HP: 6893
MP: 7288
STR: 459
VIT: 432
DEX: 498
AGI: 522
INT: 536
LUC: 85

●전투용 장비

머리　없음
몸　　퇴마의 무녀복(세뇌, 착란, 혼란, 매료 무효)
팔　　없음
발　　청풍의 버선【AGI 보너스(강)】
무기　없음

●칭호

- ●영역의 지배자
- ●요호(妖狐)의 왕
- ●은의 흉수(凶獸)
- ●숲의 현자
- ●마소 조종자
  기타

●스킬

- ●폭스 · 파이어
- ●낙포파(落砲波)
- ●플레어 · 볼케이노
- ●인벨 · 플레임
- ●슈트룸 · 블래스트
  기타

기타

- ●신의 파트너 몬스터

이름 : 라시아 루젤

성별 : 여성

종족 : 비스트

메인 직업 : 신관

서브 직업 : 없음

모험가 랭크 : 없음

●능력치

LV: 151

HP: 2488

MP: 3023

STR: 147

VIT: 130

DEX: 174

AGI: 122

INT: 188

LUC: 68

●전투용 장비

머리　없음

몸　　2급 신관복

팔　　장벽의 팔찌【대미지 차단(강)】

발　　가죽 부츠

액세서리　기도의 성옥【신성 마법 대미지 상승(중)】

무기　신관의 지팡이

●칭호

●없음

●스킬

●힐

●큐어

●정화

기타

●교회 소속 수녀

이름 : 리온 슈트라일 베일리히트

성별 : 여성

종족 : 휴먼

메인 직업 : 마검사

서브 직업 : 없음

모험가 랭크 : 없음

●능력치

LV: 230

HP: 5893

MP: 1288

STR: 559

VIT: 332

DEX: 298

AGI: 477

INT: 189

LUC: 58

●전투용 장비

머리　적마사(赤魔糸)의 머리끈【MP 보너스(미)】

몸　　소룡의 가죽 갑옷

　　　【VIT 보너스(약), 불 속성 내성】

팔　　소룡의 팔 보호구【STR 보너스(약)】

발　　소룡의 부츠【AGI 보너스(미), 바람 속성 내성】

액세서리　적수정의 귀걸이【마법 대미지 경감(미)】

무기　성검 무스페럼

●칭호

● 성검의 주인

●스킬

● 풀문 · 엣지

● 크로스 · 슬래시

● 스파이럴 · 엣지

● 타일런트 · 비트

● 조기(操氣)

　기타

기타

● 베일리히트 왕국 제2 왕녀

이름 : 스컬페이스 · 로드
종족 : 언데드
등급 : 로드

●능력치

LV: 804
HP: ?????
MP: 4890
STR: 806
VIT: 840
DEX: 787
AGI: 668
INT: 201
LUC: 10

●전투용 장비

무기 생체 무장×6

●칭호

●미궁의 주인

●스킬

●권족 소환

기타

●특수 변이 개체

✧ 당신은 언제나 옳습니다. 그대의 삶을 응원합니다. ─ **라의눈 출판그룹**

더 뉴 게이트 2

초판 1쇄 2018년 5월 27일
    2쇄 2019년 3월 14일

지은이 카자나미 시노기 일러스트 MAKAI NO JUMIN 옮긴이 김진환
펴낸이 설응도 편집주간 안은주
영업책임 민경업 디자인책임 조은교

출판등록 2014년 1월 13일(제2014-000011호.)
주소 서울시 강남구 테헤란로78길 14-12(대치동) 동영빌딩 4층
전화 02-466-1283 팩스 02-466-1301

문의(e-mail)
편집 editor@eyeofra.co.kr 마케팅 marketing@eyeofra.co.kr
경영지원 management@eyeofra.co.kr

ISBN   979-11-963499-2-9 04830
        979-11-963499-0-5 04830(set)

THE NEW GATE volume2
ⓒ SHINOGI KAZANAMI 2014
Character Design: MAKAI NO JUMIN
Original Design Work: ansyyqdesign
Originally published in Japan in 2014 AlphaPolis Co., LTD., Tokyo.
Korean translation rights arranged with AlphaPolis Co., LTD., Tokyo,
through Tuttle-Mori Agency, Inc, Tokyo and AMO Agency, Seoul.
Korean edition copyright ⓒ 2018 by Eye of Ra Publishing Co.,Ltd